Pisteur

Du même auteur
aux Éditions J'ai lu

Pisteur :
Livre 1 – Partie 1

La stratégie Ender

Ender :
La voix des morts
N° 3848
Xénocide
N° 4024
Les enfants de l'esprit
N° 5622

Ender, la saga des ombres :
La stratégie de l'ombre
N° 8204
L'ombre de l'Hégémon
N° 8540
Les marionnettes de l'ombre
N° 8878
L'ombre du géant
N° 10219

Terre des origines :
Basilica
N° 6937
Le Général
N° 7363
L'Exode
N° 7593
Le Retour
N° 7751
Les Terriens
N° 7973

Orson Scott Card

Pisteur
Livre 1 – Partie 2

Traduit de l'anglais (États-Unis)
par Mathieu Jacquet

J'AI LU

Collection dirigée par Benjamin Kuntzer

Titre original : *Pathfinder*

Pour Barbara Bova
dont l'audace a rendu tout cela possible :
tu me manques chaque jour.

CHAPITRE 1

CHEZ FLACOMMO

« On s'est fait prendre dans un hoquet, nota le sacrifiable. En gros, tout ce qu'on ne voulait pas... Dans un hoquet, qui sait ce qui peut vous arriver ? La plupart des calculateurs ont misé sur un découpage net du vaisseau ou sa disparition pure et simple... »

Ram avait épluché un à un les comptes rendus générés pour chaque centimètre carré de vaisseau. « Pourtant, ni découpage ni disparition... On est intacts.

— Plus qu'intacts, nuança le sacrifiable.

— Comment ça, "plus qu'intacts" ? s'étonna Ram.

— Dix-huit copies de notre vaisseau ont franchi la contraction, et nous en plus. »

Ram tenta de visualiser la scène.

« Mais pas tous en même temps, ni au même endroit, constata-t-il.

— Non, du fait de sa nature quantique, la contraction nous a fait passer l'un derrière l'autre, à quatre secondes d'intervalle environ. Juste ce qu'il faut pour ne pas se tamponner. Tant qu'on n'accélère pas subitement et qu'on ne joue pas trop avec nos champs magnétiques.

— Et à l'instant même, continua Ram, nos propres copies sont en pleine discussion dans chaque vaisseau ?

— D'après les comptes rendus des autres sacrifiables, tous les Ram Odin ont perdu conscience à la nanoseconde près. Ils ont tous été sanglés à leur fauteuil dans la même position, et se sont réveillés avant de transmettre les mêmes instructions en même temps. En ce moment, chacun de nous parle à son Ram Odin et lui dit mot pour mot ce que je suis en train de vous dire.

— Foutu espace-temps, jura Ram.

— Enregistré, dit le sacrifiable. Dix-neuf fois.

— Donc tous les *moi* disent la même chose au même moment, dit Ram. Ça manque cruellement d'originalité, non ?

— Non, la répétition a du bon.

— À un moment donné, il y en a bien un qui va faire quelque chose de différent. Il va y avoir divergence.

— C'est ce que dit chaque Ram à l'heure actuelle, lui rappela le sacrifiable.

— Si ça arrive, ça va devenir ingérable, pressentit Ram. Vous n'allez plus savoir à qui obéir. Abattez immédiatement tous les Ram vivants, sauf moi. »

*

La reine – sa mère – fit descendre Rigg de la chaise à porteurs sur les galets polis de la cour attenante au jardin. « Mon bel enfant, se réjouit-elle en reculant d'un pas pour mieux l'admirer.

— J'ai déjà eu meilleure mine », s'excusa-t-il, un peu désarmé par le compliment. C'était bien la première fois qu'il entendait dire ça de lui. À O, on l'admirait surtout pour ses habits et sa bourse.

Elle le prit dans les bras. « Je te regarde avec les yeux d'une mère qui a longtemps cru son fils mort.

— Vraiment, Mère ? murmura Rigg. Vous me pensiez mort ? »

La question n'était pas que personnelle – elle était aussi politique et historique. Si elle l'avait cru mort, en toute logique, elle n'avait donc pas cherché à le faire mettre hors de danger... Il n'avait pas été enlevé non plus, sinon elle l'aurait cru vivant – peut-être même nourri et éduqué par l'ennemi, pour en faire un instrument de restauration monarchique. Non : pour que sa mère l'ait cru mort, il fallait que ses ravisseurs aient monté un scénario macabre – un cadavre calciné, du sang sur les murs – ou alors, que sa mère elle-même ait commandité son assassinat.

D'autant qu'il y avait un lourd passif dans la famille. Les femmes n'avaient pas toujours été très douces avec leurs petits.

« Ne pose pas trop de questions... » lui susurra-t-elle à l'oreille.

Le message était clair : de la tenue, nous sommes en public. Ses réponses seraient dictées non par la vérité mais par ce qu'elle estimait audible et crédible pour les oreilles tendues autour d'eux. Il n'apprendrait pour l'heure rien de son passé ni de celui de sa mère.

En même temps, inutile de lui rappeler sa nécessaire discrétion – sa survie en dépendait. Et puis, qu'entendait-elle au juste par discrétion ? Elle lui demandait simplement de la boucler.

Rigg pouvait patienter. Cela ne l'empêchait pas de se sentir triste pour cette femme qui, le jour des retrouvailles, devait encore peser chaque parole, chaque geste, chaque acte, chaque décision.

Prisonnière des crimes de ses ancêtres, elle pense comme un détenu qui vit dans la crainte de ses geôliers – qu'elle considère tous comme des délateurs en puissance.

Et sa sœur, où se cachait-elle ? Qu'attendaient-ils pour la lui présenter ? Il se garda bien de poser la question. Un peu de patience.

Sa mère relâcha son étreinte. Il recula et jeta un coup d'œil circulaire. Une vingtaine de personnes avait pris place dans la cour et l'entourait. Une affluence royale. L'impératrice Hagia Sessamin n'avait pas attendu de le voir en chair et en os pour annoncer publiquement le retour du prince – elle s'en était tenue aux rapports des messagers du Général Citoyen. Celui-ci n'avait pas lésiné, signe qu'il devait être en bonne entente avec la famille royale. Rigg avait eu droit à une cellule individuelle sur le bateau et à une arrivée en fanfare, encapuchonné, menottes aux poignets et fers aux pieds. *Regardez comme j'en ai bavé pour ramener le fils royal porté disparu*, semblait dire cette débauche de moyens. À son arrivée, la chaude embrassade d'Hagia Sessamin avait aussi fait partie du spectacle – même si le faire disparaître à la première occasion, au nom du règne matriarcal instauré par sa grand-mère Aptica, était son souhait le plus cher.

« Je vous complique la vie, n'est-ce pas, Mère ? », glissa-t-il dans un sourire.

Il observa attentivement sa réaction. Un rictus de colère d'abord, puis… de peur ? Oui, la peur se lisait dans son regard. Peut-être craignait-elle sa curiosité, finalement ; que d'un seul mot, tout son petit monde s'écroule. Mais par quel moyen lui faire comprendre qu'il avait conscience de son dilemme, indépendamment de ce qu'elle comptait faire de lui ? S'il restait planté là, bouche bée, elle penserait qu'il jouait un jeu et se poserait mille et une questions sur lui : qui l'a formé ? qui l'a conseillé ? que sait-il au juste ? Sauf qu'il n'en jouait aucun, sinon le sien, celui d'un naïf. Si elle était sensée, elle comprendrait d'elle-même et le laisserait faire, car plus il paraîtrait ignorant, moins les antiroyalistes le redouteraient et moins les restaurateurs de la monarchie mâle seraient tentés de la renverser pour mettre ce roi – de nom seulement – sur le trône.

« C'est la mienne que vous ne facilitez pas, mon garçon », répondit un homme.

Rigg le regarda. Grand, les épaules carrées, il portait des habits parfaitement taillés dans de riches étoffes et d'une sobriété raffinée. Sa tenue semblait dire qu'il avait beaucoup d'argent en toute modestie.

« Êtes-vous l'aimable hôte de ma mère ? s'enquit Rigg. Est-ce votre maison que nous voyons là ? »

L'homme s'inclina en une profonde révérence.

Rigg connaissait déjà la réponse – entre les mots du nouveau venu et ce qu'il avait appris du quotidien de la cour royale, ce ne pouvait être que lui. *Lui, peut-être même doublé d'un suppôt du Conseil.* Ledit Conseil ne laisserait jamais la garde de la famille royale à un autre qu'à l'un de ses sous-fifres.

Bien sûr, le doute était permis. Il n'était peut-être qu'un royaliste après tout, d'une couleur ou d'une autre ? Mais comme aimait à le répéter Père, quand deux camps ennemis font confiance au même homme, c'est qu'il ne mérite celle d'aucun. Comment savoir lequel il trompe ? Les deux, bien souvent. La seule certitude le concernant, c'est qu'il n'était pas de son côté à lui.

« J'aimerais pouvoir honorer l'hospitalité de ma poche, s'excusa Rigg. Mais si, comme semble le penser Hagia Sessamin, je suis bien son fils, alors me voilà privé de mes biens. Je crains de devoir m'en remettre à votre charité.

— Dans ce cas, veuillez voir en moi un ami en toutes choses, comme je le suis envers votre mère.

— Vous ne manquez pas de courage, renchérit Rigg. Peu de personnes doivent goûter qu'on abrite sous leur toit les tyrans maudits qui ont opprimé des générations durant le Monde-Entre-Les-Murs. Et encore moins qu'un rejeton mâle de la famille royale s'ajoute à la liste, surtout quand on ne l'attend plus. »

Quelques murmures consternés s'élevèrent de l'auditoire. Rigg nota avec satisfaction que sa mère n'était pas de ceux à trahir ses émotions aussi ouvertement.

Rigg se campa face à cette foule de domestiques, de courtisans, de citoyens hostiles voire de membres du Conseil révolutionnaire, puis ajouta : « Vous pensiez que j'allais jouer les ignorants ? C'est vrai, je l'étais il y a peu encore. L'homme qui m'a élevé a veillé à ce que je le reste. Je n'ai eu vent de mon éventuel lien avec la famille royale que récemment, il y a quelques semaines à peine. Depuis, j'ai appris pas mal de choses. Que mon existence en contrarie plus d'un, par exemple. Moi y compris.

— Eh bien, qu'elle les contrarie ! coupa Mère. Moi, elle me remplit de joie !

— J'ai rêvé d'une mère toute ma vie, lui lança Rigg. Mais, nourri au biberon de la République, jamais d'une reine. Pardonnez-moi si c'est l'amour d'une mère que je recherche, et non celui d'une douairière.

— Vous êtes tout pardonné, s'immisça le maître de maison. Il est évident que la notion de "royauté" n'est qu'affaire de généalogie. Je ne connais pas une seule âme dans toute cette ville qui ne soit reconnaissante d'être gouvernée par le Conseil révolutionnaire plutôt que par la progéniture accidentelle d'une quelconque maison. »

La mielleuse hypocrisie de l'homme était un vrai régal. Ce discours de faux cul lécheur de bottes révolutionnaires visait soit à asseoir sa loyauté vis-à-vis de ses maîtres, soit à étouffer sa véritable loyauté sous un épais matelas de mensonges. Dans un cas comme dans l'autre, ses mots sonnaient tellement faux que Rigg ne douta pas une seconde que l'homme ne cherchait l'adhésion de personne.

Ou alors, autre possibilité, c'était un crétin fini qui ne s'était jamais entendu parler.

« Regardez sa coiffe, osa l'un des curieux.

— Et ses riches habits », chuchota un second.

Rigg le fixa. « Ces *riches habits*, comme vous dites, ont été achetés avec l'héritage de mon père. Hormis ceux que je porte, pour être présentable à mon arrivée. Le Général Citoyen me les a tous confisqués lors de mon arrestation. Mais s'ils vous manquent plus à vous qu'à moi, mon ami, prenez-les, c'est avec grand plaisir que je vous les échange contre votre défroque. »

À nouveau, quelques murmures.

« Et ce rôle, on ne vous l'a pas fait répéter peut-être ? intervint un homme d'âge mûr.

— Mon père, celui que j'ai toujours appelé ainsi, du moins, m'en a fait répéter plus d'un.

— Un comédien ? le railla le vieil homme en prenant la foule à partie.

— Oui, et de la pire espèce, confirma Rigg. Un politicien. »

Les murmures gonflèrent en une clameur confuse d'où s'échappèrent quelques rires étouffés et des éclats de voix.

« Laissez-moi deviner… Monsieur le Secrétaire du Conseil révolutionnaire du Peuple, c'est bien cela ? » devina Rigg. Les cours de politique de Père lui revenaient. Le Secrétaire du Conseil révolutionnaire du Peuple était aussi son chef. Dans ce gouvernement à l'envers, le titre le moins honorifique était attribué à la tête de l'organigramme, au plus haut gradé. Les mots perdaient leur sens premier : « secrétaire » signifiait ainsi « dictateur », « roi » ou encore « empereur ».

« C'est bien mon poste actuel, concéda l'homme.

— S'il vous plaît, monsieur. Je ne vois que de loyaux citoyens ici, dit Rigg. Nous savons tous que vous détenez ce poste à vie.

— Non, pour un mandat fixe, d'une année.

— Mais déjà renouvelé quatorze fois, se permit de préciser Rigg avec un grand sourire. Avant la prochaine, puis la suivante, et ainsi de suite jusqu'à ce que votre carcasse ratatinée et baveuse ne s'écroule d'elle-même en admettant enfin être passée de vie à trépas. »

Rigg ne faisait qu'exprimer ce que tout le monde savait. Mais le clamer en public était un jeu dangereux et peu subtil. Voix et rires étaient retombés, seuls demeuraient les murmures. *Et ce rôle-là, il te plaît, Mère ? Lis-tu clair dans mon jeu, clairvoyante comme tu l'es ?*

Le Secrétaire, un homme du nom d'Erbald, fit un pas en avant, rouge de colère.

« Mon père me répétait souvent : "Ne nie surtout jamais l'évidence", ajouta Rigg. L'admirable service que vous rendez aux habitants de ce monde, et votre dévouement pour ainsi dire sacrificiel à servir pour le reste de votre existence, est tout à votre honneur. » Rigg s'agenouilla face à l'homme.

« Mon fils se croit intelligent et honnête, intervint Mère derrière lui. Veuillez pardonner son outrecuidance. Que n'ai-je pu l'élever moi-même ! Vous auriez retenu de cette première entrevue un peu plus de courtoisie et moins d'arrogance. »

Voilà, Mère, pensa Rigg pour lui-même. *Laissons-les croire à une dissension entre nous.*

Il se tourna vers la reine, l'air faussement peiné. « Mère, se défendit-il, quel mal y a-t-il, dans cette république de l'honnêteté, à nommer les gens et les choses par leur nom ? » Il fallait enfoncer le clou, maintenant. « Prenons notre généreux hôte, par exemple : sans le consentement du Conseil, il ne pourrait héberger la famille royale, ce qui en fait un sbire de M. Erbald. Puisqu'il est de notoriété publique que le Conseil mettra tout en œuvre pour étouffer dans l'œuf n'importe quelle tentative d'insurrection d'une autre dynastie héréditaire que la nôtre, le fait qu'Urbain, père d'Erbald, fut secrétaire avant lui, le tout grossièrement masqué par trois années de gouvernement fantoche du jovial Chaross entre-temps, montre bien à quel point les talents de stratège du père ont été hérités par le fils. Il faudrait être fou pour croire que de tels dons courent les rues. »

Quelques spectateurs s'éclipsèrent. Pour Erbald, l'affront était de taille – même si Rigg avait dit vrai – et les témoins malvenus. Rigg mémorisa leurs traces. Il ne manquerait pas de les suivre à la première occasion. S'il devait trouver un soutien quelque part, c'était parmi eux : ceux qui se savaient redoutés du gouvernement.

Rigg ne regretta sa prise de risque à aucun moment. Tous les écoliers connaissaient le credo révolutionnaire : « dire sa vérité à la face des puissants ». Jamais ses paroles ne pourraient être utilisées contre lui, ce qui rendait son élimination d'autant plus difficile. Maintenant que tout le monde le savait déterminé à dire tout haut ce que les autres pensaient tout bas, le Conseil y réfléchirait à deux fois avant de l'envoyer vider son sac à la barre d'un tribunal.

Un régime qui se drape lui-même dans l'étendard de la transparence craint la vérité plus que tout. Si le moindre doute s'installe quant à la véracité de ses propos, adieu l'autorité !

Rigg s'amusait bien. Père lui avait au moins remis les clés des manœuvres politiques et le mode d'emploi pour les utiliser. Il n'avait pas la moindre idée de ce que la vie lui réservait ni aucune envie de servir les plans d'un autre, alors pourquoi ne pas se faire plaisir et l'ouvrir un peu, quitte à y passer ?

« Vous avez là un jardin somptueux, observa Rigg. Et la demeure attenante ne l'est pas moins. Je m'étonne que le Conseil accepte d'en laisser la propriété à un seul homme, quand tant vivent dans la misère. Quel est votre nom, honorable hôte ? Je veux connaître l'identité de celui que le Conseil estime digne d'un tel trésor public. »

L'hôte, rouge de confusion, accueillit la question d'une légère courbette. « Flacommo, pour vous servir.

— Mon cher Flacommo, mon cher ami, le flatta Rigg, que diriez-vous d'entrer ? Les moustiques d'Aressa Sessamo semblent beaucoup m'aimer, ils sont en train de me dévorer.

— Le delta sur lequel nous vivons est un vrai marécage, expliqua Flacommo, soudain plein d'entrain. Le minimum ici est d'une bonne demi-douzaine de piqûres par personne, mais nous autres habitants des lieux y sommes habitués. Puisqu'il est question de dévorer, suivez-moi à la cuisine. Mon petit doigt me dit que si vous vous y prenez bien, le cuistot pourrait bien avoir un petit quelque chose pour vous.

— Je serai ravi de jouer les commis le temps de mon séjour, si vous n'y voyez pas d'inconvénients, sieur

Flacommo. Je m'y entends en découpe, surtout s'il y a du gibier au menu. »

Rigg avait conscience de l'image un tant soit peu déroutante qu'il renvoyait de lui-même : franchise frisant l'incorrection, manières de trappeur, pas contre l'idée de mettre la main à la pâte… les échos de cette première rencontre avec le prince présumé feraient vite le tour de la ville. Le Conseil aurait beau essayer de les taire, Rigg avait rendu ses déclarations trop croustillantes pour que les témoins de la scène les gardent pour eux.

Il les avait soudoyés, mais avec bien plus qu'un peu de monnaie : avec des secrets merveilleusement scandaleux. Quel prestige plus grand pour ces domestiques et courtisans que de devenir les dépositaires de la vérité sur l'intimité des puissants ? Aucun ne résisterait à l'envie de la *confier* au voisin. Et de voisin en voisin, d'ici au lendemain matin, des milliers d'oreilles auraient eu vent de l'histoire.

Plus il ferait jaser et plus ils seraient nombreux à se soucier de lui, à l'apprécier, à en redemander, et plus ils le protégeraient malgré eux, en devenant autant de témoins du traitement qu'on lui ferait subir. Et si Umbo et Miche passaient par là, ils se fieraient aux ragots pour le retrouver.

Mère désapprouvait, Rigg le voyait bien. Le contraire aurait été surprenant. Pour autant qu'il le sache, elle le préférait plutôt mort que vif, laissant le Conseil se salir les mains à sa place si possible. Flacommo n'avait pas dû apprécier lui non plus. Lui, l'ami fidèle, le dévoué serviteur prêt à se sacrifier pour le bien-être de la famille royale, avait soudain pris un tout autre visage : celui de son geôlier.

La réaction la plus théâtrale fut celle d'Erbald. Alors que Mère accompagnait Rigg vers la maison, impatiente de pouvoir profiter de son fils pour la première fois depuis sa brutale disparition, Erbald annonça son congé, puis jeta subitement le bras autour des épaules de Rigg. « Voulez-vous, jeune Rigg, m'accompagner au portail ? » clama-t-il.

Rigg l'accompagna volontiers.

« Bien joué, pour un amateur, lui susurra le Secrétaire à l'oreille.

— Joué ? dit Rigg en reculant, affable. Vous avez vu quelqu'un jouer ?

— À popularité provisoire, sécurité provisoire. N'oublie pas que le soutien du peuple ne dure qu'un temps. Qu'une seule rumeur vienne te salir – surtout si elle est fondée – et il te mettra en morceaux. »

À ces mots, il sortit à grandes enjambées, laissant Rigg seul face aux portes qui se rabattaient sur la ville.

Dans la cuisine, Rigg se mêla aux domestiques en pleine préparation des ragoûts et tartes du lendemain. La gastronomie et lui, ça faisait deux – c'était tout juste s'il n'attribuait pas la levée du pain à quelque acte de sorcellerie –, mais il savait tout de même émincer une carotte, peler une patate, évider une pomme ou dénoyauter une pêche. Flacommo n'avait pas donné ses consignes au chef qu'il jouait déjà du couteau pour aider son jeune voisin.

« Ce n'est pas un travail pour un fils de la maison royale », s'indigna Flacommo.

Rigg s'étonna de cette remarque. « Si maison royale il y avait, très certainement, monsieur. Or il n'y en a point. Pas de maison royale, pas de fils de la maison royale. En revanche, quand il y a du travail, je le fais, cela me paraît normal. » Rigg se tourna vers le chef. « En êtes-vous satisfait, monsieur ? »

— Pleinement, monsieur, lui répondit le chef, mais ce n'est pas à vous de m'appeler *monsieur*.

— Pourquoi ? questionna Rigg. Mon père m'a toujours dit de m'adresser aux aînés par “monsieur” et “madame”, par respect pour leur sagesse et la bonne fortune de leur âge.

— Sagesse et bonne fortune, s'esclaffa Flacommo comme s'il n'avait jamais rien entendu d'aussi drôle. Il n'y a vraiment que les jeunes pour croire à la “bonne fortune” des vieillards, avec leurs rhumatismes, leur calvitie et leurs ballonnements incessants.

— Je me considérerai comme extrêmement chanceux, monsieur, si je vis suffisamment longtemps pour souffrir de ce que vous décrivez. »

Flacommo, décidément bon public, rit de plus belle. Rigg aperçut, l'air de rien, sa mère bouger imperceptiblement la tête. Comprenait-elle enfin son manège ? L'approuvait-elle ?

« Nous prendrons soin de nourrir le jeune, monsieur, dit le chef à l'adresse de Flacommo. L'un des garçons peut déjà lui montrer sa chambre, ils savent tous laquelle est prête.

— Une chambre ? demanda Rigg. Pour moi ? Pourquoi pas, après tout, un peu de confort ne me fera pas de mal après ce périple. Encore quelques pommes et nous pourrons monter. Pour ce qui est du repas, du fromage et une tranche de pain feront l'affaire. »

Rigg n'avait aucune intention de monter où que ce fût, et certainement pas dans une chambre préparée *spécialement* pour lui. C'était le piège parfait. Sa meilleure défense serait d'aller dormir dans un endroit où personne ne l'attendait, avec beaucoup de témoins si possible.

« Je crois savoir que votre mère brûle de vous parler, déclara Flacommo.

— Il y a un tabouret, montra Rigg. Pourquoi n'y prendrait-elle pas place pendant que je finis de peler ces pommes ? »

Cette simple suggestion fit passer un vent de panique parmi les domestiques. Rigg l'accueillit d'un éclat de rire. « Eh bien, on dirait que c'est une première ? C'est le moment de faire sa connaissance !

— Je crains que notre bien-aimée Dame Hagia ne soit pas autorisée à *aider en cuisine*, comme vous semblez le suggérer, l'arrêta Flacommo. L'usage des couteaux lui est formellement interdit. »

Rigg brandit son vide-pomme. « Vous appelez ça un couteau, vous ?

— Oui, dans la mesure où vous poignardez la pomme, opina Flacommo.

— Gare à la boucherie, pouffa Rigg. Imaginez, être vide-pommé à mort ! » Il se pressa l'ustensile contre le plexus. « La force qu'il faut... venez m'aider ! »

Plusieurs domestiques éclatèrent de rire malgré leurs efforts pour rester impassibles. Cette nouvelle anecdote s'ébruiterait vite hors de la cuisine.

« Mère, la soirée est déjà bien avancée. Je vous invite à retrouver votre chambre pour une bonne nuit de sommeil. Nous pourrions discuter demain à tête reposée. J'ai pour ma part déjà bien dormi, bercé par le roulis du bateau et les doux ballants de la chaise à porteurs. » Rigg disait vrai, il ne dormait jamais à heure fixe – il s'y était d'ailleurs entraîné sur le bateau, pour que personne ne puisse prévoir ses coups de fatigue.

Flacommo et Mère s'attardèrent un moment. Sans l'intervention du maître de maison, elle se serait très certainement jointe aux apprentis cuistots pour discuter un peu avec son fils, même sans intimité.

« Bien, bien, finit par dire Flacommo. Quel jeune homme imprévisible vous faites, Maître Rigg !

— Vous trouvez ? On me jugeait sans intérêt à Gué-de-la-Chute. J'étais un garçon tout ce qu'il y a de plus normal.

— Difficile à croire, repartit l'autre.

— Sans doute trouveriez-vous tout notre village imprévisible, dans ce cas. Les coutumes y sont complètement différentes. Par exemple, lorsque tous les habitants se rejoignent pour laver et découper la récolte du jour, ça chante de partout. Pas comme ici.

— Oh, on en connaît des chansons, vous savez, jeune maître, dit une vieille dame.

— Les chansons d'ici elles te terrifient, font se dresser les ch'veux su'l'cou », entonna un garçon.

Rigg reconnut l'air et reprit au vol : « Mais ta p'tite chérie abandonne sa moue au son d'l'amour doux. »

Tous les domestiques s'esclaffèrent en même temps.

« On a les mêmes chansons ! se réjouit Rigg. Finissons celle-ci et enchaînons sur deux ou trois autres. Le tout est de travailler dur et de chanter doux... il ne manquerait plus que notre hôte nous trouve bruyants ! »

Flacommo leva les bras au ciel et quitta la cuisine en pestant. Rigg osa enfin se tourner vers sa mère. Ils échangèrent un regard. L'ombre d'un sourire se dessina sur ses lèvres, sembla-t-il ; elle se retourna et emboîta le pas à Flacommo.

La pile de pommes descendue – avec un sourire reconnaissant du garçon qu'il avait sauvé du déshonneur –, Rigg ne fit qu'une bouchée du pain et du fromage, qu'il arrosa d'un peu d'eau. Le pain était bien plus fin que les miches grumeleuses que Nox fourrait dans les sacs de Père et de Rigg pour leurs expéditions en forêt, ce qui signifiait juste qu'il lui en faudrait le double pour se sentir rassasié. Le fromage était délicieux, d'un goût inédit pour son palais.

« Merci pour tout, dit le garçon à celle qui avait préparé son modeste dîner. J'ai goûté le meilleur pain et le meilleur fromage d'O, mais je crois pouvoir dire sans trop m'avancer que les domestiques d'ici mangent mieux que les seigneurs de là-bas ! »

Bien sûr, il en faisait des tonnes dans ses flatteries à l'égard des cuistots, des boulangers et des domestiques – mais ne méritaient-ils pas, eux aussi, des éloges ? Combien de fois Mère avait-elle daigné franchir le seuil de la cuisine ? Combien en connaissait-elle par leur nom ? Après une heure passée en leur compagnie, Rigg en savait déjà mille fois plus qu'elle sur la plupart d'entre eux. Il connaissait leur prénom, leur histoire, leur manière d'être et de s'exprimer. S'il n'avait pas encore gagné leur loyauté, il avait au moins leur sympathie. C'était un bon début.

« Laissez-moi vous conduire à votre chambre, se proposa un apprenti boulanger appelé Long, malgré sa petite taille.

— Avec plaisir, dit Rigg, même si je jurerais qu'elle n'est pas aussi chaude et douillette que ce petit recoin accolé à l'âtre qui sert de dortoir aux apprentis.

— Sur de la vieille paille et à même le pavé, s'exclama le jeune boulanger. J'ai déjà vu plus confortable !

— J'ai dormi dans des caves moisies d'humidité, sous des arbres ruisselants de pluie et sur des sols gelés avec la neige pour seule couverture. Elle est magnifique, cette chambre à coucher ! » Rigg parla bien fort pour être entendu des garçons de journée qui faisaient semblant de dormir sur leurs couches, et fut récompensé de voir plusieurs têtes en émerger en se demandant qui pouvait bien sortir des sottises pareilles.

« La neige pour couverture, n'importe quoi ! lança le plus jeune.

— Il faut creuser la couche supérieure comme un lapin. Une fois en dessous, il n'y a pas plus chaud.

— Elle te fond dessus et elle te noie, oui ! Ou alors elle s'écroule et tu finis congelé !

— Pas si tu choisis les premières couches. Celles-ci gardent leur forme au fil des jours. Tu peux même voir de petits animaux s'y installer après, tellement c'est douillet. Ce n'est pas parce qu'on vit au nord qu'on connaît la neige. Passez un hiver en montagne et vous verrez. »

Sur ce, il rejoignit Long, qui le guida à travers la salle à manger vers les corridors de la maison. Rigg lui demanda de ralentir. Il voulait savoir à quoi servait chaque pièce, où débouchait chaque porte. À chaque nouvelle information se précisaient les contours de sa carte mentale – encore un truc de Père. Il repérait aux dimensions des salles quand quelque chose ne collait pas et, une fois conscient de leur existence, situait rapidement les passages dérobés à l'aide des pistes qui y menaient. Celles-ci ne lui livraient pas le mystère de leur ouverture mais, au moins, il savait où les trouver. La maison était un vrai labyrinthe, entre les escaliers et les couloirs de service zébrés de traces, les couloirs publics réservés aux pensionnaires et aux visiteurs importants, et les conduits secrets très peu parcourus mais omniprésents. Chaque pièce ou presque avait le sien.

Rigg s'intéressait aux salles, mais pas seulement. Il avait repéré suffisamment de traces de sa mère pour reconstituer avec précision ses allées et venues. Il savait désormais quels endroits elle visitait régulièrement, lesquels elle évitait invariablement. Les passages secrets n'étaient pas trop son truc : elle n'en avait utilisé qu'un, et à de rares occasions. Soit elle ne connaissait que celui-là, soit elle préférait rester visible aux yeux de tous, de peur qu'on ne la croie enfuie peut-être.

Plus surprenant encore, de toutes les traces de Flacommo, aucune n'empruntait un passage secret. Connaissait-il les lieux encore moins bien qu'elle ?

À la première occasion, Rigg fouillerait jusqu'à retrouver la sienne quand, bébé, il s'était volatilisé. Elle lui apprendrait peut-être avec quelle aide, et par où.

Mais après mûre réflexion, les chances de la retrouver étaient infimes. La famille royale se faisait bringuebaler d'une maison à une autre. Elle ne possédait rien, ni biens ni patrie, condition normale au regard de la Révolution. Dès qu'on le lâcherait un peu, il prendrait quand même le temps de partir à sa recherche.

Rigg et Long parvinrent finalement à la porte d'une chambre à coucher de taille démesurée, au milieu de laquelle trônait un lit aux allures de forteresse en nid d'aigle postée sur quatre colonnes massives, et renforcée de rideaux et baldaquins. Un tabouret, à son pied, permettait d'y grimper.

Rigg se tint sur le pas de la porte, en silence et faussement admiratif, le temps de scruter la chambre à la recherche de traces récentes, et pour prévenir une éventuelle embuscade. Personne, évidemment. En revanche, quelqu'un s'était affairé sous son lit une heure ou deux auparavant. Il y avait déposé là un étrange mécanisme que Rigg décrypta à la vue des traces à peine perceptibles de six foudroyants, la race de lézards la plus mortelle de l'entremur. Sous son poids, le matelas s'affaisserait et briserait la cage. À la seconde même où ces gentilles bestioles seraient libérées, elles se rueraient vers la première source de chaleur, lui en l'occurrence, pour le tuer.

« C'est tellement beau, dit Rigg de sa voix la plus innocente et pure. Mais jamais je ne pourrai dormir dans un lit si haut, j'aurais trop peur de tomber et je ne vais pas fermer l'œil de la nuit. Viens, on retourne à la cuisine, je préfère dormir avec les autres ! » Il tourna les talons et remonta sa trace d'un pas vif.

Long tenta bien de protester, mais Rigg se retourna vers lui et chuchota, le doigt sur la bouche : « Il y en a qui dorment ! Tu vas les réveiller ! »

CHAPITRE 2

CONFIANCE

« Mauvaise nouvelle, annonça le sacrifiable. Une de vos copies a omis de dire "immédiatement". Son ordre est passé une fraction de seconde avant les autres. »

Ram esquissa un léger sourire. « Quel petit plaisantin vous faites. Alors, dans ce cas, pourquoi… »

Le sacrifiable ne lui laissa pas le temps de finir. Il lui brisa la nuque d'un coup sec, des deux mains. Aucune importance, ce n'était pas le vrai Ram Odin.

*

Rigg s'endormit à peine installé au milieu du méli-mélo de bras et de jambes des autres garçons, dans l'alcôve aménagée derrière la cheminée. Le mur de pierre qui les séparait de l'âtre était brûlant, l'autre, en face, plutôt froid en cette fin d'automne glaciale. Rigg choisit ce coin délaissé des commis : il y avait de la place et, après ses nuits dehors, il préférait un peu de fraîcheur à une chaleur étouffante.

Il se réveilla à peine quatre heures plus tard, comme il s'y était astreint chaque jour sur le bateau, dans le silence des dernières heures avant l'aube. La petite niche s'était remplie et réchauffée avec l'arrivée des garçons de nuit. Leurs cheveux luisaient de sueur malgré un feu réduit à quelques braises, car leurs corps étaient encore bouillants de l'activité de la veille. Même Rigg, le dos pourtant au frais, avait trop chaud. Il sortit dans la cour se dégourdir un peu les jambes.

Avec, pour seuls objets de convoitise, de l'herbe et quelques fleurs, le jardin était logiquement laissé sans surveillance. Mais s'il osait quelques pas vers le portail principal ou l'entrée des domestiques, Rigg savait que des gardes surgiraient. Un simple tour du jardin suffirait à les mettre en alerte. Il opta donc pour la porte de la cuisine – baptisée la « porte aux arômes », car elle menait au carré d'herbes aromatiques – et s'y assit, à même le sol. Le fond de l'air sentait déjà l'hiver. Le basilic flétrirait bientôt, puis le thym, sous les premiers flocons. Seules les tiges boisées du romarin seraient encore là au printemps.

Rigg trouvait le jardin presque aussi artificiel que le plancher de la maison. Rien ne poussait à l'état sauvage ici, rien ne vivait vraiment, à part quelques oiseaux. Les insectes laissaient des traces, mais si fines et pâlottes que, même en se forçant, Rigg n'aurait pu les distinguer les unes des autres. Ce n'était pas plus mal – pour une trace de vertébré, on en comptait dix mille d'insectes. À éclat égal, elles l'auraient aveuglé.

Rigg garda les yeux ouverts pour voir comment cheminaient les traces par rapport aux bâtiments. Les murs ne le gênaient pas, il « voyait » à travers. Ceux de l'enceinte extérieure étaient dégagés – en plus de six siècles, personne ne les avait encore franchis.

Rigg avait encore tant à comprendre. Il commença par focaliser son attention sur celui – ou celle – qui avait déposé les foudroyants sous son lit. Sans vraiment savoir comment, Rigg avait appris très tôt à identifier une trace et à la reconnaître plus tard. Plus la trace datait, plus sa tâche se compliquait. Comme si, en vieillissant, elle perdait en informations et en netteté. Quelles informations exactement, Rigg n'aurait pu le dire ; il savait juste la reconnaître.

L'assassin malchanceux avait gagné l'allée par l'entrée des domestiques. Sa trace s'éloignait ensuite, rectiligne, jusqu'au grand garde-manger. Là, elle partait en cloche dans les airs, comme si son auteur avait sauté dans quelque chose, un tonneau par exemple. Elle n'en était ressortie que le lendemain à l'heure de l'arrivée de Rigg sur sa chaise à porteurs. Pour aller glisser la cage sous le lit.

L'important pour Rigg était de savoir si l'assassin avait rencontré quelqu'un *dedans*. Et s'il avait emprunté un passage secret. La réponse fut deux fois non. Il avait filé vers sa cible sans hésitation, sans croiser personne, sans même s'arrêter pour se cacher, droit au but.

En revanche, une fois son forfait commis, il n'était pas retourné sur ses pas. Il avait gagné le toit par l'échelle de service laissée là par les hommes à tout faire qui l'empruntaient pour aller réparer les fuites, détruire les nids d'oiseaux et de guêpes et nettoyer les fenêtres à tabatière et dômes vitrés. Erbald les avait quittés au même moment – Rigg le sentit à la simultanéité de leurs traces.

Le meurtrier avait donc émergé sur le toit avant de le traverser à la sauvette et de sauter dans la cour du voisin. Toute la maison, une bâtisse aussi cossue que celle de Flacommo, dormait alors du sommeil du juste – même son seul garde, un vieil homme, était assoupi. La crapule l'avait frôlé, avait franchi le portail et disparu dans les rues de la ville sans même qu'il ouvre l'œil.

L'assassin s'était déplacé avec le pas assuré d'un habitué des lieux. Rigg décida de remonter le temps à la recherche de traces plus anciennes. Un travail fastidieux nécessitant une discipline de fer : d'abord, isoler les traces de la période visée en atténuant l'intensité des plus vieilles et des plus récentes, puis les passer en revue une à une avant de recommencer pour la période suivante. C'était comme déchiffrer un texte à la bougie en se concentrant sur les plus petites lettres. Mais, désormais rompu à l'exercice, Rigg prenait son temps et, bientôt, toute la maison avait été épluchée pièce par pièce.

L'assassin avait pu être envoyé en repérage, soit à l'arrivée du rapport du Général Citoyen à Aressa Sessamo, soit deux mois plus tôt, quand avaient entrepris de circuler des rumeurs sur l'existence de Rigg. Restait encore une ultime solution : il avait entrepris de découvrir les lieux avant que la famille royale ne s'y installe, par anticipation. Toutefois, si sa dernière visite remontait à si loin, Rigg ne la retrouverait jamais : une recherche méthodique prendrait des mois, un épluchage rapide lui ferait rater l'essentiel.

Il opta donc pour une autre stratégie : limiter ses recherches au portail. Lors de sa première visite, l'assassin avait forcément prétexté une raison légitime, quelque chose de tellement banal que tout le monde l'aurait oublié dans la seconde. Seconde entrée possible, la porte des domestiques. Si Rigg ne trouvait rien au portail, il fouillerait là.

Bingo. L'homme s'était présenté au portail un mois plus tôt. Avant l'arrivée des messagers de Général Citoyen donc. Mais il y avait d'autres messagers possibles – un homme d'O, par exemple, intéressé par Rigg avant que Citoyen n'entre en scène.

Rigg se sentait tout de même soulagé de savoir le général étranger à toute cette affaire. Il en était venu à l'apprécier, ou du moins à le respecter. Il ne pouvait l'imaginer s'abaissant à de tels actes.

L'homicide n'était pas venu seul à sa première visite. Qui les avait accueillis ? Les domestiques postés à l'entrée d'abord, puis Flacommo en personne, ce qui constituait déjà un premier indice : les visiteurs étaient de marque. La plupart avaient suivi Flacommo jusqu'à Mère, à ce moment-là dans une pièce jouxtant le jardin où, au vu des traces, elle passait le plus clair de son temps. Le meurtrier, lui, était resté en retrait.

Une conclusion possible était qu'il s'était fait passer pour un domestique, congédié par son maître pendant l'entrevue. Il avait exploré les chambres une à une – plus d'une heure à fureter sans que personne l'interroge.

Il avait ensuite regagné directement la pièce où Mère et ses visiteurs discutaient, et tout le groupe était reparti ensemble.

Si seulement Umbo avait été là ! Un petit ralentissement du temps et hop, il aurait su si Mère était au courant de l'attentat avant son arrivée.

Il y avait de grandes chances : le petit groupe s'était entretenu une heure durant en privé avec elle.

Enfin... de là à conclure qu'ils étaient en train de fomenter son assassinat... Et Flacommo qui n'avait jamais rencontré l'assassin. Quelle conclusion en tirer ? Et quid du Conseil révolutionnaire ? En définitive, le don de Rigg lui en avait appris plus que quiconque, mais rien de bien utile.

Il n'était pas seul dans le jardin.

Une trace se dessinait sous son regard, là, juste en face de lui, au ralenti. Son éclat s'estompait à vue d'œil. Il ouvrit les yeux : personne.

On racontait des histoires à propos d'hommes invisibles, de saints dotés du pouvoir de se mouvoir incognito dans une foule ou encore d'individus qui, après avoir offensé un sorcier, subissaient son courroux et se retrouvaient à errer seuls jusqu'à la fin de leurs jours, invisibles. Sornettes ! clamait Rigg. D'après Père, une image se définissait comme un ensemble de photons de différentes longueurs d'onde réfléchis, absorbés ou diffractés chacun à leur manière avant d'être captés par la rétine. Il était techniquement impossible de rendre chaque atome de son corps transparent aux photons.

Père ne disait-il pas aussi : « "Impossible" dans la bouche de l'idiot devient "peu probable" dans celle du sage » ? C'était devenu une blague entre eux – pendant plusieurs mois, ils avaient retiré « non » de leur vocabulaire pour le remplacer par « peu probable ». Il venait maintenant à l'esprit de Rigg que, si Père et lui avaient tant débattu de la possibilité de l'invisibilité, ce n'était peut-être pas un hasard.

Tête de mule, Rigg jugea prématuré de céder à l'histoire de la transparence des atomes à la lumière. S'il y avait une explication rationnelle derrière tout ça, il la trouverait. Il referma les paupières et scruta la trace qui se mouvait avec peine, espérant y déceler un indice.

Pour commencer, elle se déplaçait plus lentement qu'aucun autre être humain. Ensuite se posait la question de son éclat : il se ternissait bien trop vite. La trace de cette chose paraissait déjà, à son extrémité de départ, antérieure à celle de Rigg.

Et à l'autre, là où une personne aurait dû se tenir, elle vacillait.

Non pas en clignotant, mais en passant par toutes les nuances d'un même ton, sans transition.

Rigg rouvrit les yeux. Si c'était encore un assassin, il allait devoir accélérer un peu pour le surprendre...

À moins qu'il ne sorte brusquement de son invisibilité pour fondre sur lui comme un faucon sur sa proie ?

Le mieux était d'aller voir de plus près. Rigg se leva et alla se planter d'un pas décidé devant la trace.

Celle-ci mit une éternité à freiner puis à repartir dans l'autre sens. L'espace d'une seconde, une seule seconde d'immobilité, Rigg entr'aperçut la chose. Ses yeux, sa taille, sa silhouette aussi, une femme, d'après ses habits et sa coiffure. Dans son regard se lisait une forme de… peur ? D'étonnement ?

Rigg venait de dévoiler à l'invisible les failles de son invisibilité. Et avait appris une chose : en s'arrêtant, elle redevenait visible, ou presque.

« Qui êtes-vous ? » demanda-t-il d'une voix douce. Il était si près d'elle qu'elle ne pouvait pas ne pas l'entendre. Pourtant, pas le moindre signe de réponse. L'Invisible traçait sa route, un peu plus vite à vue de nez.

Frustré, Rigg remonta sa trace d'un pas résolu et traversa l'endroit où elle était censée se tenir, en plein milieu.

Ressentit-il quelque chose de particulier à cet instant ? Un léger vacillement, peut-être même un peu de chaleur. Ou, conscient de traverser un être vivant, son imagination lui jouait-elle des tours ?

Il se retourna : rien, la trace continuait simplement sur sa lancée. Un peu plus vivement peut-être, si toutefois « vivement » pouvait s'appliquer à un rythme dont ne se serait pas vanté un escargot.

Rigg avait tout même sa petite idée sur l'identité de l'Invisible. S'il ne pouvait ni lui parler ni la forcer à redevenir visible, il pouvait au moins chercher à découvrir d'où elle venait et qui la connaissait. Il s'écarta de son chemin et ferma les yeux pour remonter sa trace, pleinement concentré. À quelques mètres à peine, la trace perdait son vacillement caractéristique pour redevenir parfaitement normale jusqu'à la maison... jusqu'à la chambre de Mère.

L'Invisible en était sortie à un rythme normal. Qu'elle l'ait fait au plus noir de la nuit, seule dans les couloirs, venait accréditer sa thèse : quand elle se déplaçait normalement, l'Invisible redevenait visible. Si personne ne l'avait vue, c'était uniquement parce que la maison était plongée dans l'obscurité et qu'ils dormaient tous. Ce n'est qu'en apercevant quelqu'un dans le jardin, Rigg, qu'elle avait ralenti pour disparaître.

Elle ne « ralentit » pas vraiment, prit conscience Rigg. *Ses actions influencent sa trace et les traces sont en corrélation directe avec le temps. L'Invisible se projette en avant dans le temps par infimes fractions de seconde.*

Rigg s'imagina en train de soumettre sa théorie à Père. *Imagine que l'Invisible se déplace de dix centimètres par seconde. Et imagine qu'à la fin de chaque seconde elle bondisse dans le temps d'une seconde. De son point de vue, l'Invisible avance en continu à son rythme de dix centimètres par seconde. Mais comme elle saute dans le temps d'une seconde à la fin de chaque seconde, pour un observateur extérieur, sa vitesse apparente n'est que de dix centimètres toutes les deux secondes – l'autre seconde, elle se dérobe à son regard.*

Maintenant, suppose qu'on ne parle plus d'une seconde pour dix centimètres, mais d'un millionième de seconde pour dix millionièmes de centimètre. La vitesse est la même, mais son existence à un instant T est trop brève pour que les photons puissent la frapper en nombre suffisant.

Là, Père aurait soulevé une objection. Si son existence à un instant T était égale à sa durée d'invisibilité, on devrait la voir à moitié, car la quantité de photons réfléchis ou absorbés serait alors égale à celle des photons qui passeraient à travers.

Je te l'accorde, répondit Rigg à sa propre objection. *Dans ce cas, imagine que l'Invisible existe pendant un millionième de seconde, et que son saut dans le temps ne dure qu'un millième de seconde. Son existence dure alors mille fois moins longtemps que sa non-existence. La lumière n'est réfléchie qu'un millionième de seconde contre un millième. Pas assez pour la percevoir, ou du moins pour imprimer son image sur la rétine.*

Elle doit sans cesse bouger, par contre. Et très rapidement, pour qu'à chaque millième de seconde, à son prochain éclair d'existence, elle ait changé de place. Quand je l'ai forcée à s'arrêter et à faire demi-tour en lui barrant la route, ce flottement d'une seconde a suffi à la ralentir assez pour que ses principaux traits se dessinent sous mes yeux – sa taille, sa silhouette, ses yeux, les contours de sa bouche. Elle a disparu en accélérant.

Enfin, pas vraiment disparu. Elle était toujours là. Lorsque je l'ai traversée, elle était *là.*

Père lui avait appris que les objets solides sont pour ainsi dire vides, leurs atomes très éloignés les uns des autres avec dans chacun d'eux un noyau et des électrons isolés par des vides de plusieurs fois leur taille.

Donc, lorsqu'il l'avait traversée, l'Invisible avait dû se matérialiser à intervalles infiniment brefs, des milliers de fois peut-être. Et sauter dans le temps avant que les particules de son corps, la plupart du moins, n'entrent en collision, au risque de se déformer ou de se détruire les unes les autres.

Certaines avaient bien dû se télescoper pourtant, et celles-ci...

Pas étonnant que l'Invisible ait préféré battre en retraite plutôt que de rentrer dans Rigg. Même si une telle collision ne ferait pas grand mal en apparence, la radiation résultant du peu de chocs relatifs entre atomes, le temps du passage, avait dû être conséquente. Si l'Invisible n'avait pas cherché à l'éviter, cette radiation aurait même pu atteindre des proportions dangereuses. Assez pour la rendre malade... la tuer, même.

Pour la première fois, Rigg prenait conscience de la *réelle* utilité des enseignements de Père sur la physique. *Il cherchait juste à me faire prendre conscience de ce genre de choses.*

Sauf que le sens de ce phénomène lui échappait encore. Comment un être humain pouvait-il fractionner le temps en d'aussi minuscules intervalles ? Comment l'Invisible pouvait-elle maîtriser cela ?

Rigg tenta à nouveau de répondre lui-même à son objection. *L'Invisible ne comprend pas plus ce qu'elle fait qu'Umbo ne comprend comment il « ralentit le temps » ou que je ne comprends la nature des traces qui m'apparaissent. C'est une question d'instinct, de réflexe. C'est comme transpirer. On sait comment se déclenche la transpiration, mais inutile d'activer chaque pore de sa peau pour le faire.*

Faux, la transpiration est involontaire. Plutôt comme la marche alors. On ne réfléchit pas volontairement à chaque petit mouvement musculaire impliqué dans la marche, on marche juste et le corps répond. Ou comme la vue – on détermine quel objet regarder, comment, combien de temps – sans se torturer le cerveau sur le nombre de photons qui doivent venir frapper les bâtonnets et les cônes rétiniens.

Peut-être l'Invisible ignore-t-elle même qu'elle avance dans le temps. Elle sait juste qu'en devenant invisible, sa progression ralentit. Ses années de pratique lui auront appris quelle quantité de mouvement temporel est nécessaire pour le rester et qu'en devenant trop *invisible, son déplacement dans l'espace ralentit tellement qu'elle reste clouée sur place.* A contrario, *en avançant trop peu à chaque minuscule saut temporel, elle redevient visible – sous forme de rêve, d'apparition, de souvenir, mais... bien visible.*

Elle a appris à le maîtriser avec les années, comme Umbo a appris à réguler le débit du temps et moi à y voir clair dans les traces, à savoir d'instinct laquelle est plus ou moins vieille et comment n'isoler que celles d'une période ou d'un individu donné.

Cette Invisible est comme moi. Comme Umbo. Elle a un don.

Umbo et moi avons été entraînés par Père à affûter le nôtre. Nox aussi. Pourquoi pas elle ?

Rigg se rappela les mots de Père agonisant sous l'arbre. « Ensuite, pars retrouver ta sœur. Elle vit avec ta mère. »

Père l'avait envoyé retrouver sa *sœur*, pas sa mère. Sa mère, la reine de plein droit, n'avait qu'une importance secondaire. Seule importait pour Père sa sœur, cet être aux talents particuliers.

Le puzzle se mettait en place. Tous les faits sans exception lui donnaient raison. Des failles apparaîtraient peut-être plus tard dans sa théorie mais, pour l'heure, comme le lui avait appris Père, mieux valait partir du principe qu'il avait raison.

Rigg se permit un dernier coup d'œil aux traces. L'Invisible regagnait la maison, allongeant encore un peu le pas. Ce qui impliquait des sauts temporels plus courts, ou moins fréquents. Dans un cas comme dans l'autre, elle reflétait plus de photons. Rigg distinguait une forme nébuleuse en pleine course, mais encore tellement lente que, s'il le voulait, il serait sur elle en deux enjambées.

Voilà comment l'Invisible envisageait la fuite : en troquant invisibilité contre vitesse.

Il comprenait maintenant pourquoi il avait parlé dans le vent tout à l'heure. En n'existant qu'un millième de seconde à un endroit et à un moment donnés, comment aurait-elle pu l'entendre ?

L'Invisible. Elle a un nom. Param Sissaminka.

Rigg entra dans la cuisine, où la brigade du matin s'activait déjà : les boulangers sur les pâtons laissés de la veille, les cuistots sur les ragoûts de l'après-midi, les domestiques à moitié endormis vaquant ici et là, s'occupant un peu d'eux avant de servir les autres.

« Avez-vous pu dormir, jeune maître ? » s'inquiéta la boulangère en chef. Rigg la rencontrait pour la première fois, mais les nouvelles semblaient être allées bon train, surtout à propos de cet inconnu qui avait passé la nuit dans l'alcôve des apprentis.

« Oui, lui indiqua Rigg. Mais je me lève tôt. Il se peut d'ailleurs que je m'allonge un peu cet après-midi, si vous le permettez. »

La boulangère le contempla d'un œil amusé. « Si vous évitez votre chambre par peur qu'on vous dérange, peut-être devriez-vous également éviter l'alcôve. »

Tant de franchise alerta Rigg. « Suis-je en danger ? l'interrogea-t-il.

— En tout cas, vous pensiez l'être, d'après ma sœur. Elle est de service de nuit. Elella. Moi, c'est Lolonga.

— Laissez-moi vous confier un secret, Lolonga, souffla Rigg. Quelqu'un a laissé quelque chose dans ma chambre hier soir, qui explique pourquoi je n'y ai pas dormi. Une chose destinée à tuer. Je crains que, si quelqu'un va dans cette chambre aujourd'hui et joue un peu trop avec le lit, le piège qui me visait ne se déclenche et tue un innocent qui ne le mérite pas.

— Parce que *vous*, vous méritez de mourir ?

— Pas que je sache mais, pour certains, je suis apparemment de trop ici.

— Puisque vous ne m'en dites pas plus sur ce piège, bien que j'en déduise qu'il est lié au lit, j'imagine que vous attendez de moi que j'avertisse les autres. Sans que s'ébruite que l'avertissement vient de vous.

— Vous me rendriez un fier service, en effet. Mais pas de mensonge inutile. Si l'on vous interroge sans détour, surtout si la question émane d'une personne de confiance, dites tout. Les choses se sauront bien assez tôt de toute façon. Mais sinon, motus et bouche cousue.

— La gouvernante, Bok, est une lève-tôt, indiqua Lolonga. Ces idiots d'apprentis vont me ruiner les premières fournées en mon absence, à me sortir des éponges ou des briques, mais je vais la prévenir de ce pas, qu'elle ne risque pas inutilement la vie d'une de ces crétines de bonnes à rien de femmes de chambre.

— Aucune femme de chambre ne mérite de mourir, si crétine soit-elle, déclara Rigg.

— Vraiment ? s'étonna Lolonga. Surprenant d'entendre cela de l'un des *vôtres*.

— L'un de... qui exactement ?

— Les têtes couronnées. Les richards. Les bien nés. Ceux dont on attend les ordres, qui ont tout l'argent, toute la gloire, le pouvoir. *Vous*, quoi.

— Là, vous vous trompez, ma bonne dame. Il y a quelques mois encore, j'étais l'un des *vôtres*. Pis encore : un trappeur vagabond que les vôtres méprisaient en lui claquant la porte au nez. »

Lolonga se fendit d'un sourire. « Je l'avais bien senti, mon garçon, confia-t-elle. Sinon tu te serais fait recevoir. Comme ta mère. Elle ne met pas les pieds ici, tu sais. Pas tant que j'y suis. Elle distrait mes gens, une vraie plaie.

— M'dame, dit Rigg. Dites-moi. Qui de vous ou de votre sœur commande ici ?

— On commande toutes les deux. C'est un peu la guerre entre nous. Elle pensait avoir pris le dessus, en m'imposant *ses* pâtons à travailler la journée, et les pains à manger. Mais j'ai eu ma revanche. Je l'ai obligée à prendre Long, mon vaurien de tire-au-flanc de fils, comme apprenti de nuit. Elle est pas près de s'en remettre.

— Je l'aime bien moi, Long, dit Rigg.

— Moi aussi. C'est pour son bien que je l'ai mis de nuit, pour ne pas avoir à lui hurler dessus à longueur de journée en le maudissant d'être bien le fils de son vaurien de fainéant de père. On s'aime tellement, ce serait dommage. »

Elle partit s'acquitter de sa tâche. Rigg sortit par la porte opposée, qui donnait sur la salle à manger, vide à cette heure, table débarrassée. Elle serait bientôt dressée pour le petit déjeuner, devina Rigg, mais pour l'instant, l'endroit était calme, plongé dans une obscurité à peine perturbée par la lueur diffuse des étoiles, tandis que le Grand Anneau projetait ses rayons contre la façade en face.

Rigg s'assit sur l'une des chaises et suivit la trace de Lolonga à travers la maison. Sa route croisa celle de la gouvernante, Bok, qui fila aussitôt, supposa Rigg, transmettre les instructions aux femmes de chambre.

Son attention se tourna ensuite vers la chambre de Mère où, comme il s'y attendait, Param avait refait surface. Rigg prit son temps pour observer les traces.

Param venait ici chaque jour. Elle n'était pas la seule. Quelqu'un arrivait et repartait toujours juste avant elle. Rigg remonta cette nouvelle trace ; elle le mena à une servante déjà repérée la veille au soir. Il avait dû la croiser au moment précis où elle partait pour la chambre, un plateau à la main. Il s'était alors demandé où elle pouvait bien aller. Il avait sa réponse. Ce plateau de nourriture... il y voyait plus clair maintenant. Voilà comment Param mangeait. Un invisible n'a d'autre choix que de s'immobiliser le temps de passer de l'invisible au réel, pour manger, boire, se laver – les gestes simples du quotidien. Des minutes à haut risque pour elle. Voilà qui expliquerait pourquoi elle les passait là, dans la chambre de Mère.

Param est sous sa protection. « Elle vit avec ta mère. » *Mère est un refuge pour Param. Pas une menace.*

Qu'en est-il pour moi ? Impossible de le savoir pour l'instant. Impossible d'être sûr. Param est l'héritière de la Tente de Lumière. Si Mère la protège, elle peut être aussi ma pire ennemie. Les traces sont trop profondément enfouies pour que j'espère y voir plus clair.

Rigg s'installa à la table du petit déjeuner, là où avaient pris place Flacommo, Mère et une dizaine d'invités et de courtisans.

Une fois observés les règles de bienséance et un délai raisonnable avant de s'immiscer dans les conversations, Rigg interpella Mère : « Je le confesse, Honorable Mère, le but de mon voyage vers Aressa Sessamo n'était pas de vous rencontrer. D'apprendre que vous étiez vivante m'a comblé de bonheur même si, vous l'entendrez aisément, je me suis vite interrogé sur ce qui avait pu tant retarder notre première rencontre et poussé mon père à attendre son dernier souffle pour me parler de vous. Non, le but de mon voyage, disais-je, est ma sœur, que Père m'a envoyé rejoindre ici, à Aressa Sessamo. J'ai beau regarder, je ne la vois nulle part. Est-elle indisposée ? Refuse-t-elle de rencontrer son frère ? »

Rigg n'aurait pu viser plus juste pour faire taire la salle. Il feignit d'être surpris par ce silence subit.

« Aurais-je commis un impair ? Personne, au cours de mon long voyage, ne m'a laissé entendre qu'il pourrait y avoir un problème. Je pensais la rencontrer à mon arrivée. »

Tous les commensaux s'étaient tournés vers Mère, paniqués. D'un calme olympien, elle restait concentrée sur ses bouchées, son regard pétillant posé sur Rigg. « Ta curiosité ne me surprend pas, déclara-t-elle enfin. Mais vois-tu, cela fait plus d'un an que ta sœur a pris ses distances avec la société, à la suite d'une expérience des plus désagréables. Un paysan, qui surgissait régulièrement ici à l'improviste pour nous tondre les cheveux ou nous prendre nos vêtements, l'a un jour forcée à se débarrasser de tous les siens, jusqu'au dernier. Cet acte fut d'une extrême violence. Elle reste cloîtrée depuis et ne voit plus personne. »

Ou plutôt, plus personne ne la voit, songea Rigg. « Est-ce vraiment sans espoir, même pour un frère de retour après une si longue absence ? » clama-t-il.

La question s'adressait en fait à la principale intéressée, présente dans la salle, même si Rigg se garda bien de le dire. Il avait vu sa trace entrer au ralenti puis faire les cent pas pour rester invisible. Aucun doute, elle brûlait autant de curiosité pour lui que lui pour elle. Elle savait qu'il la voyait, ou du moins la sentait. En s'asseyant, il lui avait fait un petit signe de la main sous la table. Discrètement et très lentement, pour qu'elle puisse détecter le mouvement.

« Il y a de l'espoir, en effet, tenta de le rassurer Mère. Je ne doute pas qu'elle s'impatiente de te rencontrer un jour. Le temps venu, je te conduirai vers son lieu de retraite.

— Son éducation doit terriblement en souffrir, nota Rigg.

— Son éducation est le cadet de ses soucis après l'humiliation subie », rétorqua Mère.

Flacommo trouva le moment idéalement choisi pour s'immiscer dans la conversation. « Qu'une enfant soit traitée de la sorte nous a tous couverts de honte. Le Conseil révolutionnaire du Peuple a immédiatement amendé la loi pour empêcher quiconque de dépouiller de leurs habits les membres de la famille autrefois appelée “royale”. Il était plus que temps que cette coutume cesse.

— En d'autres termes, résuma Rigg, qui connaissait déjà l'histoire, le Conseil, découvrant que l'humiliation des princesses n'était plus tellement du goût du peuple, décida d'y mettre un terme. La haine publique envers la famille royale s'adoucirait-elle ?

— Si seulement, s'enthousiasma Flacommo. Le jour viendra où toutes les familles, couronnées ou pas, seront sur un pied d'égalité. Mais à l'heure actuelle, la famille royale est la seule raison d'être de nombreuses factions révolutionnaires.

— Je me demande bien pourquoi on ne nous a pas tous éliminés, dans ce cas », suggéra Rigg.

Quelques-uns faillirent s'étrangler autour de la table.

« Question de logique, enfonça Rigg. Tant que ses membres survivront, la famille royale servira de cri de ralliement à l'une ou l'autre faction, même si nous ne levons pas le petit doigt contre le Conseil révolutionnaire. Pour le bien de la nation, ne vaudrait-il pas mieux cesser d'exister ?

— Jamais vous ne me persuaderez de cela ! s'indigna Flacommo. Cette idée a longtemps été caressée mais votre mère – et sa mère avant elle – s'est conduite avec tant d'humilité et de déférence à l'égard du Conseil, de respect pour ses lois, sans jamais appeler à la révolte, que le Conseil révolutionnaire a estimé plus sage de la garder, elle et les siens, ici, accessibles au public, dans une certaine mesure. Votre mère accorde gracieusement au peuple de voir qu'ils ne possèdent rien et se comportent en citoyens obéissants.

— Et ne manquent de rien, observa Rigg, embrassant du regard la table croulant sous les victuailles.

— Non, corrigea Flacommo, c'est *moi* qui ne manque de rien, et il en est ainsi de tous ceux et toutes celles que j'invite à ma table. Mais les invitations à dîner ne manquent pas pour votre mère. Et elle leur fait toujours honneur, peu importe la condition de l'hôte et si la chère est maigre.

— Je vois, dit Rigg. Personne ne verra d'objection à ce que je fasse de même, donc ?

— Accompagnez votre mère comme il vous plaira, lança Flacommo. Mais vous ne serez pas seul. Les membres de la famille royale ne quittent ma maison que sous protection rapprochée. Las, il en est encore dont la haine féroce de toutes choses royales est aussi vive qu'au premier jour de la Révolution. »

Rigg n'était pas dupe : leurs gardes du corps étaient surtout là pour prévenir toute tentative d'évasion qui leur permettrait de lever une armée hors la ville. Mais inutile d'aborder ce sujet. Il y avait plus urgent à l'ordre du jour. « Oui, je m'en suis rendu compte ! lança-t-il gaiement. On a essayé de me tuer hier soir. »

Des cris s'élevèrent à l'unisson. *Non ! Qui ? Quand ? Comment vous en êtes-vous sorti ?*

« Sans grande difficulté, expliqua Rigg. En dormant ailleurs que prévu. L'assassin voulait rester discret, il m'avait tendu un piège.

— Un piège ? Quel piège ? s'enquit Flacommo. Si quelqu'un est entré dans ma maison pour… »

Rigg leva la main en signe d'apaisement et sourit. « Cela s'est fait à votre insu, mon cher ami, je n'en doute pas une seconde. Que je vous appelle "ami" ne vous dérange pas, rassurez-moi ? Vous avez tant fait pour ma mère et ma sœur.

— Je vous en prie. C'est un honneur pour moi d'être considéré de la sorte, se réjouit Flacommo, même si les mots de Rigg, la veille au soir, lui restaient encore en travers de la gorge.

— Des foudroyants, dans une cage déposée sous mon lit. Suffisamment fragile pour se briser au moindre contact du sommier. Après cela, inutile de vous rappeler combien de temps il aurait fallu à ces adorables reptiles pour avoir raison de moi.

— Mais comment en êtes-vous venu à bout ? s'enquit l'un des convives.

— En ressortant aussi vite que possible de la pièce, indiqua Rigg. Autant que je sache, la cage n'a pas bougé depuis. Je vous invite d'ailleurs à mettre les lieux en quarantaine. Faites chauffer la chambre, d'ici quelques semaines, les foudroyants seront secs. Toute autre tentative pour s'en débarrasser serait suicidaire. Certains gaz les engourdissent, mais encore faut-il aller les gazer, et l'approche est risquée. Ces bêtes aiment frapper les premières, surtout lorsqu'elles sentent venir le danger…

— Mais qui a bien pu laisser de telles créatures dans votre chambre ? s'étonna Flacommo, incrédule. Et comment les avez-vous repérées ?

— De savoir qu'on peut attenter à ma vie à chaque instant par simple haine de la royauté, comme j'ai eu à en faire l'amère expérience au cours de mon périple jusqu'ici, m'a rendu vigilant. Je regarde toujours sous mon lit avant de me coucher. » Rigg croisa les doigts pour que personne n'ait interrogé Long, seul témoin à l'avoir vu faire demi-tour avant d'entrer.

« Le saint Voyageur soit loué ! » lança Flacommo à la cantonade. Une vague d'approbation parcourut la tablée.

Rigg se tourna vers sa mère. Pas paniquée le moins du monde, elle se contentait de le considérer entre deux bouchées de gruau mouillé d'un peu de lait – un petit déjeuner modeste pour une impératrice, fût-elle déchue. « Madame ma Mère, lui lança-t-il. J'hésite encore sur le sens à donner à cet incident. Je reste persuadé que mon sang royal n'est pas la seule raison d'une telle condamnation à mort. Sinon, n'importe quel autre représentant de la royauté ici présent aurait pu faire l'affaire. Non, c'est moi en personne que l'on visait. »

Elle continua à mâcher.

« Il y a deux raisons à cela, selon moi. La première est que ma présence ici met en danger l'accord selon lequel vous et ma sœur vivez sous la protection des sbires du Conseil révolutionnaire tels que notre gracieux hôte Flacommo. Dans ce cas, le Conseil lui-même, ou l'une de ses factions, pourrait être mouillé dans cette tentative d'assassinat. La seconde vient de mon appartenance à la lignée mâle. Depuis que ma grand-mère a fait rayer de notre arbre généalogique tous ceux de mon sexe et instauré par force de loi le règne matriarcal, certains ont prié nuit et jour pour que naisse un héritier mâle, et pour qu'il vive assez longtemps pour déclarer caduc ce vieux décret et asseoir sur le trône un empereur plutôt qu'une impératrice.

— Si de tels gens existent, observa Mère d'une voix posée, je doute qu'ils souhaitent ta mort.

— Vous avez sûrement raison, approuva Rigg. Dès que j'ai appris mon identité véritable, ou supposée du moins, je me suis interrogé sur celle des personnes responsables de mon enlèvement. Les partisans d'un retour au règne de l'homme sont parmi les candidats possibles. Mais dans ce cas, pourquoi ne pas m'avoir élevé, ou même endoctriné, à seule fin de me faire remplir mon rôle de futur souverain ? Plutôt que de taire, comme cela a été fait, mon éventuel lien avec la royauté, ou à une quelconque destinée royale. J'en conclus que l'homme qui m'a élevé n'appartenait pas à ce camp. »

Mère se contenta d'esquisser un sourire.

« Cela dit, qui sait de quoi sont capables des gens suffisamment fous pour souhaiter la restauration de la monarchie ? Surtout d'une monarchie mâle. Ceux-là sont les plus fous d'entre tous.

— Les fous, comme tu dis, sont légion par ici, intervint cette fois Mère. Entre ceux qui restent silencieux et ceux que leur folie rend intarissables, au point d'en déranger les autres.

— J'entends bien vos reproches, Mère, mais c'est en tirant les choses au clair que je saurai d'où vient le danger.

— Et s'il venait de partout ? suggéra Mère de sa voix douce. De tout le monde ?

— Je cherche juste à savoir si les partisans d'un retour à la monarchie féminine ont ordonné la mort de celui qu'ils considèrent comme la plus grande menace du moment, l'héritier mâle. Qui d'autre aurait attendu mon retour toutes ces années pour m'éliminer, suivant en cela la volonté de ma bisaïeule, Aptica Sessamin ?

— Cette loi a été abrogée par le Conseil révolutionnaire, indiqua Flacommo. Tout le monde l'a oubliée.

— La Tente de Lumière ne l'a jamais reconnue, réfuta Rigg. Pour les partisans de la première heure, elle est toujours en vigueur. Mon assassinat érigerait son auteur en héros. Celui qui a tenté de mettre fin à mes jours sur le bateau en faisait partie.

— Tes paroles virevoltent comme celles des plus habiles manipulateurs de la cour, assena Mère. Difficile de croire qu'on ne t'a pas élevé avec le trône à l'esprit.

— On m'a appris à mettre de côté mes certitudes et à faire preuve de curiosité. Et aussi, à parler à cœur ouvert. "Si tu as une question, pose-la à celui qui connaît la réponse", me répétait souvent Père. Donc je vous la pose, Mère, ou plutôt je vous *les* pose. Vous êtes-vous, vous et mon vrai père, séparés de moi enfant pour me protéger de tels ennemis ? Ou ai-je été enlevé par quelqu'un qui pensait plus raisonnable de me protéger de *vous* ? »

Un silence de mort s'abattit sur la salle. Mère s'immobilisa, la cuillère en l'air, de travers, dégoulinante de gruau.

Pas mécontent de l'effet produit, Rigg enfonça le clou. « En d'autres termes, Mère, désirez-vous ma mort ? Dites-le-moi tout de suite, que je ne fasse pas capoter la prochaine tentative. Je ne voudrais pas déranger après toutes ces années. »

Mère sortit de sa torpeur. La cuillère retomba dans le bol. « Tes insinuations me chagrinent profondément.

— Moi, souligna Rigg, c'est l'absence de réponse qui me chagrine.

— Je vais te répondre, toute chamboulée que je sois moi-même par cette question. Je n'ai rien à voir avec ton enlèvement. Je t'ai cru capturé par ceux qui voulaient ta mort, et me suis faite à cette idée. Les premières années, je t'ai pleuré chaque jour puis, et ce n'est pas peu dire, chaque fois que j'ai pensé à toi. J'ai versé pour toi plus de larmes que n'en pouvait contenir mon corps. Et lorsque commença à courir la rumeur de ton retour, j'ai tremblé d'espoir. À ton arrivée, j'ai tout fait pour contenir ma joie, de peur qu'on se méprenne sur ma fébrilité. Je suis heureuse de te voir reconnaître le danger qui rôde ; béni soit l'homme qui a fait de toi un garçon assez alerte pour déjouer ce piège. Mais permets aussi que je sois attristée de t'entendre insinuer que je puisse en être l'instigatrice.

— Je vous connais mal, Mère, admit Rigg. Je ne sais de la famille royale que les bruits qui courent. Souvent, comme vous pouvez l'imaginer, en des termes peu flatteurs. Combien de fois m'a-t-on conté leurs actes parricides, dans leur quête de pouvoir, leur crainte maladive de l'assassinat ou de la guerre civile ? Mais vos mots, et votre visage quand vous les prononciez, m'ont convaincu de la sincérité de votre amour, surtout en découvrant les contraintes qui vous sont infligées. Pardonnez-moi si je l'ai mise en doute, je ne pouvais faire autrement. »

Rigg se leva et s'agenouilla au côté de sa mère, qui se tourna pour lui faire face. Témoins d'une telle révérence, formellement interdite par les lois révolutionnaires, des convives s'indignèrent. Mère émit un début de reproche. Mais la voix de Rigg claqua comme un coup de fouet dans l'air : « Je m'agenouille devant cette femme comme un fils devant sa mère.

Le plus humble des bergers est autorisé à le faire. On voudrait me l'interdire, parce que dans les veines de mes ancêtres coulait un sang royal ? Apprenez à vous taire ! Plutôt mourir que de laisser la peur faire taire la dévotion et l'amour que je porte à ma mère ! »

Ceux qui s'étaient levés se rassirent. Et alors que Rigg se penchait pour poser son front sur les genoux de sa génitrice, celle-ci, en lui tendant les bras, lui caressa les cheveux, le fit se lever et l'embrassa, les joues baignées de larmes, remerciant le saint Voyageur de lui avoir ramené son enfant sain et sauf de son long voyage dans des contrées sauvages.

Rigg se demanda ce que sa sœur pensait de tout cela, surtout après avoir assisté à cette scène en accéléré, et en version muette.

Quant à sa mère, Rigg ne la croyait qu'à moitié. Après tout, n'était-ce pas exactement ce qu'elle aurait fait si elle avait voulu sa mort ? D'accord, ses émotions semblaient sincères. Peu pouvaient se targuer de posséder un tel talent de comédien. Mais le fait qu'elle soit encore vivante n'était-il pas justement une preuve éclatante de sa capacité à se muer dans le personnage requis pour survivre ?

Quoi qu'il en fût, Rigg allait bien être obligé de faire confiance à quelqu'un ou sa vie ici allait vite devenir un enfer. Il décida donc de croire que sa mère devait sa survie non pas au fait de prétendre ressentir ce qu'elle ne ressentait pas, mais plutôt à celui de prétendre ne rien ressentir du tout. Ce jaillissement soudain d'émotions trahissait un rare moment de sincérité. Elle l'aimait. Elle ne voulait pas sa mort. Et s'il se fourvoyait, eh bien, il se remettrait vite de cette déception. Très vite même. Car sitôt déçu, il serait mort.

CHAPITRE 3

ANGLE MORT

Ram regardait flotter devant lui l'hologramme géant du nouveau monde.

« Comment allez-vous l'appeler ? demanda le sacrifiable.

— Quelle importance ? répondit Ram. Son nom signifiera "ce monde qui est le nôtre", quel qu'il soit. Comme "Terre".

— Vous pensez que les colons oublieront d'où ils viennent ?

— Non, affirma Ram. Mais leurs enfants entendront parler de la Terre comme d'une planète lointaine. Et dans trois générations s'éteindra le dernier à l'avoir vue de ses propres yeux.

— Nous autres sacrifiables sommes également curieux de savoir comment vous comptez expliquer au reste des colons le saut en arrière de 11 191 années.

— Pourquoi leur en parler ? s'étonna Ram.

— Certains pourraient s'attendre à voir arriver des vaisseaux de réapprovisionnement.

— Ce ne sera pas le cas ?

— Qui les enverra ? Pour la Terre, nous n'avons effectué aucun saut. Nous avons juste disparu.

— Vous voyez les choses à l'envers. Pour la Terre, nous avons disparu, donc nous avons effectué le saut, rectifia

Ram. Nous n'aurions pas effectué le saut si nous avions poursuivi notre route ou explosé. Sans débris ni autre signe de notre présence, ils ne peuvent conclure qu'à sa réussite. Ce qui veut dire qu'ils enverront des vaisseaux à notre suite, qui traverseront la contraction à leur tour pour en ressortir 11 191 ans en arrière, en dix-neuf copies chacun. On va même manquer de place pour accueillir tout le monde.

— Nous avons réfléchi à tout cela, indiqua le sacrifiable. Le renvoi dans le passé et les réplications ne répondent à aucune logique. Pour les ordinateurs, s'il y a un nouveau monde, c'est que le saut a réussi, un point c'est tout. Vous ne l'avez toujours pas baptisé, d'ailleurs.

— Merci du rappel, s'agaça Ram. Ça ne peut pas attendre ?

— Disons qu'un nom simplifierait les choses, débita le sacrifiable. Nous, les sacrifiables, et les ordinateurs de ce vaisseau échangeons dix mille messages à la seconde.

— Revenons à nos moutons, esquiva Ram. Si tous les champs générés nous ont fait réaliser le saut parfait, pourquoi nous retrouvons-nous à dix-neuf vaisseaux 11 191 ans dans le passé ?

— À cause de vous », assena le sacrifiable.

*

Alors que le petit déjeuner se terminait, Rigg prit conscience que les choses sérieuses allaient commencer vraiment. Il devait gagner la confiance de Mère – en se rachetant de l'avoir poussée à faire étalage de son affection en public. Ensuite viendrait celle de Param. Comme elle restait invisible à longueur de journée, Mère lui transmettrait ses messages. Il gagnerait donc sa confiance par procuration.

Il se leva. « Mère, votre fils se pose une question à propos de son père. Permettez-vous que l'on se retire dans votre chambre ? Vous m'y parlerez de lui, de l'héritage qu'il m'a laissé. S'il vous plaît de le faire, bien entendu. » Se tournant vers les convives, il précisa : « Je ne parle pas d'héritage matériel autre que ce corps qu'il m'a légué.

— Que pourrait vouloir une mère plus ardemment qu'un peu d'intimité avec son fils lors de leurs retrouvailles ? lança Mère en se levant de table. J'ose espérer qu'on ne nous en tiendra pas rigueur. »

Flacommo se mit debout à son tour. « La loi vous interdit d'être seuls mais que tous ceux qui m'entendent se le tiennent pour dit : le premier qui interrompra ces retrouvailles chéries entre une mère et son fils perdra, et mon amitié, et celle de ma maison. »

Tu parles, pensa Rigg. Entre ces murs, l'intimité n'existait pas.

Alors que Rigg et sa mère prenaient congé de leurs invités, tous deux côte à côte – ou tous trois plutôt, Param le long du mur –, Rigg se pencha et glissa à l'oreille de Mère : « Je ne vous apprends rien en vous disant que votre chambre est sous haute surveillance. »

Elle se raidit sans marquer le pas pour autant. « J'en doute fort », contesta-t-elle. Ils traversaient maintenant une galerie aux murs couverts d'immenses toiles représentant des scènes totalement étrangères à Rigg.

« Des passages secrets dans les murs, poursuivit Rigg. Un espion s'y cache pour observer vos faits et gestes. »

Mère jeta un œil à droite, un à gauche, puis s'arrêta. « À moins d'être l'un des leurs, comment le saurais-tu ?

— D'autres que Param ont un don, chuchota Rigg. Lorsque nous serons dans votre chambre, je lui masquerai la vue en me postant devant son trou d'observation. Ça le forcera à bouger. Je recommencerai autant de fois qu'il le faudra.

— Tu n'as jamais mis les pieds ici, même enfant ! » chuchota Mère. Elle se bornait à se demander d'où il tenait ses informations au lieu de simplement accepter le fait qu'il puisse avoir un don lui aussi.

Rigg s'approcha joue contre joue de sa mère en une tendre embrassade. « Chaque être humain laisse une trace où qu'il passe. Je vois ces traces. Toutes, même celles vieilles de dix mille ans. Je vois Param. Chaque fois que vous pensiez être seules, quelqu'un vous observait. »

Elle pâlit. Cette révélation sembla la dévaster – mais que croyait-elle, que le Conseil révolutionnaire la laisserait sans surveillance ? Qu'il accepterait ses explications sur la disparition de sa fille sans chercher à savoir ni où, ni quand, ni comment ?

Suis-je meilleur à ce jeu qu'elle, malgré sa vie passée en prison ?

Non, pas meilleur. Je possède un don, elle un autre : la sagesse. Mais il ne lui fera jamais percevoir l'imperceptible.

Plus ils approchaient de la chambre, plus se multipliaient les traces d'allées et venues de Mère le long du corridor. Il y en avait des milliers. Toujours surveillée, toujours soupçonnée, haïe par beaucoup, méprisée par d'autres. Comment avait-elle tenu toutes ces années ?

Ces foules animées par une même haine du Conseil et par une même volonté de voir un jour la monarchie restaurée avaient dû insuffler en elle leur énergie, leurs rêves, leurs espoirs. Peut-être au fond d'elle-même se sentait-elle reine malgré tout, et prête à endurer le pire pour ne pas les décevoir ?

Peut-être au fond d'elle-même, la main sur la poignée de cette chambre qu'elle avait crue son sanctuaire jusqu'à ce que Rigg lui apprenne le contraire, planifiait-elle la mort de son fils.

Non, se refusa-t-il d'imaginer. *Tu t'es engagé à la croire, honore cet engagement et reçois sa confiance en retour. Ne laisse aucune place au doute, aie foi en tes convictions. Aime-la ou déteste-la, mais choisis ton camp.*

Il entendait la voix de son père : « Les enfants prennent l'amour pour un sentiment d'adultes, pour une décision délibérée. Ils ne déclarent leur amour authentique que s'il résiste à l'épreuve du temps ; les adultes le rendent authentique en ne déviant jamais de leur engagement. »

Oui, enfin, Rigg en savait désormais suffisamment sur ce monde pour comprendre que, par définition, les adultes étaient rares et les enfants présents à tout âge. Et puis, il ne pouvait s'empêcher de se juger à l'aune de ses propres standards. *J'aimerai cette femme aussi longtemps qu'elle m'y autorisera.*

Mère poussa la porte – qui restait ouverte par semi-respect des lois révolutionnaires. Pour les suivre à la lettre, il aurait fallu carrément l'enlever. Le Conseil révolutionnaire devait juger plus utile de faire croire à un minimum d'intimité.

Rigg entra et referma derrière lui. Il prétendit inspecter les murs mais avait déjà repéré l'espion, accroupi, l'œil collé au judas. « Les pires artistes de l'entremur sont exposés ici, on dirait.

— Combien de temps a duré ta richesse, trois semaines ?

— Je m'y suis vite habitué.

— Le temps de devenir expert en toiles de maîtres, à ce que je vois. » Le ton de Mère était un tantinet sarcastique.

« Je suis expert en ce qui me plaît, repartit Rigg. Aucun peintre ne sait rendre la réalité avec exactitude. L'épaisseur de l'air est toujours ratée, par exemple. J'ai donc appris, en qualité de jeune homme provisoirement riche, que les peintures qui me plaisaient le plus étaient celles qui ne prétendaient pas décrire la réalité. Avec une préférence pour les vieux maîtres, à cette époque où O régnait sur son petit empire, qui n'avait d'ailleurs rien de comparable au... aux terres actuellement sous la coupe du Conseil révolutionnaire. » Il avait failli parler du « Royaume de Stashi », mais les Sessamoto avaient rayé ce nom des cartes lors de leur prise de pouvoir. Mère n'aurait peut-être pas apprécié.

« Les peintures de l'âge d'or d'O ont toutes disparu, commenta Mère. Tu me parles de copies.

— De copies de copies de copies, débita Rigg. Chacune plus fidèle à l'original que la précédente.

— Une toile qui arrive au copiste est en général déjà bien abîmée. Ce que tu sembles ignorer, c'est que les originaux sont en tout point aussi pseudo-réalistes que ceux que tu estimes "ratés", sans savoir que c'est justement le processus de reproduction, génération après génération, qui confère aux copies ce manque de réalisme qui te plaît tant.

— Qu'il soit accidentel n'y change rien », balaya Rigg. Il se tenait désormais dos à l'épieur, lui-même courbé en deux pour mieux observer. « La vue n'a jamais été aussi bonne, continua-t-il, que *maintenant*. »

Mère hocha la tête, l'air pensif. Elle se rappelait sans doute les moments passés ici, au vu et au su de cet inconnu dans les murs.

L'espion se déplaça. Rigg vit sa trace éclatante de fraîcheur grimper d'un coup puis s'arrêter. Il avait dû monter sur une grosse caisse ou un tabouret. Rigg ne pouvait rien faire pour lui boucher la vue cette fois ; il était trop haut. Il s'appuya contre le mur, à l'aplomb du trou. « *Vous* ne verrez jamais les choses de mon point de vue. Certaines personnes, pour y voir plus clair, préfèrent prendre de la hauteur », poursuivit-il d'une voix claire tout en pointant le doigt vers le haut.

Mère déchiffra instantanément le message – « vous ne verrez jamais » – tout en résistant à l'envie de chercher le second judas du regard. Rigg se tenait dans les angles morts ; ici, elle savait déjà qu'elle serait tranquille à l'avenir.

À en juger par ses traces, Param, elle, les avait toujours évités sans le vouloir. Les espions n'avaient donc rien dû rater de ses réapparitions dans le monde réel pour manger, dormir, se laver, se changer. Question intimité, c'était loupé. Et question secret, celui de son invisibilité n'en était plus un pour personne.

Rigg savoura l'impassibilité de Mère, exception faite de ses faux élans d'émotion, pour les besoins de la conversation. Inutile de lui rappeler combien il était important de laisser les espions croire qu'elle ignorait tout de leur présence. Cela dit, déplacer le lieu de la tinette ne ferait peut-être pas de mal.

« Je ne sais pas encore si je t'aime ou non, reprit Mère. Tu sembles incroyablement imbu de ta personne. C'est à notre humilité que nous devons d'être encore en vie. Jamais nous n'avons donné au Conseil la moindre raison de nous considérer comme une menace pour la République – ce que nous ne sommes pas, d'ailleurs. Nous ne faisons rien d'anormal, les gens savent à peine que nous existons. Et cela nous va très bien. Mais *ton* comportement nous met tous en danger. On ne doit parler que de toi à cette heure. Je fais confiance aux domestiques pour se répandre à ton sujet.

— Oui, je m'en rends compte maintenant, s'excusa Rigg. Pardonnez mon égoïsme. Désormais, je serai aussi humble, inoffensif et ennuyeux que possible. » Autrement dit : *Maintenant que tout le monde me sait vivant et dans cette maison avec vous, je peux me permettre un peu plus de circonspection*. Mère avait compris où il voulait en venir, inutile de lui faire un dessin.

« Que comptes-tu faire, à présent ?

— Je suis à Aressa Sessamo, répondit Rigg, comme si cette réponse suffisait.

— Si on veut... tempéra Mère. Tu es surtout dans cette maison. Pour ce que tu vas voir d'Aressa Sessamo...

— Vous vous méprenez, chère mère. Je n'ai aucune intention de me mêler à la foule. Nous avions un rêve, avec Père : venir étudier ici, à la bibliothèque.

— Il y en a des centaines à Aressa Sessamo, l'arrêta Mère, et aucune ne t'ouvrira ses portes.

— J'en suis parfaitement conscient, approuva Rigg. Mais celles qui forment la Grande Bibliothèque d'Aressa... ne sont-elles pas publiques ? Je pensais les chercheurs autorisés à retirer des ouvrages pour leurs travaux.

— Tu es l'un d'eux, sans doute ? demanda Mère, amusée.

— Peut-être, si mon unique professeur, Père, a bien fait son travail, suggéra Rigg. Il m'a transmis son amour du savoir avant de partir. Tout le savoir de notre entremur est concentré dans cette bibliothèque.

Certaines de mes questions sont restées en suspens, j'y trouverai peut-être une réponse.

— Quelles questions en particulier ?

— Pourquoi la Tour d'O a-t-elle été construite ? commença Rigg, avec dans la voix le feu d'une passion non feinte. Que sait-on des terres qui bordent notre entremur ? Par qui sont-elles habitées, si elles le sont ? Pourquoi un Mur a-t-il été dressé entre nous ? Que faut-il savoir à son sujet ? L'homme l'a construit, c'est évident, ça ne peut être une barrière naturelle. Voilà, ce genre de choses.

— Et quand tu auras tes réponses, qu'en feras-tu ?

— Je les aurai, ce sera déjà bien ! s'exclama Rigg. Et si le Conseil estime mes trouvailles utiles à d'autres, je les publierai. Ne comprenez-vous pas ? Ne comprennent-ils pas ? Aussi longtemps qu'ils nous maintiendront dans l'inactivité, nous resterons sclérosés dans notre rôle d'ancienne famille royale. Mais si je peux devenir un chercheur crédible, auteur de publications reconnues, alors le regard des autres changera !

— Tu n'en seras pas moins un chercheur *royal*.

— Bien entendu. Mais au fil des années, mes publications prendront le pas sur ma parenté. Plus personne ne me craindra ou ne mettra ses imbéciles espoirs révolutionnaires en moi ou en nous, car nous serons devenus *autre chose*.

— Ne rêve pas trop. Pour toi, les portes des bibliothèques resteront closes.

— Peut-être Flacommo acceptera-t-il de porter mes lettres aux bibliothécaires et d'en revenir avec les ouvrages qu'il me faut ?

— Tu n'es pas plus chercheur que moi, voilà ce que te répondra Flacommo.

— Dans ce cas, pourquoi ne pas en faire venir de vrais ici ? Ils jugeront par eux-mêmes. Inutile de les obliger à un tête-à-tête, surtout s'ils sont allergiques à la politique. Faisons-les asseoir dans une pièce. Ils m'enverront leurs questions par écrit et j'y répondrai à voix haute, qu'ils entendent ma voix et sachent que c'est bien moi. Je m'en remettrai entièrement à leur jugement.

— Ça me paraît compliqué, et je vois mal ce qu'ils auraient à y gagner.

— Rien. Mais ils n'ont rien à perdre non plus. Essayons.

— J'en parlerai à Flacommo.

— N'oubliez pas de lui dire que mon père était un homme d'exception. Un professeur comme seules les meilleures institutions de l'entremur savent en produire.

— De la République, plutôt, corrigea Mère.

— Les frontières sont les mêmes.

— Oui, mais on croirait que tu dis "entremur" pour éviter de dire "République". »

Rigg s'assombrit. « Oh, je n'ai jamais voulu... d'accord, à partir de maintenant ce sera "République". Évitons aux gens de penser que j'ignore ou méprise le Conseil révolutionnaire. Pour moi, le Conseil et le Mur sont tout aussi immuables.

— Une chose m'inquiète, continua Mère. Ton père - le vrai, mon mari, mon bien-aimé Knosso Sissamik - était obsédé par le Mur, par tout ce qui avait été écrit à son sujet. Il a passé sa vie à chercher un moyen théorique de le *traverser*. Il en est mort.

— Je ne savais pas que le Mur pouvait tuer, dit Rigg.

— Son idée était de le traverser en bateau, poursuivit Mère.

— D'autres y sont arrivés avant lui, au moins par accident. On parle de pêcheurs emportés de l'autre côté par la tempête.

— Mais on ne dit pas dans quel état mental ils sont arrivés et on ne les a jamais revus. Le Mur rend fous ceux qui essaient de le franchir. Plus ils s'en approchent, plus la démence les gagne, jusqu'à ce qu'ils finissent par le fuir en hurlant. Les moins chanceux basculent définitivement dans la folie. Ceux-là errent sans fin, le regard vide à jamais.

— Vous semblez partager l'intérêt de mon père pour le Mur.

— Pas le moins du monde, se défendit Mère. J'écoutais ses théories avec l'oreille d'une femme aimante, et j'y contribuais, comme aujourd'hui aux tiennes, en soulevant des objections.

— Comment Père Knosso comptait-il s'y prendre ?

— En traversant le Mur en état d'inconscience, déclara Mère. Grâce à des herbes bien connues des chirurgiens. Ils en font des décoctions à forte dose, qu'ils injectent à leurs patients avant de les opérer. La narcose est profonde. Quand les patients reprennent conscience, après quelques heures, ils ont tout oublié de l'opération.

— Cette histoire me rappelle vaguement quelque chose, hésita Rigg. Je pensais les secrets de ces herbes disparus.

— Ils ont été retrouvés, sourit Mère.

— Dans la Grande Bibliothèque ? l'interrogea Rigg.

— Par Knosso ton père, poursuivit-elle. Tu vois, d'autres avant toi ont nourri l'ambition de devenir de grands savants dans la famille.

— J'en étais sûr ! clama Rigg. L'a-t-on autorisé à se rendre à la bibliothèque ?

— En effet, confirma Mère. Sans escorte, et à pied – ce n'est pas très loin.

— Et tout le monde a fini par en profiter, les chirurgiens d'Aressa Sessamo, l'entremur aussi... enfin, la République !

— Ton père fut couché dans une embarcation mise à l'eau dans un courant rapide, qui l'a emporté vers le Mur, au nord, loin de la côte occidentale. Il s'était injecté lui-même la dose préconisée par les chirurgiens pour plonger les patients de son poids dans un sommeil profond de trois heures environ. Son embarcation était équipée de flotteurs de chaque côté, pour l'empêcher de chavirer, même en cas de grosse collision contre des récifs côtiers. Il avait emporté des doses supplémentaires pour faire le retour par des courants contraires, toujours inconscient.

— A-t-il réussi ? s'enquit Rigg, piaffant d'impatience.

— Oui. Mais nous ne saurons jamais si cette traversée eut raison ou non de sa lucidité. Il est mort avant son réveil.

— Comment le savez-vous ?

— À peine était-il arrivé de l'autre côté que son embarcation a sombré.

— Sombré ?

— Des scientifiques le suivaient à la longue-vue, à quatre kilomètres de là. Les flotteurs se sont détachés l'un après l'autre ; le bateau a coulé à pic. Knosso est réapparu à la surface quelques secondes avant de disparaître à son tour.

— Un bateau ne coule pas comme ça ! s'emporta Rigg.

— Certains ont parlé de sabotage. D'amarres de flotteurs cisaillées. D'un trou percé dans la coque puis obstrué d'un simple bouchon soluble dans l'eau de mer.

— Dans ce cas, c'est un meurtre, dit Rigg.

— Beaucoup le pensent, confirma Mère. L'un des observateurs, Tokwire l'astronome, a proposé une autre version des faits, mais personne ne l'a cru, car il utilisait une jumelle de sa fabrication, remplie de miroirs bizarroïdes. Il jure pourtant avoir pu observer la scène bien mieux que quiconque. Selon lui, des mains seraient sorties de l'eau, d'abord pour défaire les flotteurs, ensuite pour saborder le bateau.

— Des mains ? Des mains humaines ?

— On ne saura jamais. Il s'est rétracté de peur de saborder lui-même sa réputation parmi la communauté scientifique.

— Mais vous, vous le croyez.

— Je crois que personne ne peut dire ce que nous cache l'autre côté du Mur, éluda Mère.

— Vous pensez qu'il existe des gens qui vivent sous l'eau là-bas ? Qui peuvent respirer sous l'eau ? insista Rigg.

— Je ne pense rien. "Possible" et "impossible" ne font pas partie de mon vocabulaire, continua Mère.

— Mais il a franchi le Mur.

— Et ne s'est jamais réveillé.

— Pourquoi la République garde-t-elle cette histoire sous silence ?

— Pour ne pas voir des milliers d'idiots rappliquer pour l'imiter et courir au suicide, répondit Mère.

— Mais s'il existait *vraiment* un peuple de l'eau dans cet entremur ? suggéra Rigg. Eux non plus n'ont jamais traversé le Mur ! Comprendraient-ils seulement ce que sont nos bateaux ? Ce que représente une créature étrangère comme Père Knosso ? Ils pourraient très bien s'imaginer que, comme il leur ressemble, lui aussi peut respirer sous l'eau.

— On ne sait rien de leur morphologie, indiqua Mère.

— On sait déjà qu'ils ont des mains.

— On sait que ce que Tokwire a vu, *il* l'a appelé mains.

— Mère, la tentative de Père ne doit pas être répétée, je l'entends bien, déclara Rigg. J'aimerais néanmoins beaucoup lire ses écrits, ou à défaut ce qu'il avait lui-même lu à la bibliothèque. Pour savoir ce qu'il savait, ou pressentir ce qu'il avait commencé à pressentir. Mais je vous jure solennellement de ne jamais commettre l'idiotie de tenter la traversée moi-même, ni inconscient ni en bateau. Si je suis trop stupide pour apprendre des échecs des autres, alors il n'y a rien d'érudit en moi.

— Tu m'en vois soulagée. Mais autant te dire que de t'entendre parler un jour seulement après ton arrivée de répéter l'expérience fatale de ton père ne me rassure guère.

— Je n'ai pas attendu votre récit sur Père Knosso pour m'intéresser au Mur, Mère. Partir de ses conclusions accélérerait mon travail, mais j'ai d'autres pistes.

— Je vais voir avec Flacommo ce que l'on peut faire pour la bibliothèque. Mais promets-moi de me laisser t'assister comme ton père avant toi. Tout ce que tu découvriras, tout ce qui te posera problème ou te mettra sur la voie, j'aimerais que tu viennes m'en parler.

— Ici ? demanda Rigg. C'est votre sphère d'intimité, Mère. Je ne m'y sens pas à ma place.

— Je ne suis pas certaine que les invités de Flacommo apprécient. Nous allons les assommer avec nos discussions.

— Et pourquoi pas dans le jardin ? proposa Rigg. En flânant parmi les arbres, les bosquets et les massifs fleuris. Ou sur les bancs. Quoi de plus inspirant que la compagnie des plantes ?

— Tu sembles oublier celle des éléments. L'hiver est déjà là.

— J'ai passé plus d'un hiver dans les hautes montagnes du Surplomb, à dormir dehors nuit après nuit.

— Est-ce censé m'aider à avoir chaud dans un jardin en plein hiver ? sourit Mère.

— Nous limiterons nos entrevues aux jours de grand soleil. Ma sœur pourrait se joindre à nous. Nous partagerons un banc à trois, vous entre nous. Nous vous tiendrons chaud !

— Si ta sœur consent à sortir de sa retraite.

— Une retraite qui exclut son seul frère, à peine revenu après tant d'années d'absence, est à mon avis plus qu'une retraite.

— Seul *son* avis importe, assena Mère.

— Et vos conseils, ne les écoute-t-elle pas ? poursuivit Rigg.

— Écouter et obéir sont deux choses différentes.

— Et si vous me montriez la maison ? lança Rigg de but en blanc. Cet endroit semble empreint d'histoire, il doit regorger de vieilles techniques de construction.

— Allons bon, tu t'intéresses à l'architecture, maintenant ? le taquina Mère.

— Les vieilles choses me fascinent. Surtout les vieilles bâtisses. Vous n'imaginez pas dans quel état m'a mis la Tour d'O !

— J'aurais du mal, rétorqua Mère. Je n'y ai jamais mis les pieds.

— Je vous ferai quelques croquis.

— J'en ai déjà vu, merci, s'agaça Mère.

— Oui mais pas les *miens* ! fanfaronna Rigg. Venez, suivez-moi, allons visiter cette maison. »

Mère se laissa entraîner et, ensemble, ils commencèrent à arpenter les couloirs, main dans la main. Rigg savait qu'ils laissaient Param derrière eux, invisible, mais ils n'avaient pas le choix.

Lorsque Rigg sentait une trace proche, suffisamment du moins pour surprendre leur conversation, il tenait Mère à distance. Une fois les curieux hors de portée d'oreille, il se collait à elle, sa main dans les siennes.

C'est ainsi qu'il lui parla de Miche et d'Umbo, des sauts dans le passé, des pierres précieuses – enfin, d'une, la fameuse, pour commencer –, de son périple en bateau avec Général Citoyen, de la tentative d'assassinat d'Aboyeur, de son incapacité à remonter le temps sans l'aide d'Umbo. Elle resta tout ouïe, ne l'interrompant pas une seconde.

De son côté, elle se confia peu, s'excusant de n'avoir guère plus à lui apprendre qu'il ne sache déjà. Le don de Param restait un mystère – elle disparaissait simplement de temps à autre, toute petite déjà, avant de réapparaître au milieu de nulle part, affamée et transie. Plus d'une gouvernante avait payé de son poste d'avoir égaré la petite. On avait fini par déménager tout ce monde-là dans la maison de Flacommo, où, avec son labyrinthe de murs, elle ne risquait pas de s'enfuir.

« C'était plutôt à cause des passages secrets, soupçonna Rigg. Pour la garder à l'œil.

— Ils en savent donc autant que moi. Petite, son invisibilité se déclenchait avec la peur. Elle se retournait pour s'enfuir, sa silhouette s'estompait et, avant qu'elle ait fait trois pas, on ne la voyait plus.

— Et aujourd'hui ? s'enquit Rigg.

— Aujourd'hui, c'est le dégoût qui la fait disparaître. Le dégoût des autres. Elle ne supporte que moi.

— Ça n'a pas toujours été le cas.

— Non, elle était autrefois très entourée. Courtisans, savants, commerçants, amis, tous se retrouvaient chez Flacommo. Elle était devenue très proche de certains. Un des savants l'a aidée, par le plus grand des hasards, à comprendre son invisibilité. Suffisamment pour disparaître à la commande, et aussi longtemps que voulu.

— Un homme de grande sagesse, assurément.

— Et très chanceux, ajouta Mère. Dans son immense sagesse, jamais il n'aurait pu imaginer que ses mots aideraient tant ma fille, car il ignorait tout de son invisibilité. Cette histoire est restée secrète. Pour les domestiques et les courtisans, Param est juste une fille maladivement timide qui préfère se murer dans sa solitude. Ils ont interdiction de partir à sa recherche. Ils pourraient chercher longtemps, de toute façon.

— Suppliez-la pour moi de se joindre à notre prochaine balade en plein air, voulez-vous ?

— Peine perdue, dit Mère. Elle n'en fait qu'à sa tête.

— Alors dites-lui au moins que je m'excuse de l'avoir traversée dans le jardin.

— De l'avoir *quoi* ?

— De l'avoir traversée. Je savais où elle se tenait, je suis passé à travers elle.

— J'ignorais une telle chose possible.

— Ça doit lui arriver souvent, pourtant. Lorsqu'elle est invisible, elle n'est pas assez rapide pour s'écarter. Elle a beau raser les murs, elle a dû se faire traverser une flopée de fois.

— Elle ne m'en a jamais parlé.

— Pour ne pas vous inquiéter. Et pour que vous n'ayez pas à vous demander où elle est ni comment l'éviter, supposa Rigg.

— Tu ne l'as jamais rencontrée. Ne me fais pas croire que tu sais ce qu'elle pense être bien pour moi, par pitié.

— Simple déduction, expliqua Rigg. Comment expliquer sinon tous les crochets et détours que font ses traces, et pourquoi elle se colle aux murs ? »

Cette fois, ils avaient passé en revue toute la maison, chaque étage, chaque pièce, chaque recoin, chaque terrasse – tout sauf les appartements privés de Flacommo, quelques salles verrouillées et les passages secrets, bien sûr. Ils se permirent tout de même de jeter un œil aux entrées secrètes. Rigg y reviendrait plus tard. S'il devait se faire surprendre à proximité, autant que ce soit seul.

Mère se retira dans sa chambre et Rigg repartit vers la cuisine, où levaient déjà les pâtes pour les tartes du soir. Le fonctionnement à deux temps des boulangères en chef – l'une à la préparation de ce que l'autre cuisinerait le lendemain – n'était pas pour lui déplaire. Une saine compétition régnait entre Lolonga et Elela, à celle qui sortirait les meilleurs pains pour Rigg. Peut-être mourrait-il ici... mais pas de faim !

Les jours suivants, Rigg entra dans la peau des arpètes sans toutefois chercher à les imiter. Il se contentait de prêter main-forte aux cuistots, courait chercher les ustensiles, fonçait dans le jardin cueillir quelques herbes qu'il apprit à reconnaître par leur nom, leur odeur, leur forme – et recevait régulièrement son avoine comme les autres. Il ne lui fallut pas longtemps pour se faire accepter et traiter d'égal à égal par les garçons de l'alcôve. Son accent de queuneu de Gué-de-la-Chute ressortait naturellement avec eux, ce qui les faisait bien rire.

« Mais c'est qui, le vrai Rigg ? lui lança Long un jour, au cours d'une discussion.

— Ben moi, celui qui te parle, répondit Rigg.

— Ah bon, le petit bouseux qui sort des blagues salaces et fait marrer tout le monde avec ses histoires de vache bourrée, c'est le même que celui qui pique les courtisans d'un trait d'esprit dans un langage châtié ?

— Je fais ça, moi ? sourit Rigg. Me rappelle pas avoir piqué qui que ce soit.

— Quand tu es la risée de tout le monde ici, tu es détruit. Certains ne sont pas près de revenir, crois-moi.

— Et ils vont manquer à quelqu'un ? »

Long rigola.

« Un chasseur qui n'a qu'une arme sait par avance que les animaux hors de sa portée sont en sécurité.

— Toi, tu as celles des deux camps, l'esprit bouseux et l'esprit péteux, si je comprends bien ? devina Long.

— Disons... une moitié de chacun.

— Une moitié de deux, un donc, le taquina Long.

— Alors en garde ! » hurla Rigg avant que les deux ne s'empoignent dans le potager, pris de fous rires, avant qu'un cri tonitruant sorti de la cuisine ne les fasse rentrer illico.

La réponse tomba une semaine plus tard. Flacommo l'annonça au cours du dîner.

« Jeune Rigg, démarra l'hôte, j'ai plaidé votre cause auprès du Conseil révolutionnaire, qui a jugé par trop contraignant pour les bibliothécaires d'avoir à répondre à vos infinies requêtes, sans compter le temps passé à sortir et rentrer tous les ouvrages demandés. »

Rigg ne s'alarma pas. Vu le soin mis par Flacommo pour tourner autour du pot et son air faussement attristé, les nouvelles étaient bonnes.

« En contrepartie, si un panel d'érudits vous déclare apte à vous compter parmi les leurs, vous serez autorisé à vous déplacer, sous bonne escorte, à la bibliothèque, une fois par jour et pour la durée de votre choix – à condition d'être rentré pour le souper. »

Rigg bondit de sa chaise et poussa le cri de joie le plus tonitruant, gamin, queuneu et peu princier que possible. Toute la tablée éclata de rire, même Mère.

CHAPITRE 4

ÉRUDIT

« Nous avons pour mandat, dit le sacrifiable, non pas de servir un seul être humain aux dépens de l'espèce, mais plutôt de préserver puis de faire évoluer l'espèce, même si cela doit se faire aux dépens d'un nombre disons... économique de ses représentants.

— Économique ? s'étouffa Ram. On parle de vies humaines, là.

— Oui, de valeur égale, poursuivit le sacrifiable.

— Égale à ?

— À toute autre vie humaine.

— Donc un de mort pour deux de sauvés, c'est économique.

— Ou un milliard, si cela permet à un milliard et un de voir le jour.

— Un peu glacial comme raisonnement.

— Nous sommes un peu de glace, concéda le sacrifiable. Mais les chiffres bruts ne constituent qu'une part infime de notre mandat.

— Et sur quels critères, le questionna Ram, vous basez-vous pour conclure à la conservation et à l'évolution de la race humaine ? Dites-moi tout.

— Sur tout ce qui améliore la capacité humaine à survivre face aux menaces.

— Quelles menaces ?

— Par ordre décroissant de probabilité d'extinction de la race humaine : collisions avec des météorites d'un rapport masse-vélocité supérieur à un certain seuil, éruptions de volcans libérant une quantité d'éjectas supérieure à un certain seuil, fléaux à taux de mortalité et de contagion supérieurs à un certain seuil, guerres entre nations dotées d'armes plus destructrices, sur un plus long terme, qu'un certain seuil, catastrophe cosmique aux retombées néfastes immédiates sur la race humaine...

— Arrêtez-moi si je me trompe, l'interrompit Ram, mais si nous parvenons à implanter une colonie humaine viable sur ce nouveau monde, rien de tout cela ne constituera plus une menace pour notre espèce.

— Et si nous parvenons à en implanter dix-neuf viables...

— Chacune serait tout autant sous la menace de l'une de vos réjouissances. Une météorite, et dix-neuf colonies disparaissent.

— Affirmatif, confirma laconiquement le sacrifiable.

— Mais qu'il y en ait dix-neuf, et non une seule, semble avoir son importance d'après vous.

— Affirmatif », répéta le sacrifiable.

Un long silence.

« Vous attendez de moi une décision ?

— Affirmatif, confirma le sacrifiable.

— Il va falloir m'aider un peu, s'impatienta Ram.

— On ne peut penser à une chose à laquelle on ne peut penser, philosopha le sacrifiable. C'est impensable. »

Cette dernière phrase laissa Ram pensif de longues minutes. Il émit de nombreuses hypothèses sur la décision à prendre, la plupart pour lui-même, quelques-unes à voix haute. À chacune, le sacrifiable confirmait leur utilité, mais jamais leur nécessité absolue.

Une décision qui expliquerait l'importance de disposer de dix-neuf colonies pour conserver et faire évoluer la race humaine. Ram les passa en revue une à une. Il envisagea même le degré de destruction de la faune et de la flore indigène potentiellement nécessaire. À condition, nuança-t-il – et les sacrifiables approuvèrent –, de tout mettre en œuvre pour établir la banque de données génétiques la plus complète et la plus représentative possible de toutes les semences, de tous les embryons et autres formes de vies originelles du Nouveau Monde. Toute espèce qui viendrait à disparaître lors de la phase d'implantation de la colonie devait pouvoir être restaurée par la suite.

« Très bien, mais insuffisant », répondirent en chœur les sacrifiables.

Puis un matin, il comprit. Le jour se fit comme ça, alors qu'il se demandait pourquoi les ordinateurs et les sacrifiables s'accordaient tous à dire que le saut dans le passé et le clonage des vaisseaux étaient de sa faute. La plupart des humains ne pouvaient influer sur le cours du temps. On pouvait même déclarer qu'aucun ne l'avait jamais pu. Et si cette déclaration tenait toujours...

« Je suis humain, lança Ram, avec peut-être un peu plus d'emphase que n'en nécessitaient réellement ces quelques mots.

— Merci, répondit simplement le sacrifiable.

— C'était ça la réponse que vous attendiez ?

— Si c'est celle que *vous* attendiez, elle nous convient. »

Irrité par l'ambiguïté de la réponse, Ram exigea des explications.

« Mais il n'y a rien à expliquer, coupa le sacrifiable. C'est votre décision finale, nous agirons en conséquence.

— Ce ne sera ma décision finale que lorsque j'aurai compris ce qu'elle implique de A à Z.

— Les êtres humains ne sont pas faits pour comprendre les implications de quoi que ce soit de A à Z. Ils ne vivent pas assez longtemps. »

Ram avait retourné la situation dans tous les sens. Suffisamment, en tout cas, pour l'exposer en termes clairs. « Ce dont vous semblez avoir besoin, poursuivit-il, c'est de pouvoir définir très précisément ce qu'est l'"espèce humaine" avant de vous lancer dans l'implantation des colonies. D'où votre besoin d'analyser en détail les circonstances susceptibles de remettre en cause votre définition.

— Nous en analysons des milliards, précisa le sacrifiable.

— Pourquoi pas toutes ?

— Parce que nous aussi, nous avons nos limites », admit le sacrifiable.

Une autre question traversa l'esprit de Ram. « Avez-vous détecté sur la nouvelle planète la présence d'espèces dotées d'une intelligence semblable à celle des humains ?

— Négatif.

— Et supérieure ?

— Négatif. »

Au moins ils n'essayaient pas de caser une espèce étrangère dans leur définition de l'humain.

En revanche, pensa Ram, *ils veulent être sûrs que moi, j'entre bien dans leur définition. Sans quoi, je leur aurais servi de base pour faire progresser la survie des colons et de leur descendance. Mais ma propre survie génétique, elle, aurait été en danger. Tout ça parce qu'un truc s'est produit dans ma tête, qui a détraqué le cours du temps et des choses.*

Si je me reproduis, cette différence pourrait se retrouver dans les gènes de mes descendants. Et, à vivre isolés du reste de nos congénères pendant 11 191 années, bien malin qui pourrait prédire quelles autres spécificités nous pourrions développer par rapport à ceux restés sur Terre.

Ram tenta d'éclaircir son propos, à la manière d'un scientifique ou d'un avocat. « La définition de l'"espèce humaine" doit balayer le spectre complet de variabilité génétique existante ainsi que toutes ses variations possibles dans le futur, sous réserve que lesdites variations ne nuisent pas à la survie de l'espèce humaine en général.

— Trop vague, tiqua le sacrifiable.

— Sur ce monde et n'importe quel autre », ajouta Ram.

La machine resta de marbre.

Ram marqua une pause puis repartit de plus belle. « L'"espèce humaine" définit le vivier de gènes inter-reproductibles aujourd'hui connu sous le nom d'humains, auquel il convient d'ajouter toutes les variations futures du génome humain, même si ces génomes ne peuvent s'inter-reproduire avec le vivier de gènes existant, et sous réserve que les variantes futures ne menacent pas de détruire ou d'amoindrir les chances de survie du vivier de gènes existant, délibérément ou accidentellement. »

Cinq secondes s'écoulèrent avant que le sacrifiable ne prenne la parole.

« Nous avons discuté votre définition et analysé ses ramifications à une profondeur raisonnable. Nous l'acceptons, conclut-il.

— Autrement dit, vous avez ce que vous vouliez ?

— L'ambition et le désir sont des caractéristiques typiquement humaines. Vous nous avez donné ce qui nous manquait. »

*

Rigg pouvait percevoir n'importe quelle trace malgré les murs et la distance mais, dans la confusion d'Aressa Sessamo, ses capacités rencontraient leur limite : il finissait par les perdre dans l'enchevêtrement de traces serpentant dans la ville en tout sens. Ici, dans la maison de Flacommo, le problème était tout autre : les traces étaient faciles à suivre mais d'un intérêt minime. Rigg préférait se cantonner aux plus récentes, d'un an maximum, et à celles qui menaient aux passages secrets.

Il tenta bien de traquer quelques espions, mais une fois dehors, leurs traces sinueuses se perdaient dans l'effervescence des rues, comme celles de fugitifs pataugeant volontairement dans les rivières pour perdre les chiens pisteurs lancés à leurs trousses. Avaient-ils eu vent de son don ? Non, leurs pistes remontaient à bien avant son arrivée – avant même que quiconque dans la ville ne le sache vivant. Sans doute ne faisaient-ils qu'emprunter les rues principales et si Rigg ne pouvait remonter jusqu'à leurs commanditaires, c'était uniquement parce que son champ de vision ne portait pas aussi loin. Ou alors, parce que quelqu'un d'autre les filait et qu'ils avaient cherché à s'en débarrasser.

Une seule certitude : Flacommo était hors du coup. Personne dans la maison – pas même les domestiques – ne lui rendait de comptes. Les cuistots et les boulangers préparaient ce qu'ils voulaient, la gouvernante était libre de ses horaires. Flacommo ne faisait qu'errer ici et là, s'arrêtant au hasard des rencontres. Comme un petit s'invitant au milieu des grands, mais qui finit toujours par gêner.

Rigg n'était pas certain que la Grande Bibliothèque résoudrait son problème. Il pouvait voir les traces sinuer entre ses bâtiments resserrés mais, si claires et ordonnées fussent-elles comparées au fatras de la ville, elles lui apprenaient surtout qu'aucun espion n'y avait jamais mis les pieds.

Là-bas, ses recherches risquaient de se résumer à ce qu'il avait pressenti : une vaine tentative pour en apprendre autant que son père biologique. Soit trois fois rien en définitive, à part que la traversée du Mur se faisait mieux inconscient. Inutile de connaître les lois de la physique fondamentale sur le bout du doigt pour s'en douter.

Mais Père Knosso avait aussi étudié le cerveau humain, pour élaborer lui-même ses sédatifs. Et s'il était une chose que Rigg avait absolument besoin de comprendre, c'était comment le cerveau humain fonctionnait ; le sien en particulier. Sans parler de ceux d'Umbo, de Param et, pourquoi pas, de Nox, dans un deuxième temps.

Il saisissait mal les raisons qui avaient poussé le Conseil révolutionnaire à lui accorder un droit de sortie – surtout pour aller faire ce que *lui* avait décidé. Si le fils unique de la maison royale, dont la simple existence représentait un affront aux yeux du Conseil et de la monarchie matriarcale, exprimait une quelconque requête, quoi de plus logique que de la lui refuser ?

Visiblement, soit les partisans de la lignée mâle pesaient plus lourd que prévu, soit la décision de le tuer dehors l'emporta, car une ribambelle de savants débarqua un beau matin à l'improviste chez Flacommo. « Pour vous prendre à froid, expliqua le vieux botaniste qui semblait présider le groupe.

— J'ai eu toute ma vie pour me préparer, fit remarquer Rigg.

— Cela va sans dire, acquiesça le botaniste.

— Pardonnez ma curiosité mais… je m'interroge sur vos critères d'évaluation. Dois-je posséder l'immensité de votre savoir ? N'y a-t-il point parmi vous de savants plus jeunes, aux connaissances moindres ?

— Ce qui nous intéresse, fit savoir le botaniste, ce n'est pas tant l'étendue de votre savoir que la vivacité et la qualité de votre esprit.

— Il y a bien des savants plus lents que d'autres, parmi vous, non ?

— Certains mettent plus de temps que d'autres à se souvenir de choses que d'aucuns considèrent comme fondamentales dans la vie, c'est vrai, approuva le botaniste, mais tous ont l'esprit vif quand il s'agit de raisonner et de reconnaître les illogismes, les erreurs, les improbabilités. Et au cas où vous vous demanderiez, le test a commencé, et je ne suis pas sûr d'apprécier la manière avec laquelle vous tentez sournoisement d'influencer nos critères.

— Vous tirez des conclusions hâtives. Mon but n'est pas de les influencer, mais simplement de les connaître, rectifia Rigg.

— Cela ne vous avancera à rien, déclara le botaniste. Vous êtes ici pour réfléchir en érudit. Si vous ne le faites pas, c'est que vous n'en êtes pas capable et si vous n'en êtes pas capable, connaître les règles n'y changera rien.

— Je m'incline, concéda Rigg. Un point pour vous.

— Nous ne sommes pas là pour compter les points, poursuivit le botaniste. Seule l'impression compte.

— Très bien, dans ce cas, j'arrête là mes questions et m'en remets aux vôtres.

— Par cette simple phrase, vous essayez à nouveau de vous justifier, quand le silence aurait été de mise. »

Rigg se tut.

La commission de savants prit place dans le plus confortable des salons, Rigg sur un tabouret, dans la pièce attenante. De là, il ne pouvait les voir mais entendrait leurs questions.

Rigg repéra deux espions dans les murs : un chez lui, un chez les juges.

Les premières questions restèrent gentillettes. À tel point même que Rigg s'efforça de tarabiscoter ses réponses, de peur de se faire piéger. Le botaniste finit par soupirer d'impatience. « Si vous continuez comme ça, j'ai peur que plusieurs d'entre nous – dont moi – ne trépassent avant la fin de l'exercice. Rassurez-vous, il n'y a aucun piège. Nous essayons juste de vous connaître. À question simple, réponse simple. Poursuivons.

— Bien reçu », lança Rigg.

Ce recadrage accéléra les choses. Quelques mots suffisaient bien souvent pour répondre. Il fut testé sur des questions générales d'histoire, de botanique, de zoologie, de grammaire, de physique, d'astronomie, de chimie, d'anatomie et d'ingénierie. Rien sur la musique ou les arts, ni qui touchât de près ou de loin à l'histoire de la glorieuse Révolution et aux événements postérieurs.

Les savants compliquèrent un peu ; Rigg commença à sécher. Seuls les zoologistes échouèrent à le coller, après toutes ses années à traquer, piéger, écorcher, disséquer, cuisiner et manger tout ce qu'il y avait de vivant dans les collines du Sud. Il leur répondait avec force détails, plus que nécessaire, trop content de pouvoir montrer qu'il savait.

Même dans les domaines où, en comparaison, il ne connaissait pour ainsi dire rien, il s'en sortit avec les honneurs. Père l'avait soumis à un questionnement perpétuel. Rigg répondit à ses examinateurs comme il l'avait fait avec Père, ni plus ni moins – quoique avec un peu moins de désinvolture, peut-être. Quand il ne savait pas, il le disait. S'il pensait avoir quelque élément de réponse, il indiquait partir d'une simple supposition puis développait.

Il se rendit rapidement compte que ses suppositions les intéressaient plus que son savoir véritable. Une fois rassurés sur sa maîtrise des vertébrés, ils laissèrent la zoologie de côté. En revanche, dès que Rigg pédalait un peu, ils y allaient de bon cœur. Ils le poussaient dans ses derniers retranchements, jusqu'à l'entendre concéder : « Je n'en sais pas assez sur la question pour formuler une réponse claire.

— Où penseriez-vous la trouver, dans ce cas ? l'interrogea l'un des physiciens. À quel endroit de la bibliothèque ?

— Je l'ignore, avoua Rigg.

— Si vous ignorez où chercher, quel intérêt à demander un accès à la Grande Bibliothèque ? » s'étonna son interrogateur.

Rigg laissa poindre dans sa réponse une note d'impatience. « Je viens d'en amont de la rivière. Je n'ai jamais mis les pieds dans une bibliothèque de ma vie. Voilà la raison de cette demande. Ainsi, je pourrais commencer à chercher au plus vite les réponses à des questions comme celles auxquelles vous me soumettez depuis tout à l'heure.

— Il y avait une bibliothèque à O, indiqua le botaniste. Pourquoi ne pas avoir décidé d'étudier là-bas ?

— Ce n'était pas dans mes plans, expliqua Rigg. Je poursuivais alors ceux de mon père – de celui que j'appelais Père du moins. Ce n'est qu'*ici* que je me suis rendu compte que, soit je m'étais mépris sur ses dernières volontés, soit elles m'avaient mené à l'impasse. Je me retrouve aujourd'hui seul maître de mon destin, et dans l'incapacité de prendre la moindre décision faute d'informations. Je pensais parachever l'éducation reçue de mon père qui, de toute évidence, était incomplète.

— On apprend toute sa vie, piaffa l'historien.

— Mais face à une décision cruciale, tout homme sage cherche à en savoir plus, philosopha Rigg.

— À quelle décision pensez-vous ? l'interrogea le botaniste.

— Je n'en sais pas suffisamment sur ce que j'ai besoin de savoir pour décider ce que j'ai besoin de décider », esquiva Rigg.

Il sentit l'une des savantes se lever puis arpenter la pièce. Sa voix était éraillée par les ans. « Certains pourraient penser que votre position ici, en tant que fils de la famille royale déchue… »

Plusieurs membres du jury se levèrent à leur tour. L'un d'eux fit un pas dans sa direction.

« Je ne parle pas de trahison. Je ne fais qu'exprimer ce que tout le monde sait dans cette pièce, alors assieds-toi et écoutons ce qu'*il* répond à cela ! »

Rigg ne reconnut pas la voix. Cette femme prenait la parole pour la première fois.

« Comme je le disais, certains n'ont que faire de vos décisions, quelles qu'elles soient. Toute votre vie, d'autres décideront pour vous et, notamment, si vous devez vivre ou mourir. »

La femme reprit sa place sur sa chaise. Des murmures de protestation s'élevèrent mais Rigg les devança. « Ma situation ne m'effraie pas. Je ne suis pas dupe, mon pouvoir de décision est aujourd'hui limité et pourrait disparaître du jour au lendemain. On a attenté à ma vie deux fois depuis mon arrestation – deux dont j'ai eu connaissance, du moins. Mon extrême vigilance m'a sauvé la vie, mais pour combien de temps encore ? L'un de vous va devoir écrire sur le sujet une fois la réponse connue. »

Quelques gloussements nerveux éclatèrent à côté.

« Cela dit, la possibilité que je vive quelques années supplémentaires n'est pas exclue. Comment les occuper ? En étudiant, voilà mon choix. Dans quel domaine puis-je espérer exceller, je l'ignore encore. La Grande Bibliothèque me le dira. Mais pourquoi ne pas m'imaginer contribuer un jour à la somme des connaissances humaines ? Et si j'échoue, au moins aurai-je rempli mes journées. Plus qu'en restant emmuré dans cette maison que semblent fuir les livres. »

Les murmures enflèrent en un brouhaha, puis quelqu'un tenta de prendre la parole. Rigg ne lui en laissa pas le temps. « S'il vous plaît ! Les éminents docteurs et philosophes que vous êtes disposent dorénavant de suffisamment d'éléments sur mon compte, je pense, pour faire leur choix. Laissez-moi *vous* poser une question.

— Ce n'est pas nous qui sommes évalués ici, intervint sèchement le botaniste. Et ce n'est pas à vous de décider quand...

— Bien sûr que si, vous êtes évalués, le contredit Rigg. À en juger par le soin mis par chacun et chacune d'entre vous dans la formulation de vos questions, ne me dites pas que vous n'avez pas essayé d'impressionner vos pairs par votre profondeur. Moi, vous m'avez impressionné, en tout cas. Maintenant dites-moi : qu'attendez-vous d'un enfant de mon âge ? À part mon potentiel, je n'ai encore rien prouvé. Si j'étais votre disciple, quel avenir me prédiriez-vous ? Mettriez-vous un livre entre mes mains ? Me jugeriez-vous digne de vos enseignements ? Mon père me pensait digne des siens.

Il m'instruisait et me testait du matin au soir, en me soumettant des questions semblables aux vôtres ou des problèmes qui dépassaient mes connaissances, pour que j'aboutisse à mes propres conclusions. Il est mort sans que je sache si je lui avais donné satisfaction, si j'en savais ou non *assez*. Avait-il raison ? Si m'enseigner est une perte de temps, pourquoi tant d'heures à me questionner toujours plus avant ? Quel intérêt à mesurer avec la plus fine précision l'incapacité de mon cerveau à absorber des connaissances ?

— L'examen est terminé », conclut le botaniste.

Reconnaissant, Rigg se leva de son tabouret. Il avait le dos en compote, pire qu'après une nuit sur de la pierre glaciale. Ses dernières questions les avaient probablement offensés, mais à un moment donné, il fallait savoir dire stop. À quoi bon continuer cet examen quand tout le monde perdait son temps ?

À sa grande surprise, les membres de son jury ne se dirigèrent par vers le jardin mais vers la salle où il avait commencé à s'étirer. Certains, le port exagérément digne, d'autres d'un pas vif, bras ouverts. Aucun ne parlait. Chacun lui tendit la main tour à tour, et Rigg saisit chacune d'elles, la tenant un moment dans la sienne, plongeant son regard dans les leurs.

Chaque visage lui renvoyait le même message, auquel il n'osait vraiment croire. Tous ces hommes et femmes venus le rejoindre dans cette même pièce le regardaient avec chaleur. Avec affection.

Lors de cet échange de poignées de main, les savants et les savantes énoncèrent leur spécialité. Pas leur discipline générale, comme botaniste ou physicien, mais le sujet de recherche qui les avait rendus célèbres. « Mutation végétale par pollinisation inter-espèces. » « Libération contrôlée de vapeur au service de la propulsion mécanique. »

« Redéveloppement des déclinaisons nominales à travers l'accrétion des particules dans la transition entre Moyen et Haut Umik. » « Les queues de comètes, témoins de la fusion glaciaire sous l'effet de la chaleur solaire. »

Une fois leur sujet décliné et leurs échanges de poignées de main terminés, chacun marqua un pas de recul pour laisser place au suivant. Ils finirent en deux colonnes, entre lesquelles s'avancèrent le botaniste et la femme à l'origine du débat qui avait animé la fin de l'examen. Son visage était dur et fermé – comme si le botaniste l'avait rabrouée. Encore maintenant, elle se tenait en retrait, laissant l'honneur des présentations au président de la commission.

Le botaniste prit les mains de Rigg et dit : « Altération d'espèce par injection directe de noyaux cellulaires d'un organisme aux caractéristiques ciblées. »

La vieille femme s'avança enfin. Elle lui prit les mains, comme les autres, mais resta muette.

« Allez-y », l'invita le botaniste.

Elle pencha délicatement la tête de côté et esquissa un sourire. « De la possibilité d'origines distinctes pour la faune et la flore de notre entremur. »

Rigg n'avait jamais entendu parler d'une chose pareille – ni par Père ni par qui que ce fût d'autre. « Distinctes ? lâcha-t-il instinctivement. Comment est-ce possible ? L'origine de la vie serait-elle double ? »

Elle lui lança un clin d'œil, malgré les signes de mécontentement manifestes de plusieurs membres de l'assemblée.

« Ce n'est pas son sujet de recherche principal, trancha le botaniste. C'est celui qu'elle réserve aux âmes suffisamment bonnes pour l'écouter. Elle n'a jamais rien publié là-dessus.

— Vous verrai-je à la bibliothèque ? » demanda Rigg à la femme.

Son visage s'illumina d'un nouveau sourire. « Demandez-moi plutôt : Nous y verrons-nous ? » Ils se séparèrent et elle sortit dans le jardin.

Flacommo avait dû faire le pied de grue dehors car Rigg l'entendit pester immédiatement contre elle : elle ne pouvait pas leur faire faux bond ainsi, sans même honorer le somptueux banquet dressé pour eux !

« C'était l'une des meilleures d'entre nous », souffla le botaniste.

Rigg se retourna ; l'homme la suivait du regard à travers l'embrasure de la porte.

« Quel est son nom ? lui demanda Rigg.

— Bleht. L'inventrice, pour ainsi dire, de la microbiologie. Celle à l'origine de sa renaissance, en tout cas. Mais elle s'est complètement discréditée à propos de deux mouvements d'évolution distincts qui se seraient rejoints il y a onze mille ans à peine – des foutaises mystiques. Si les vieux calendriers religieux et la science étaient liés, ça se saurait », soupira-t il.

Rigg n'avait pas besoin d'un dessin. Il avait dépecé plus d'une « créature anormale », comme les appelait Père – ces bêtes aux anatomies uniques. Sans compter les « plantes anormales », absolument indigestes pour l'homme, et même toxiques.

En quelques mots, cette femme avait réussi à semer le doute dans son esprit : et si ces anomalies animales et végétales n'étaient pas le fruit du hasard, mais étaient corrélées ? Et si l'évolution n'avait pas suivi un mais *deux* chemins, tous deux cohérents sur toute la ligne ?

« Ses propos ne vous laissent pas indifférent, nota le botaniste.

— Il est jeune », ajouta une physicienne, la cadette du groupe à vue de nez. Rigg ne lui donnait pas trente ans. « À son âge, on prend tout au sérieux. »

Et comment. Son cerveau tournait à plein régime, passait en revue tout ce qu'il avait pu sortir des intestins des mare-becs et des pipours. Quels points avaient-ils en commun ? Quels charognards s'étaient rués sur leurs carcasses, une fois dépouillées ? Présentaient-ils des anomalies, eux aussi ? Il bouillait de pouvoir y retourner – Umbo dans son sillage –, pour suivre les créatures anormales à la trace et voir si elles se nourrissaient exclusivement de plantes et d'autres animaux anormaux.

Si une telle chose existait, Père lui en aurait parlé.

À moins d'avoir omis de le faire délibérément, en attendant qu'il s'en rende compte par lui-même.

Voilà qui était fait. Il s'était contenté de survoler le sujet, la prudence était donc de mise. Mais tous ses souvenirs confirmaient pour l'instant la théorie de la microbiologiste.

Tous les savants, Bleht mise à part, dînèrent ensemble, discutant à bâtons rompus avec Rigg. S'ils comptaient remettre une appréciation négative de leur examen, ils cachaient bien leur jeu.

Il n'en fut rien. Le lendemain matin, quatre hommes en uniforme de la Garde municipale emmenaient Rigg sous bonne escorte de chez Flacommo à la bibliothèque.

Si Rigg espérait en profiter pour admirer les charmes d'Aressa Sessamo, ce fut raté : il entendit à peine les rumeurs de la ville, au loin. La maison de Flacommo était flanquée sur trois côtés d'immenses bâtisses au tracé similaire, avec leurs hauts murs d'enceinte aveugles encerclant un jardin central. Dans les rues ne se croisaient que des gens du quartier

– domestiques en courses, riches résidents à pied ou à cheval, quelques mères avec leurs enfants.

Sur son quatrième et dernier côté, sa maison s'ouvrait directement sur les jardins de la bibliothèque. Seule une avenue bordée d'arbres les séparait.

Rigg savait déjà, pour avoir étudié les traces alentour, que de vastes espaces séparaient les imposants bâtiments de la bibliothèque, chacun dégageant plus de monumentalité que le voisin, dans un style architectural typique de sa période de construction. Ils avaient été bâtis sur des talus artificiels – tout était plat dans le delta – tout comme plusieurs maisons de maîtres installées en contrebas. Entre elles, de l'autre côté de l'avenue, se tenaient les minuscules appartements mis à disposition des savants de passage. Les bibliothécaires occupaient d'étroites mansardes aux planchers presque posés sur les piles de livres de l'étage inférieur.

Rigg comptait sur Miche et Umbo pour se mettre en route vers Aressa Sessamo dès qu'Umbo aurait appris à délivrer ses messages dans le passé. Il avait secrètement espéré faire de la bibliothèque leur point de rencontre, mais il faudrait trouver autre chose : ils ne feraient pas cinquante mètres dans le quartier en faux chercheurs, on se méfiait trop des intrus. Ils allaient devoir ruser.

Le premier matin, Rigg fut escorté à la Bibliothèque de la Vie. À sa grande déception, ce ne fut pas Bleht mais une jeune assistante bibliothécaire qu'on chargea de la visite, les gardes à distance de pique. Âgée de vingt ans à peine, la jeune femme fit toute une histoire d'avoir à trimballer cet enfant dans les travées, manifestement scandalisée de se retrouver victime d'une telle corvée. Elle prit soin de signaler au passage son étonnement de voir le Conseil révolutionnaire accorder de tels privilèges à un membre de la famille royale.

Rigg laissa couler. Il se garda bien d'engager la conversation – avec elle comme avec les gardes d'ailleurs, l'expérience vécue avec Aboyeur lui ayant servi de leçon. Mais si une question lui venait spontanément, il n'hésitait pas à la poser à la guide, qui devenait soudain intarissable sur cet endroit qu'elle aimait tant. Ses élans d'enthousiasme étaient brefs, mais la glace finit par se briser petit à petit au fil de la visite.

De l'extérieur, le bâtiment ressemblait à un simple rectangle. Dedans, c'était un vrai labyrinthe – sans son don, Rigg n'aurait pu s'y retrouver – parcouru de longues travées chargées de livres mais aussi de casiers où s'entassaient pêle-mêle des parchemins d'un autre âge, ainsi que des catalogues d'écrits conservés sur différents supports : fines plaques métalliques, tablettes d'argile cuite, écorces d'arbres, dépouilles animales.

« Leur science ne date-t-elle pas un peu pour nous apprendre quoi que ce soit de nouveau ? s'étonna Rigg.

— Cette bibliothèque ne conserve pas que des ouvrages de biologie contemporaine, s'offusqua froidement la bibliothécaire. Toute l'histoire des sciences de la vie est conservée ici. Sans ce passé, nous ne pourrions expliquer notre présent.

— Savez-vous si des civilisations nous étaient supérieures autrefois dans certains domaines de la biologie ?

— Je ne suis pas historienne en biologie, rétorqua-t-elle. Mon domaine, c'est la gestion des registres dans les laboratoires. Comme c'est très calme aujourd'hui, les chercheurs m'ont demandé de venir perdre ma matinée avec vous ici.

— Vous contribuez tout de même, à votre façon, aux progrès de la science », tenta de l'amadouer Rigg.

Elle ne répondit rien – mais se décrispa un peu. Quand la cloche sonna midi et la fin de la visite, elle partit tout de même sans prendre la peine de le saluer.

Sur le chemin du retour, les gardes durent s'avouer perdus et s'en remirent à Rigg pour retrouver le chemin de la sortie. Cinq minutes plus tard, ils étaient chez Flacommo, déjeunaient, puis repartaient dans l'autre sens, direction la Bibliothèque des Vies Passées. Son guide était cette fois un jeune chercheur mobilisé pour l'occasion. D'humeur joviale, il n'aurait pas été contre l'idée de passer l'après-midi à harceler Rigg de questions sur l'Impératrice Hagia Sessamin et sa fille Param, mais les regards noirs de leurs bouledogues de service l'en dissuadèrent.

En fin de journée, alors que la bibliothèque s'apprêtait à fermer ses portes, Rigg demanda à voir le responsable.

« Le responsable ? s'enquit le jeune savant, pris de court. Chaque bibliothèque est régie par un doyen ou un recteur ou encore un supérieur – tous ont des titres différents –, mais aucun ne supervise l'ensemble.

— En fait, je cherche à rencontrer *mon* responsable.

— Le vôtre ? s'écria le chercheur. Mais ces hommes...

— Quelqu'un a organisé ces visites. Vous avez été choisi par quelqu'un. Qui est derrière ces décisions ?

— Oh, je vois. Bonne question...

— Profitons-en, nous sommes dans une bibliothèque, lança Rigg. Il suffit de demander.

— Un instant. »

Les gardes poussèrent un soupir et s'assirent, insistant pour que Rigg fasse de même. Quinze longues minutes s'écoulèrent avant que le chercheur ne revienne accompagné d'une femme d'âge mûr. Elle posa sur Rigg un regard sévère. « Que me voulez-vous ? l'apostropha-t-elle.

— Arrêtez de faire perdre leur temps à de jeunes chercheurs et bibliothécaires, répondit Rigg. Les spécificités de chaque bibliothèque pourraient m'être expliquées en quinze minutes, mais c'est déjà trop. J'aimerais si possible pouvoir me plonger dans mes recherches sans attendre.

— J'ai reçu pour consigne d'organiser cette visite, continua la femme d'un ton sec.

— Et elle m'a ravi, repartit Rigg, toujours aussi courtois. Mais le temps presse. Je dois absolument rencontrer la personne chargée de garder les travaux de mon père.

— Et votre père est… ? »

Rigg tomba des nues.

« Knosso Sissamik », intervint le jeune guide après une seconde d'hésitation. Sa voix dénotait un certain mépris, bien malgré lui. Qu'on puisse encore ignorer le nom du père de Rigg Sessamekesh le dépassait. « Un chercheur réputé, mort au Mur.

— Certains conservent les travaux d'anciens membres de la famille royale, pas moi, grinça la vieille dame. Et si Knosso machin truc était physicien, ses travaux relevaient de la Bibliothèque du Rien.

— Du Rien ? »

La réponse de la vieille femme semblait déjà bien rodée. « Les physiciens ont décrété, il y a des lustres, que tout l'espace ou presque était vide, que tous les atomes ou presque l'étaient aussi et que, par conséquent, la caractéristique principale de l'univers était le néant absolu, à l'exception d'infimes interruptions qui expliqueraient à elles seules l'existence de toutes choses. Leur bibliothèque porte donc le nom de ce Rien qui leur est si cher. Ils la partagent avec les mathématiciens qui, eux, ne sont pas peu fiers de déclarer leur sujet d'étude encore plus abstrait que celui des physiciens. L'espace qui leur est réservé a donc logiquement été baptisé Bibliothèque du Moins que Rien. »

Rigg aimait déjà ces physiciens. Quant aux mathématiciens, ils avaient l'air sacrément joueurs. Il n'allait pas s'ennuyer.

On l'emmena dès le lendemain à la Bibliothèque du Rien, où la liste – longue comme le bras – des ouvrages consultés par Knosso Sissamik au cours des deux dernières années de sa vie lui fut remise. Rigg en emprunta quelques-uns, mais buta rapidement sur leur jargon technique et d'obscures équations mathématiques. Il décida donc de se lancer dans une remise à niveau de son cru, dans l'espoir d'y voir un peu plus clair dans ce à quoi Knosso avait jugé bon d'occuper ses journées.

Après quelques semaines d'un tel régime, Rigg pouvait au moins déchiffrer les termes utilisés, à défaut de comprendre de quoi les livres parlaient. Encore quelques efforts et il commencerait à percer le mystère des théories de son père.

Bien souvent, assis à sa table, quelques livres ouverts devant lui, il profitait de l'assoupissement des gardes pour explorer les traces autour en fermant les yeux. L'une d'elles, il le savait, appartenait forcément à Père Knosso. S'il n'avait jamais vécu chez Flacommo – sa veuve et sa fille y ayant emménagé après sa mort –, il était en revanche venu ici. Il lui suffisait de retrouver les livres empruntés ; une seule trace les reliait tous, et c'était celle qu'il recherchait.

Il finit par la retrouver en en filant une plus suspecte que les autres toujours plus loin dans le temps, jusqu'à la voir sortir d'une maison : celle que Père partageait alors avec Mère. Leurs deux traces se croisaient, se décroisaient, se recroisaient… aucun doute n'était permis.

Il regretta sur le coup l'absence d'Umbo, le seul capable de faire apparaître son père. Les peintres avaient reçu l'interdiction formelle de faire le portrait de la famille royale – Rigg n'avait pas la moindre idée de ce à quoi il ressemblait. Heureusement, sa trace était reconnaissable entre toutes. Il finirait bien par retomber dessus.

Ses découvertes ne s'arrêtèrent pas là. Si Père Knosso avait effectivement étudié tous les livres de la liste, il s'était aussi aventuré dans deux autres bibliothèques : la Bibliothèque des Vies Passées et la Bibliothèque des Mots Perdus. Rigg prétexta un quelconque besoin de s'y rendre pour remonter sa trace. D'après les bibliothécaires, aucun livre n'avait changé de place. Seulement, son père n'en avait emprunté aucun, et aucun registre des livres uniquement consultés n'était tenu.

Ses efforts furent tout de même récompensés. De la Bibliothèque des Mots Perdus, il rapporta la liste des langues que Père Knosso jugeait dignes d'intérêt ; de celle des Vies Passées, les périodes et sujets de l'Histoire sur lesquels il avait planché. Les choses prenaient forme.

Ses recherches avaient impliqué la physique, d'accord, mais il s'était aussi intéressé aux observations du Mur faites par diverses cultures et dans divers langages, et sur une période étendue, plus de huit mille ans. Pensait-il que, dans les temps anciens, une civilisation avait percé le mystère de sa traversée ? Des histoires de saints et de héros sortis d'Outremur, ou repartis là-bas les pieds devant, circulaient. Mais il y était aussi question de voyage dans les étoiles, de tremblements de terre et d'éruptions volcaniques qu'ils auraient provoqués, de machines qu'ils auraient fabriquées avant qu'elles ne prennent vie.

Rigg les laissait aux illuminés. Et même si Père y avait accordé quelque crédit, lui en était incapable – surtout après avoir participé à créer le mythe du saint Voyageur.

Quoi d'autre, dans ce cas ? Père Knosso pensait-il possible une époque antérieure au Mur ? Il aurait bien été le seul – tout le monde savait que le Mur avait toujours été là. Maintenant, vrai ou faux, cela restait à démontrer.

Pourquoi un tel soin de ne laisser derrière lui aucune trace de ses recherches sur le passé ? Tout cela dépassait la simple physique ; Père Knosso ne se serait pas montré si prudent s'il n'y avait pas eu un peu de politique là-dessous.

Mais sans savoir précisément quels livres il avait étudiés, impossible de le découvrir…

La bibliothèque occupait désormais ses journées mais ni ses soirées, ni ses nuits, ni ses débuts de matinée, que Rigg passait chez Flacommo. Il dormait chaque jour à un endroit différent, souvent simplement recroquevillé dans le jardin, en souvenir des nuits à la belle étoile passées contre Père. Il continua à aider en cuisine et à se lier d'amitié avec les boulangers de jour et de nuit, avec le fils de Lolonga notamment, Long, pour qui Rigg n'était ni plus ni moins qu'un des leurs, pas un gamin de la haute. Bizarrement, dès que le bruit de leur camaraderie commença à courir, Long fut cordialement invité à rendre des comptes, un jour dans une taverne, un autre dans le secret d'un parc, un troisième dans une échoppe.

Dès que Rigg en eut vent, il dit à Long : « Tu n'as qu'à leur dire tout ce que je dis, tout ce que je fais. Ce n'est un secret pour personne. » Long en fut soulagé.

Rigg aurait dit vrai s'il n'avait délibérément omis de préciser « avec toi ». Car, seul, il restait actif – et préférait garder ses activités secrètes.

La principale d'entre elles consistait à tenter de communiquer avec Param. D'une part, pour respecter la dernière volonté de Père, d'autre part, parce qu'il mourait d'envie de mieux la connaître et de gagner sa confiance. Les messages transmis par le truchement de Mère ne servaient à rien – il le savait bien, ils restaient lettre morte ; mais surtout, Rigg désirait discuter de choses avec elle que Mère n'avait nul besoin de savoir.

Il prit l'habitude de garder à portée de main une ardoise, comme un écolier. « Pour travailler les équations mathématiques que je rencontre dans mes livres de physique », expliqua-t-il à Flacommo pour justifier sa demande. Elle lui servait d'ailleurs à ça... quand Param n'était pas dans les parages, du moins.

Dès qu'il la voyait s'approcher, il nettoyait vite un angle et y griffonnait un message, en gros caractères d'imprimerie. Il tenait ensuite l'ardoise sans bouger, et elle lisait. Il le voyait aux rondes qu'elle faisait autour de lui pendant qu'il écrivait, même si elle ne pouvait lui répondre, ni par écrit ni autrement.

Il lui raconta sa vie par petits bouts – Père, sa mort, leur vie de trappeurs. Comment il avait appris la vérité aussi, la vérité sur l'existence de sa sœur, révélée par Père dans son dernier soupir avant qu'il ne lui dise de partir la retrouver.

Il lui parla un peu d'Umbo aussi, moins de Miche. Mais suffisamment pour lui faire comprendre qu'il ne s'était pas lancé seul dans l'aventure. Il tut le reste – les pierres précieuses, la dague volée dans le passé, le pouvoir d'Umbo –, se limitant finalement à ce que Général Citoyen savait.

Il mentionna les passages secrets aussi, ceux utilisés par les espions et les autres, abandonnés depuis des siècles. « Je ne sais pas s'ils ont été oubliés ou condamnés », écrivit-il avant d'effacer puis d'ajouter : « Mais je ne sais pas comment y accéder. » Un dernier ajout : « Quand je disparais trop longtemps, on part à ma recherche. »

Un matin, il chercha l'ardoise là où il l'avait cachée la veille avant de s'allonger pour la nuit dans le jardin. Quelqu'un l'avait déplacée. Un petit mot était gribouillé dessus en pattes de mouche à peine lisibles – les craies n'étaient pas faites pour écrire si petit.

« Frère, j'ai peur. Mère complote. On va chercher à nous tuer. »

Rigg, les deux mains cramponnées à l'ardoise, relut le message, puis l'effaça soigneusement mot à mot. Param avait dû attendre que tout le monde dorme pour venir à lui et sortir de son invisibilité le temps de laisser son message.

Mère complote ? Son innocence n'était donc que de façade. Mais complote avec qui ? Qui peut l'approcher sans être vu ?

Mais surtout, Param avait peur. *On va chercher à nous tuer*, tels étaient ses mots. Que devait-il y comprendre, que le Conseil les ferait exécuter si le complot ourdi par Mère échouait ? Que ce complot incluait un plan pour les faire assassiner ? Que Mère décidât de le sacrifier, il l'entendait. Mais Param ? Pourquoi vouloir sa mort ? Le danger devait venir d'ailleurs. Ou alors, Mère projetait de s'évader de chez Flacommo pour renverser le Conseil et laissait Param et Rigg en pâture, comme cadeau d'adieu.

Il était plus que temps de s'entretenir avec Param. Il retrouva sa trace de la veille. Visiblement, elle ne s'était pas attardée – à l'aube, elle était déjà de retour dans la chambre de Mère.

Il l'aperçut le soir même, à peine un pied posé dans le jardin. « Il faut qu'on parle, écrivit-il sur son ardoise. Je sais comment sortir de la maison... par les passages secrets... l'un d'eux mène à la bibliothèque... on y sera plus tranquilles... il faudra faire vite... sinon on va remarquer notre absence. »

Il effaça « notre » et remplaça par « mon ». Personne ne remarquerait l'absence de sa sœur.

Cette nuit-là, il lutta contre le sommeil en espérant qu'elle viendrait mais finit par sombrer. Il fut réveillé d'une secousse sur l'épaule. Alors qu'il émergeait, un doigt se posa avec douceur sur ses lèvres. Il distingua une silhouette féminine, mais aucun visage.

Il se leva sans bruit et la suivit. Elle se déplaçait mécaniquement, fidèle à son habitude, rasant les murs des couloirs, prenant au plus court à chaque virage. On la sentait chez elle dans la nuit – et pourquoi en aurait-il été autrement ? Ils ne croisèrent personne.

Ils finirent par rejoindre un corridor rarement utilisé, qui menait à une chambre pour invités de passage. Elle s'arrêta, Rigg s'approcha. « Param ? » souffla-t-il.

En réponse, elle le prit dans ses bras et lui chuchota à l'oreille : « Ô mon frère, il m'avait dit que tu viendrais. »

Père était donc venu ici aussi, comme chez Umbo et Nox, pour l'aider à maîtriser son pouvoir. Car qui d'autre aurait pu lui promettre quoi que ce fût sur Rigg ? Lui seul connaissait son existence. Et pourtant, de mémoire, Père n'avait jamais quitté Gué-de-la-Chute assez longtemps pour partir vers Aressa Sessamo et en revenir. En même temps, avec Père, rien n'était impossible. Et dans un monde où Umbo, Param, Nox et Rigg avaient tous des pouvoirs plus bizarres les uns que les autres, qui savait de quoi Père était capable ?

« Il y a une entrée vers les passages abandonnés tout près d'ici », la pressa-t-il à voix basse.

Elle lui tendit la main, il l'y conduisit. De vieilles traces menaient tout droit vers le passage, mais à travers un mur plein. Rigg le parcourut de la main. Il n'y avait aucun signe d'ouverture.

Elle le tira doucement par l'épaule. « Il y a vraiment une porte ici ? murmura-t-elle.

— Il y *avait* une porte. Elle n'a pas été utilisée depuis deux cents ans.

— C'est que le mur n'est ni en pierre, ni en ciment, ni en brique alors, déduisit-elle.

— C'est juste une cloison. Ils l'ont montée pour sceller le passage. Ça doit être plâtré, sur du bois peut-être. Impossible d'être sûr. Ce n'est pas très important de toute façon, un bon coup de pied la fera voler en éclats. En revanche, on ne pourra pas refermer derrière nous. »

Pour toute réponse, elle lui posa la main sur le torse et le fit délicatement reculer jusqu'au mur de derrière : *Attends-moi là*. Sa silhouette s'estompa puis il la vit traverser, sa trace se mêlant à celles des anciens visiteurs du passage.

Alors qu'il commençait à s'impatienter, curieux de savoir ce que sa sœur trafiquait derrière, un bruit étouffé se fit entendre, suivi d'un tintement sonore – celui d'un ressort métallique relâché après des années de compression. À sa grande surprise, aucune porte ne s'ouvrit. La cloison entière coulissa vers le haut, révélant Param derrière.

Rigg la rejoignit. Param abaissa un levier et la cloison redescendit sans un bruit. Rigg aurait pu chercher longtemps. Une limite de plus à son don ; les traces lui indiquaient par où les autres étaient passés, pas comment.

Il fut surpris de trouver un couloir non pas plongé dans le noir, mais illuminé d'une faible lueur argentée. Il s'avança vers ce qui semblait être sa source – un puits de lumière par lequel seraient entrés les rayons du Grand Anneau, peut-être ?

La lumière était en fait réfléchie par des miroirs placés à chaque coude du tunnel – mais sur combien, il n'aurait su le dire. Il avait vu juste au moins sur un point : c'était bien le Grand Anneau qui baignait cet endroit de sa lumière. Les nuits nuageuses, une bougie – ou un bon guide – ne devait pas être de trop.

« Ça ne t'a pas fait mal de traverser ? s'inquiéta-t-il.

— Un peu, si », avoua-t-elle. Elle tendit la main. En la touchant, il frémit. Elle était brûlante, comme celle d'un enfant fiévreux. Il toucha son front, ses joues. Brûlants eux aussi.

« Tu ne peux pas faire ça à chaque fois, déclara-t-il.

— Il faudra bien. On ne sait pas comment l'ouvrir de l'extérieur. J'ai connu pire. Les murs de pierre ou de brique par exemple, ils me brûlent vraiment, mes habits prennent feu. Je ne m'en approche jamais. »

Il la prit dans ses bras. « J'ai été tellement heureux d'apprendre que j'avais une sœur. Tu n'as pas idée.

— Moi aussi, confia-t-elle. Il m'a dit de ne jamais révéler à Mère ton existence. Et aussi, que tu viendrais me libérer.

— Il avait raison. En suivant ces passages, on arrivera dehors.

— Comment ? Par en dessous ? demanda-t-elle.

— Le terrain sur lequel ces maisons ont été construites a été surélevé. Il s'est tassé depuis. Ce qui signifie que certains passages sont peut-être inondés – dans ce delta, l'eau court partout sous la surface. Si c'est le cas, il faudra tenir en apnée jusqu'à la sortie. Je connais un passage qui mène à la Bibliothèque du Rien. Mais il est assez long.

— Comment tu sais ça ? Tu l'as déjà emprunté ?

— Non, répondit Rigg. Mais j'ai suivi les traces de ceux qui l'ont fait. C'est mon don à moi – voir les traces que laissent les gens, même s'ils se cachent derrière un mur ou sous terre.

— Il est plus utile que le mien, souligna-t-elle.

— Ce n'est pas le mien qui nous a fait entrer ici. Et il ne me permet pas de disparaître en plein jour.

— Oui, mais il ne te brûle pas quand tu traverses quelque chose.

— À ce propos… je m'excuse de t'avoir traversée la dernière fois.

— Pas grave, l'excusa-t-elle. On marchait, on n'a fait que se croiser. Les murs sont stationnaires, c'est différent. Le contact dure. »

Il serra ses mains dans les siennes. « Comment l'appelais-tu ? Père ?

— Marcheur, révéla-t-elle.

— Il est venu ici, dans cette maison ?

— Oui, confirma-t-elle. J'ai raconté à Mère qu'un des savants m'avait appris par hasard à maîtriser mon don. En fait, c'était lui. Il s'était fait passer pour un jardinier. Le jardin porte encore sa marque d'ailleurs. Mais tu as dû voir sa trace, non ?

— Père – Marcheur – n'en laissait pas.

— Comment cela ?

— Peut-être qu'il l'effaçait... s'il en avait une. Je ne l'explique pas. C'est un saint, je crois. Un héros. Il a des pouvoirs uniques.

— Mais quand j'étais invisible, il ne pouvait pas me voir. Toi si.

— Non. Je vois juste où tu *étais*, par où tu es passée. Je ne te *vois* pas à strictement parler. Je te sens. Même dans mon dos ou les yeux fermés.

— Il a dit que tu étais le meilleur d'entre nous.

— Nous ?

— Ses élèves.

— Il t'a parlé des autres ?

— Il a dit que le monde s'était mis en quatre pour nous créer. Que nos pouvoirs étaient le cœur même de cet entremur. Tout repose sur nous.

— Tout quoi ? s'étonna Rigg. La restauration de la monarchie ? Pas très important, je trouve.

— Mais moi non plus, admit-elle. Et lui non plus.

— Il t'a dit plein de choses, bougonna Rigg. À moi, presque rien.

— Tu es jaloux ?

— Oui, marmonna-t-il. Et énervé qu'il ne m'ait pas fait confiance.

— Il te faisait confiance plus qu'à personne d'autre. D'après lui, tu étais le seul vraiment prêt. Tu étais son meilleur élève.

— Je ne sais rien faire seul. Sans Umbo, mes traces ne me servent à rien, c'est lui qui m'ouvre les portes du passé comme toi tu m'as ouvert ce passage. Tout seul, je ne sers à rien.

— C'est toi qui nous as menés ici. »

Ils perdaient leur temps, elle ne parviendrait pas à le réconcilier avec son don. « Nous devons faire vite. Ils vont bientôt se mettre à notre recherche.

— Il n'y a rien de moins sûr, contesta-t-elle. Tout le monde dort.

— Tu serais surprise de voir comme on nous surveille, ajouta-t-il.

— Et toi, tu sembles oublier que j'ai arpenté ces pièces et ces corridors pendant des années, lui rappela-t-elle.

— À tourner en rond.

— C'est-à-dire ?

— Dès que tu t'arrêtes, tu réapparais. Pour rester invisible dans une pièce, tu tournes en rond. Un vrai tourbillon.

— Un vrai cauchemar, surtout, gémit-elle. Je n'en peux plus de tourner. Ça me rend malade.

— Alors pourquoi ne pas réapparaître ?

— Pour rester en vie.

— Je pensais… ils ont juste parlé d'un homme qui… t'avait enlevé tes habits.

— Ces exactions, ce n'était rien. Presque le quotidien. Mais cet homme, il avait un couteau. J'ai tout juste eu le temps de foncer sur lui – "foncer", c'est comme ça que je dis – et de le traverser. Il n'a rien compris. À l'époque, je ne savais même pas que j'en étais capable. Eux non plus, d'ailleurs, mais maintenant si. Mère m'a raconté pour les espions. Ils savent tout.

— Ils ne savent que ce qu'ils voient et entendent, nuança Rigg.

— Moi je n'entends rien quand je fonce, poursuivit-elle. Ton idée, l'ardoise, c'était bien vu. Mère n'y a jamais pensé.

— Il faut y aller, maintenant. Mais avant, sais-tu si on peut actionner le mécanisme de l'extérieur ? Il faudrait pouvoir ouvrir du dehors. »

Ils inspectèrent les murs en vain. À part le levier enfoncé dans le mur, rien ne dépassait.

« Je peux inspecter l'intérieur du mur, si tu veux, proposa-t-elle, mais je ne vais pas voir ni sentir grand-chose. À part le brûlé, peut-être.

— Non, non, je te l'interdis. Mais... quel crétin ! Il me suffit de remonter à la construction de ce passage, et je retrouverai les traces de ceux qui ont mis en place le mécanisme ! En les suivant, je saurai comment il fonctionne.

— Les traces ne s'effacent pas, avec le temps ?

— Pas exactement, expliqua Rigg. Elles perdent de leur éclat en quelque sorte, deviennent plus distantes, sans que ce soit de la distance à proprement parler... Une fois quelque part, elles y restent. Bon, laisse-moi me concentrer, maintenant. »

Il lui fallut cinq minutes pour remonter à la bonne époque. Un autre bâtiment se tenait là. Cette aile de la maison de Flacommo, nota Rigg tout en luttant pour repérer les traces, avait d'ailleurs été simplement accolée à l'ancienne bâtisse, pour que ses habitants puissent agir dans le plus grand secret.

Rigg tomba enfin sur ce qu'il cherchait. « Le mécanisme déclencheur se trouve dans le plafond du couloir, annonça-t-il. Trop haut pour nous, même en sautant. Il faudrait un balai, une épée ou... quelque chose avec un manche... il y a deux boutons, un à chaque angle de la cloison. Il faut peut-être les enfoncer en même temps. À moins qu'un ne serve à ouvrir et l'autre à fermer.

— Retournons vérifier de l'autre côté », suggéra Param.

Rigg agrippa le levier.

« Attends, cria-t-elle. Et s'il y avait quelqu'un derrière ?

— Je le sentirais, la rassura Rigg. Il n'y a personne.

— On ne pourra plus se parler, une fois dehors.

— Mais on pourra demain. Et les jours suivants.

— Rigg, dit-elle en le prenant dans ses bras, chaque jour à t'attendre m'a rajeunie, tu sais.

— Rajeunie ?

— Lorsque je fonce, mon temps s'arrête. Plus j'accélère et plus le temps accélère au-dehors. Les journées du monde extérieur ne représentent que quelques minutes pour moi.

— Comment sais-tu combien de temps s'est écoulé pour toi ? l'interrogea Rigg. Comment mesures-tu la durée lorsque tu fonces ?

— Disons que j'ai ma propre méthode de calcul. Je connais le nombre de jours écoulés à l'extérieur et dans mon monde, je compte en mois. Tu comprends ? Depuis le début de ma retraite, deux mois se sont écoulés, mais les autres ont vécu plus d'un an. J'ai seize ans pour eux, mais mon corps en a vécu quinze à peine. À ce rythme-là, je vais vivre éternellement – si on peut appeler ça vivre. »

Elle pleurait. Pas comme une enfant, le visage tordu et pleurnichant, mais comme une vraie femme, les épaules soulevées en silence. « Param, nous allons te sortir d'ici, la consola Rigg en la serrant contre lui.

— Quitter cette maison ne suffira pas. Ils vont nous pourchasser dans la ville, dans la bibliothèque, partout où nous irons.

— Umbo et Miche seront là, poursuivit Rigg. Il faut y croire. Tu retrouveras ta vie d'avant. Et moi la mienne.

— C'est moi, la grande sœur, dit-elle. C'est moi qui suis censée te dire tout ça.

— Je sais, dit Rigg. Tu me berceras avec tes comptines une fois qu'on sera sortis d'affaire. Maintenant, allons-y. Après, il sera trop tard pour comprendre comment fonctionne ce truc de l'extérieur. »

Ils ne prirent pas la peine de chercher un balai – la courte échelle suffisait. Mains jointes, Rigg fit grimper Param sur ses épaules. En appui contre le mur, elle pressa le premier bouton. Le mauvais, naturellement ; rien ne se passa. Alors que Rigg commençait à désespérer, Param tendit le bras vers le second et appuya de toutes ses forces – si fort qu'elle en broya les épaules de son pauvre frère. La cloison redescendit en silence. Rien ne permettait de la distinguer des autres murs.

De retour au sol, elle embrassa son frère sur la joue et disparut.

Malgré tout ce temps passé ensemble, Rigg avait à peine aperçu son visage. Entre la lumière argentée du passage secret et la lueur vacillante des bougies dans le couloir, il n'était même pas sûr de pouvoir la reconnaître en plein jour.

Au moins, elle existait et il l'avait retrouvée, il avait accompli sa mission. Surtout, elle l'attendait. Père lui avait promis que Rigg la libérerait.

Père me faisait confiance.

Elle me fait confiance maintenant.

À toi de ne pas les décevoir.

CHAPITRE 5

Un passé à déterrer

« Nous avons dix-neuf vaisseaux, dit Ram. Et un seul monde.

— Ça nous fait dix-neuf fois plus de chances de réussir, calcula le sacrifiable.

— Dix-neuf fois plus de chances de connaître un chaos sans nom avec dix-neuf fois les mêmes personnes, estima pour sa part Ram. Dix-neuf fois plus de chances de rivalités, d'adultères, de meurtres. On va passer notre temps à comparer les vies de personnes ayant les mêmes noms, les mêmes ADN, les mêmes empreintes digitales. Et au final, nos dix-neuf vaisseaux ne peupleront qu'un seul et même monde.

— On n'a pas d'autre monde à proposer, s'excusa le sacrifiable. Et on n'a qu'un capitaine.

— L'un des gros avantages qu'il y a à implanter la race humaine à deux endroits différents, c'est que si une catastrophe frappe l'un, sa survie est tout de même assurée.

— Sauf en cas d'explosion du noyau galactique, nuança le sacrifiable.

— Possible, en effet, mais contre ça, on ne peut rien.

— Pour l'instant, indiqua le sacrifiable.

— En attendant, dit Ram, je pense qu'on pourrait tirer avantage de la situation. Le but initial était de faire exister l'humanité sur deux planètes. Mais personne n'avait imaginé que notre colonie puisse être projetée en arrière à plus de onze mille années de son berceau d'origine. Les probabilités de croisement entre les Terriens et nous sont désormais nulles. Pourquoi ne pas profiter de cette chance unique pour voir où les mutations génétiques mèneront deux versions d'une même race humaine, isolées l'une de l'autre pendant plus de quatre cents générations ?

— Techniquement, seul *ce* monde verra passer quatre cent quarante-sept générations, à vingt-cinq années de moyenne, précisa le sacrifiable. Ce ne sera pas le cas pour la Terre.

— Donc la mutation génétique ne touchera que nous, conclut Ram. Nous seuls, nous évoluerons.

— Onze mille ans, c'est une bagatelle sur l'échelle de l'évolution, déclara le sacrifiable. Des populations humaines séparées pendant soixante-dix mille ans par la grande sécheresse africaine ont pu se reproduire.

— La séparation n'était peut-être pas totale, avança Ram. Si vous faites référence à l'éruption du mont Toba et au goulet d'étranglement génétique qui s'ensuivit, celui-ci ne dura que vingt mille ans. Et concernait des Africains du Sud considérés comme de grands marins, puisqu'ils ont colonisé les côtes de l'océan Indien, notamment l'Australie et la Nouvelle-Guinée.

— J'ai volontairement pris une fourchette large pour clarifier mon propos, ajouta le sacrifiable. Mais vos vingt mille ans sont déjà le double du temps que cette colonie vivra isolée.

— Oui, mais à la fin de ces vingt mille ans, les humains "évolués" étaient très différents. Jambes plus longues, plus légers, capables d'épuiser leurs proies à la course. Experts dans le maniement des lances et dans la coutellerie. Des conteurs aussi, dont les récits permettaient de dessiner des cartes utilisées par d'autres pour traverser d'étranges contrées jusqu'à un point d'eau. Des penseurs créatifs qui apprenaient des autres avant d'innover et d'adapter puis de diffuser leurs créations sur des centaines de kilomètres à la ronde en moins d'une génération.

— Vous avez bien étudié votre sujet, on dirait, nota le sacrifiable.

— Votre question sur l'espèce humaine m'y a un peu poussé, avoua Ram. Dix mille ans, c'est plus qu'il n'en faut pour la changer radicalement, surtout dans un isolement absolu.

— Vous aussi avez une question pour nous. À propos de dix-neuf vaisseaux et d'un monde, indiqua le sacrifiable.

— La voici : Et si nous parvenions à implanter dix-neuf colonies isolées les unes des autres ? Pas de croisement génétique. Pas de rivalités. Pas de quête de domination suprême. En comptant la Terre, ça nous ferait vingt échantillons humains. Vingt pistes d'évolution potentielles, génétique, culturelle, intellectuelle. L'histoire humaine telle que nous la connaissons, ses guerres et ses empires, ses technologies, ses langues, coutumes et religions, tout cela s'est construit en moins de temps que nous en avons devant nous. Nous disposons d'assez de surface pour créer dix-neuf enclaves plus étendues que l'Europe, que les terres d'Égypte à la Perse ou que les Amériques des territoires aztèques aux incas.

— De quoi recréer de belles civilisations dans chacune d'elles : l'Égypte, Athènes, Technotitlán...

— Non, pas Technotitlán, par pitié, le stoppa Ram. J'ose espérer que les sacrifices humains font partie de notre passé.

— Et les pyramides, vous prenez ?

— Oui, les monuments, là d'accord. Mais je préférerais qu'ils créent quelque chose de nouveau et, encore mieux, qu'ils *deviennent* quelque chose de nouveau. Une nouvelle espèce, mais toujours humaine. À condition qu'ils ne se massacrent pas entre eux.

— Optimisme teinté d'ambition, pas de doute, vous êtes bien humain. Car vous semblez ignorer que, selon toute vraisemblance, toutes ces enclaves finiront en vulgaires vallées montagneuses isolées, dont les habitants primitifs, autrefois capables de traverser les océans à bord de bateaux remplis de bétail et de bébés, en seront réduits à l'état de sauvages allant nus, habitant des huttes de boue séchée et s'adonnant au cannibalisme pour survivre. »

Ram haussa les épaules. « Je ne serai plus là pour le voir.

— Tel le saumon, vous frayez puis périssez, laissant vos alevins à eux-mêmes pour survivre - ou pas - au gré de la chance.

— La chance n'a rien à voir dans la survie - la force et la ruse, si. La vie est soumise à de nombreux aléas, c'est vrai. Mais la chance, l'espèce humaine sait aussi la provoquer.

— Nous restons ébahis devant la noblesse de votre vision, et prenons bonne note aussi du flou total qui entoure votre pensée "créative", par opposition à la clarté limpide des pensées autistes ou animales. Mais admettez qu'il reste un problème que même votre esprit merveilleusement flou ne peut résoudre.

— Vous et les ordinateurs de ce vaisseau avez été conçus par des cerveaux humains créatifs et fous, lui rappela Ram, pour résoudre tous nos problèmes.

— Vous nous demandez de trouver un moyen de maintenir les colonies complètement isolées les unes des autres, au point d'ignorer jusqu'à leur existence.

— Gagné ! Et vous qui vous croyiez dénués de créativité...

— Gagné rien du tout. Simple déduction à partir de la montagne d'informations que vous nous avez livrée, sciemment ou non.

— Avouez que l'ironie de mon enthousiasme vous a échappé.

— Pas le moins du monde. Mais cette donnée était dénuée d'intérêt. »

*

Miche était un vieil homme fatigué. Certes, sa force impressionnait toujours et il restait vigoureux dans l'action, mais c'était justement ça le problème : l'action, toujours l'action. S'il fallait faire, il faisait. C'est qu'il n'était pas seul, il avait des responsabilités. Mais sans cela, une simple chaise à bascule aurait suffi à son bonheur. S'y asseoir, fermer les yeux et rêver... Pas de choses auxquelles on rêve endormi. Non, de rêves du passé.

Le souci, c'est que ses rêves s'accompagnaient pour moitié de regrets. Pas tant ses rêves de boucheries, bien que de ce côté, Miche ait eu son lot. Dans le feu de la bataille, découper, embrocher, hacher et pourfendre son prochain vous empêchait de vous relâcher et de finir découpé, embroché, haché ou pourfendu par le voisin. Non, ce qui l'embêtait, c'était ces mots méchants sortis dans un élan de colère, ou au contraire ces bons mots venus trop tard.

Les disputes évitables, aussi ; les bagarres qu'il n'avait su déclencher après une saillie bien sentie, de celles qui justifiaient à elles seules une main fracturée ou une lèvre fendue.

Il se pardonnait les occasions manquées et autres actes regrettables grâce à ses souvenirs – d'enfance, d'amis, d'ennemis, même – qu'il se rappelait maintenant avec bonheur. Les pires phobies de sa jeunesse, aujourd'hui disparues. Ses désirs de jeune homme aussi, assouvis ou non, dont il savait pouvoir encore brûler.

Il aimait sa vie aux côtés de Flaque et n'avait aucune raison de la quitter. Pourtant, s'il s'asseyait sur cette chaise et rêvait, c'est ce qui se passerait. Ils avaient une auberge à faire tourner et elle en valait la peine – les bateliers avaient beau être de sacrées crapules, ils n'en avaient pas moins besoin d'un havre à cet endroit sur la rivière, et la ville, elle aussi, avait besoin de quelqu'un pour que le feu de la vie continue à brûler et à crépiter dans cette bande de terre coincée entre rivière et forêt. Il ne perdait pas espoir qu'un autre décide un jour de secouer un peu le village mais, pour l'instant, Flaque et lui restaient seuls.

D'ailleurs, des deux, Flaque était celle qui avait vraiment la foi ; Miche faisait juste comme si. Il savait que ça la rendait heureuse de le voir prendre les choses à cœur autant qu'elle.

Somme toute, il ne se plaignait pas trop d'avoir accompagné les garçons dans leur périple, le temps de souffler un peu du quotidien de Halte-de-Flaque. Elle s'était débrouillée comme un chef pendant son absence, Miche le savait. Et il fallait voir les garçons ! Leur magie, leurs discussions, toujours à se bidonner... *Eux* étaient ambitieux, Rigg à tout le moins. Résolu à mener à bien la mission confiée par son défunt père. Le petit avait le feu sacré ! Miche le sentait. Pas comme certaines de ces lavettes qui l'avaient commandé à l'armée. Il poursuivait une noble cause : il voulait changer la face du monde et, comme c'était un bon gars, pour le meilleur.

Umbo ressemblait plus à Miche – content d'être là, à laisser Rigg fixer les objectifs pour tout le monde. Mais aussi capable de ronchonner de mécontentement quand le jeune prince en demandait trop – les meilleurs soldats étaient les plus ronchons mais n'en suivaient pas moins les plans de bataille à la lettre.

Le tavernier ne se rappelait pas avoir vécu plus belles journées qu'après l'arrestation de Rigg, quand lui et Umbo avaient fui par bateau. Bien sûr, il s'était senti mal pour Rigg, s'était inquiété de son sort. Mais que de jours bénis ! Vivre chacun comme le dernier avec Umbo, tels deux soldats avançant à marche forcée ; apprendre les bases à Umbo, le regarder s'entraîner dur pour parvenir à voyager dans le passé, jusqu'à épuisement. S'en sachant bien incapable, Miche s'était contenté d'observer, d'encourager, de protéger et, dans la mesure de ses capacités, de l'aimer à la manière d'un père.

De retour à Halte-de-Flaque, la routine du quotidien le rattrapa mais ne lui pesa pas trop : une fois Umbo prêt, ils repartiraient. Flaque l'avait d'ailleurs bien senti. « Tu es là sans l'être, fainéant », lui avait-elle reproché un jour. Elle était loin de se douter à quel point la chaise à bascule l'appelait, même dans les bons moments, et quel plaisir il aurait pris à rêver – de Flaque, même, s'il le fallait, si ses rêves pouvaient lui rendre un peu plus supportable cette femme qu'il aimait tant, mais qui le fatiguait tellement avec ses corvées.

C'est qu'elle lui en imposait, même quand il sentait le coup venir et anticipait. Il finissait toujours par s'exécuter mais uniquement pour elle, bien qu'il lui fît croire le contraire.

Magne-toi un peu, Umbo, ronchonnait-il en secret. *Qu'on retourne sur la rivière, direction O puis Aressa Sessamo, et jusqu'aux confins de l'entremur s'il le faut. Je vous aiderai, toi et Rigg.*

Puis un jour, en fin d'après-midi, il fut entendu. Umbo – ou plutôt son image – se matérialisa devant lui, alors qu'il coupait du bois derrière la taverne. « Prends ta hache, le pressa le jeune cordonnier, et rentre vite avant que les choses ne dégénèrent entre Flaque et un batelier aviné, elle va le tuer. Et si ça se passe comme je te le dis dans les cinq minutes, c'est que O nous attend. »

Miche jeta la hache sur son épaule et se précipita à l'intérieur de la taverne. Effectivement, un batelier déjà bien imbibé menaçait de cogner Flaque de son gourdin si elle ne lui servait pas « de la boisson de bonhomme, pas du pisse-mémé ». L'homme appuya son propos en écrasant son arme avec fracas sur le comptoir – et quand un batelier cognait, bâton en main, la terre tremblait.

Flaque s'apprêtait à se saisir de son couteau de lancer, celui qu'elle utilisait pour tenir les plus gros qu'elle à distance. Cet homme était à dix secondes de baigner dans son sang, le couteau entre les deux yeux. D'instinct, Miche abattit sa hache contre le comptoir, dosant au millimètre pour sectionner le gourdin sans érafler le chêne du comptoir.

Indigné par cet outrage fait à sa dignité de soiffard, sans parler du découpage de l'extension de son membre, l'enragé rugit et se mit en garde, prêt à faire tâter à Miche de son demi-gourdin. Le tavernier le balaya d'un coup de botte, prenant soin de lui bleuir la rotule sans l'exploser. Avec une telle blessure, l'homme se serait retrouvé à tendre la main dans les rues avant d'avoir pu remonter sur un bateau. Son plus grand tort était d'avoir le vin mauvais ; à jeun, ce devait être un bon bougre.

Le batelier gisait maintenant sur le sol, miaulant de douleur. Miche chercha ses compagnons de beuverie du regard ; ils accoururent pour sortir l'homme de la taverne. « T'avais pas besoin de frapper si fort, se plaignit l'un d'eux. Il a rien fait de mal.

— Je lui ai sauvé la vie, contra Miche. Et le genou n'est pas cassé.

— C'est tout comme, poursuivit l'homme.

— Empêchez-le de boire, si vous ne voulez pas qu'il lui arrive des bricoles ! L'alcool fort ne lui réussit pas, et vous le savez.

— Il ferait pas de mal à une mouche.

— Et comment ma femme pouvait savoir ? tempêta Miche. En admettant que ce soit vrai, et j'en doute. Je pense même que cet homme a déjà tué.

— Seulement par accident », marmonna l'autre.

Et sur ce, il agrippa son ami par un bras en se faisant aider d'un autre batelier pour le traîner dehors. Il s'apprêtait à franchir le pas de la porte quand quelque chose vint claquer contre le montant en vibrant, à moins de dix centimètres de ses oreilles – le couteau de lancer de Flaque. Il fit un bond de côté en lâchant tout. Les trois s'écroulèrent comme une brassée d'anguilles. Les clients de la taverne éclatèrent de rire comme s'ils n'avaient jamais rien vu de si drôle – à part un marin du dimanche en train de prendre le bouillon dans la rivière, peut-être.

Umbo lâcha sa vaisselle et accourut, intrigué par ce vacarme. « Tu aurais pu m'appeler ! reprocha-t-il à Flaque.

— Le jour où j'aurai besoin de lancer un truc aussi gros que toi, je le ferai, ne t'inquiète pas, blagua-t-elle. Tu n'aurais rien pu faire. »

À peine le soûlard et sa troupe remis de leurs émotions, Flaque s'élança et leur flanqua son pied au derrière, les envoyant se ramasser dans la boue dehors, sous les rires de Miche qui n'en pouvait plus de se gondoler.

Les portes refermées et le reste des clients retournés à leurs assiettes, Miche extirpa le couteau du montant et demanda à Flaque et Umbo de le suivre derrière le bar. « Si, il pouvait faire quelque chose, déclara-t-il. Et il l'a fait. Pourquoi crois-tu que je sois venu ? Il m'a prévenu que tu étais à deux doigts de tuer un client ivre mort, mon amour. C'est lui qui m'a dit de me dépêcher avec ma hache. »

Umbo sourit jusqu'aux oreilles. « C'est vrai... ? J'ai... ? Je vais... ?

— J'ignore de combien tu es remonté pour envoyer ton message, mon petit gars, mais tu m'as dit que si ça arrivait dans les cinq minutes, O nous attendait.

— Eh bien soit, attendons. Vous ne pouvez pas partir comme ça, de toute façon, il y a trop de travail à la taverne, prévint Flaque.

— On n'a pas besoin d'attendre, continua Miche. Il a déjà envoyé son message.

— Jamais rien entendu d'aussi débile. Il *ne se rappelle pas* l'avoir envoyé, tu es bouché ? C'est bien ça, mon garçon ? »

Umbo en gloussait de plaisir.

« Tu te moques de moi, là ? grinça Flaque.

— Il rigole parce que c'est une histoire de fous et qu'il vaut mieux en rigoler, intervint Miche. Tu as tué cet homme et t'es sentie si mal après – comme à chaque fois – qu'Umbo a préféré prendre les devants en m'avertissant. Résultat, tu ne *l'as pas tué* et nous, on n'a plus aucune raison d'attendre.

— Mais il ne t'a pas encore averti ! s'obstina Flaque.

— Il n'y a plus d'avertissement à donner, reprit Miche calmement. Tu n'as pas tué cet homme, je te dis.

— Mais si tu ne l'avertis pas… reprit Flaque.

— Mon avertissement a changé le cours des choses, expliqua Umbo. Je l'ai envoyé parce que tu avais tué cet homme. Miche a été averti, les choses ont changé, plus besoin d'avertissement.

— Mais tu ne l'as pas fait, enfin ! Pas encore !

— Si, appuya Miche. Il y a cinq minutes. »

Flaque était sur le point d'exploser.

« Fais comme moi, dis-toi juste que ça fonctionne comme ça, conseilla Miche. Il me prévient, les choses changent, plus besoin de me prévenir. C'est *fait*.

— Alors pourquoi retourner à O voler une pierre déjà volée ?

— Parce que je n'ai pas encore cette pierre, répondit Umbo comme si c'était l'évidence même. Pour l'avoir, encore faut-il la voler. »

Flaque baissa la tête et la secoua comme un chien trempé. « Je vous hais tous les deux, vous me rendez folle. » Elle retourna à ses fourneaux.

« Alors, on part quand ? s'enquit Umbo.

— Si on part tout de suite, calcula Miche, il nous faut à manger. Attendons que Flaque prépare un petit quelque chose, on n'a rien de frais.

— Il fait déjà nuit, de toute façon », ajouta Umbo.

Flaque s'immisça dans leur conversation depuis sa cuisine. « Tenez, un petit avertissement pour vous qui vient du futur : plus de pain frais, ni demain, ni un autre jour !

— On part ce soir », trancha Miche.

En cinq minutes, celui-ci leur avait trouvé une place à bord d'un radeau accompagnant un flottage de bois vers une scierie en aval de O. En cinq de plus, leur paquetage – un petit sac à dos chacun – était prêt. Ils préféraient voyager léger et, comme ça, ils paraîtraient suffisamment pauvres pour ne pas susciter la convoitise, et suffisamment riches pour ne pas se faire refouler à la porte des auberges.

Alors qu'ils s'éloignaient de la taverne, Flaque leur lança un cœur de laitue. « C'est sa manière à elle de nous dire qu'elle nous aime », traduisit Miche à Umbo.

La descente était payée d'avance. Pour qu'ils soient tranquilles, on les installa sur un radeau à plancher au milieu du train de flottage. Mais ils ne purent s'empêcher de donner un coup de main. Et chaque paire de bras supplémentaire était la bienvenue si elle pouvait éviter aux bûches de se mettre en travers de la rivière, alors pourquoi pas ? Miche avait la force et la masse pour lui, et Umbo le pied suffisamment sûr pour sautiller de tronc en tronc partout où on l'appelait. Sans compter que le petit commençait à grandir et devait s'épaissir en conséquence. Lutter perche en main contre quelques tonnes de bûches à la dérive lui ferait le plus grand bien.

Arrivés à la scierie, Miche et Umbo décidèrent de rallier O par la route, en couvrant à pied les quarante kilomètres restants. Ce qui voulait dire aussi payer pour une nuit à la ferme parmi les chèvres et se réveiller en sentant la bergerie. Mais le petit déjeuner serait bon et copieux. Et arriver à O par la route comme deux queuneux puant le bouc les ferait passer inaperçus.

Umbo était tout excité de retourner à O – cet endroit magique où tout avait commencé. Pour Miche, qui connaissait bien les lieux, ce n'était qu'une étape de plus avant destination. Arrivés en fin de matinée, ils traversèrent le centre d'une traite, ne s'arrêtant que dans une modeste pension à l'écart de la route principale, comme tout frugal voyageur aurait fait. La tenancière, une jeune veuve, sembla d'autant plus réjouie de les recevoir qu'un homme d'un certain âge voyageant avec son fils, présuma-t-elle, saurait se tenir.

Exténués, ils décidèrent de repousser au lendemain matin leur mission pierre précieuse. Après avoir demandé l'adresse de bains publics, ils se laissèrent convaincre par un bain chaud à la pension moyennant quelques pièces, dans une baignoire de bonne taille avec savon et serviettes étonnamment propres. Partager le lit ne les dérangea pas, il y avait de la place pour deux et, pour une fois, ils sentaient bon. Umbo dormit comme une souche et se réveilla d'attaque pour une bonne marche dans l'air frais du matin.

Leur déjeuner empaqueté, ils partirent pour la Tour d'O, la destination annoncée. À son pied s'étirait une interminable queue de touristes et de pèlerins ayant profité de la douceur printanière pour affluer vers le site. Dans ces conditions, quoi de plus normal pour ce père et son fils que de s'écarter un peu de la foule pour déjeuner tranquillement, dans les bois derrière les latrines, par exemple ? Après s'être posés à un endroit stratégique, le temps que l'endroit soit désert, Umbo se leva, fit semblant de s'étirer tout en se décalant de quelques mètres, puis s'agenouilla face à la cachette.

Il plongea ses deux mains dans le sol, creusa gaiement quelques secondes et en ressortit… rien du tout.

« Tu fais quoi, au juste ? le tança Miche. Tu sais bien qu'on les a déjà prises. Il n'y a que dans le passé qu'elles y sont.

— Simple vérification, souffla Umbo. En fait, je serais rassuré de les voir tout de suite.

— Bien sûr, pour que quelqu'un débarque à l'improviste, voie deux abrutis en train de déballer une fortune digne d'un empereur et se mette en tête de repartir avec, en laissant deux cadavres derrière lui.

— S'il te plaît.

— Tout ce que tu veux, mais pas les pierres.

— Je réfléchissais à quelque chose… hésita Umbo.

— Prends ton temps, ça peut être dangereux quand on n'a pas l'habitude.

— Que se passerait-il si je prenais *deux* pierres au lieu d'une ?

— J'en porterais seize, pas dix-sept.

— C'est pour ça que je veux les voir, ici et tout de suite. Si je prends deux pierres, l'une d'elles va-t-elle disparaître du sac ?

— Attention, c'est de la provocation, le prévint Miche.

— Ou finirons-nous juste avec deux pierres ? Et si je prends le paquet complet, les aura-t-on toutes en double, sauf la fameuse ?

— Ou finiras-tu par t'attirer la colère des dieux, à jouer avec le feu ?

— C'est peu probable.

— Rien de ce que tu fais n'est probable, mon garçon. Alors, maintenant, sois gentil et retourne dans le passé voler cette pierre que nous n'aurions pas à aller chercher si le diable en personne ne t'avait enfanté.

— Voilà une analogie à propos de mon père qui ne manque pas de pertinence, monsieur, s'amusa Umbo dans le langage châtié de Rigg. Quoique, si vous faites référence à ma mère, je devrais vous occire sur-le-champ pour le principe.

— La pierre », s'impatienta Miche. Il ferma les yeux.

« Tu ne regardes pas ? s'étonna Umbo.

— Pour te voir tendre le bras vers un trou invisible et en sortir une pierre précieuse, non merci.

— Moi je dis : regarde. Tu ne peux pas rater ça.

— Ne me dis pas ce que je dois faire », gronda Miche, qui sentait la moutarde lui monter au nez. Il détestait qu'on lui donne des ordres. Surtout un vulgaire gamin, même si celui-ci était bien plus intelligent que la plupart des clowns à qui il avait dû obéir à l'armée.

« Je me suis mal exprimé. *Je* ne veux pas que tu rates ça, parce qu'on va faire quelque chose d'inédit : je vais te prendre avec moi.

— Si je savais le faire, ça se saurait, déclara Miche. Fais-le et qu'on n'en parle plus.

— Prends ma main, insista Umbo. Et surtout, garde les yeux ouverts. »

Miche ferma les paupières.

Umbo lui saisit la main.

« Ouvre les yeux, répéta-t-il.

— Non », refusa Miche. Il voulait en profiter pour se perdre dans ses rêves.

« Allez, quoi, râla Umbo. Ne fais pas ta tête de mule. Fais-le pour moi. »

Miche soupira et s'exécuta.

Dans les feuillages, au-dessus d'eux, éclataient les teintes vives de l'automne. Une bruine commença à tomber. Miche la sentait maintenant contre son visage.

« Par l'oreille droite de Silbom ! s'étouffa-t-il.

— Je vais te lâcher la main maintenant, indiqua Umbo. Tout en essayant de te garder avec moi. »

Il lâcha.

« Toujours l'automne ? s'enquit-il.

— Oui, répliqua Miche. Mais tu n'es plus là ! »

Umbo ne se sentit pas rassuré. « Comment ça ?

— Je vois toujours tes habits, mais tu n'es plus dedans !

— Menteur, le démasqua Umbo. Tu serais autrement paniqué si j'avais disparu.

— Si ça te plaît de le croire, continua Miche. Maintenant, creuse et prends la pierre, petit voleur. »

Umbo creusa à mains nues. « Tu les as cachées profond, dis...

— Pas autant que ça.

— Mince... je me serais trompé ? J'ai visé trop loin ?

— Peut-être. Ou alors tu ne creuses pas au bon endroit, suggéra Miche.

— J'ai bien vu d'où tu les as sorties !

— Oui, mais de cet angle-là, et de loin aussi. Tu chauffes. Recule d'un pas. Mais avant, rebouche bien le premier trou.

— Pourquoi ? Il n'y a rien dedans.

— Inutile d'aller mettre le doute dans l'esprit de celui qui le verra, surtout aussi près de la vraie cache. Je te rappelle quand même qu'on laisse derrière nous dix-sept pierres précieuses et qu'on ne va pas venir les récupérer avant un bail.

— Et pourquoi tu ne le bouches pas toi-même ? râla Umbo. C'est toi le pro de la cachette. »

Miche reboucha le trou et le recouvrit de cailloux et de branchettes. Entre-temps, Umbo avait déterré la sacoche. Il l'avait posée au sol, ouverte. Dix-huit pierres étincelaient devant lui.

« Je ne sais plus laquelle j'ai prise, hésita-t-il.

— Ce n'est pas le moment, grogna Miche. Quelqu'un peut venir d'un instant à l'autre – dans notre temps ou dans l'autre.

— Je ne blague pas, poursuivit Umbo. Ouvre ta sacoche qu'on regarde celle qui manque.

— Tu me prends pour un bleu ? C'est pour faire ton expérience, renifla Miche.

— Qui perd du temps maintenant ? » le pressa Umbo.

Miche soupira, sortit la sacoche de sa jambe de pantalon et l'ouvrit. « Je ne sais pas laquelle c'est. Je peux juste te dire celles que j'ai.

— Pose-les à côté des autres, on verra bien.

— Non, refusa Miche.

— Alors compare par toi-même. »

Miche s'exécuta à contrecœur, son regard passant d'une sacoche à l'autre. Il enrageait de voir dédoublées comme ça ces gemmes absolument uniques. Il finit par identifier la manquante. Il la pointa du doigt. « Celle-ci.

— Ben prends-la », lâcha Umbo.

Miche ressentit une impression bizarre au moment où il sortit la pierre de la sacoche pour la déposer dans l'autre.

« Maintenant, une deuxième ! le testa Umbo. Allez quoi, comme ça on verra !

— Ça suffit, s'énerva Miche.

— Ça ne craint rien ! Soit la pierre disparaît du sac, soit pas.

— Écoute, Umbo, s'impatienta Miche. Je ne sais pas si ça craint ou non. Personne ne le sait. Ce n'est pas un jeu. Et Rigg nous attend à Aressa Sessamo, au cas où tu aurais oublié. »

Umbo respira un grand coup et referma la sacoche – depuis que Miche le connaissait, jamais il n'avait fait tant de caprices. « Rebouche le trou », commanda Miche en comptant les pierres enfin au complet. Il referma sa propre sacoche et la glissa dans son pantalon.

Il fit disparaître la cachette sous quelques feuilles et une poignée de terre sèche, comme la première.

« Ça fera l'affaire, jugea-t-il. Maintenant, ramène-nous au présent.

— On ne l'a jamais quitté, indiqua Umbo. On s'est dédoublés dans les deux temps.

— Fais-nous disparaître du passé, alors. »

Comme par magie, l'automne et ses feuilles rougeoyantes laissèrent place aux verts bourgeons du printemps.

« Parfait, dit Umbo. Mission accomplie. Maintenant, en route pour Aressa Sessamo.

— Pas si vite, le stoppa Miche. Et tes deux messages ? Tu ne les as pas encore envoyés.

— Bien sûr que non, lui confirma Umbo. Je n'ai pas à les envoyer, pas plus qu'à toi pour te prévenir d'aller aider Flaque. »

Miche se laissa tomber sur une pierre basse, la tête dans les mains. « Au risque de paraître aussi borné que Flaque, Umbo, on *doit* le faire.

— Et qu'est-ce que je vais me dire ? Je ne m'en souviens même plus, déclara Umbo. Idem pour le message que j'ai laissé à Rigg.

— Improvise, tu ne peux pas te tromper.

— Si, rétorqua Umbo. Parce que si je le dis maintenant, ce ne sera pas avec le même sentiment d'urgence. Ce sera différent. Écoute, j'ai déjà envoyé ces messages. La preuve, c'est que la sacoche était cachée, comme j'avais demandé à Rigg de le faire. Et on a la dague, ce qui prouve bien que moi aussi, j'ai reçu mon message. Nous vivons dans le monde que mes messages ont créé !

— Alors pourquoi être retournés à Halte-de-Flaque le temps que tu apprennes à voyager dans le passé ?

— Parce qu'il fallait bien récupérer cette pierre ! Et parce que ça me sert de savoir le faire. Me contenter de savoir que je sais le faire, sans chercher à comprendre comment, ça n'a aucun sens ! »

Miche secoua la tête. « Je sais, j'étais de ton côté quand on en a discuté avec Flaque, acquiesça-t-il. Mais là... il y a trop d'enjeux.

— Tu as raison, approuva Umbo. Il y a trop d'enjeux pour qu'on prenne le risque de repartir dans cette chambre à l'auberge, juste pour que je puisse délivrer un message à mon double endormi, debout au chevet de mon lit. Trop d'enjeux pour aller se planter là où Rigg a payé ce cocher, juste pour lui transmettre un message qu'il a *déjà* reçu. C'est trop risqué. On nous reconnaîtrait. C'est un coup à se faire embarquer par la garde et après, adieu Aressa Sessamo et Rigg !

— Sauf qu'on sait qu'on n'a pas été arrêtés parce que... parce qu'on ne l'a pas été, c'est tout !

— On ne sait rien là-dessus, riposta Umbo. Et rappelle-toi : cette fois, si on se fait prendre, on a les pierres. »

Il n'eut pas le temps d'ajouter « précieuses », alerté par un signe de Miche. Quelqu'un venait de déboucher à l'angle des latrines.

Des soldats. Deux. En balade, et l'air pas pressés. Mais pourquoi ici ? Quelqu'un les avait-il vus creuser alors qu'ils avaient délaissé le présent pour se concentrer sur le passé ? Umbo n'avait pas été très inspiré d'emmener Miche ; dans le présent, il aurait pu guetter.

« Partons d'ici, lança Miche.

— Pour aller où ? l'interrogea Umbo.

— À la pension.

— Hein ? Mais pourquoi ?

— Pour se changer, l'informa Miche. Et pour demander à la veuve de nous faire le plein de vivres.

— Mais si ces soldats sont après nous...

— Alors on n'aura aucun mal à les semer dans la foule. Si on se met à courir dans les bois, on signe notre arrêt de mort. » Umbo sembla peu convaincu, jusqu'à ce que Miche l'attrape sans ménagement par la main, comme un père à bout ; il figea ses traits en un masque de colère si criant de vérité qu'Umbo en trembla malgré lui.

« Fais ce que je te dis, et *quand* je te le dis. Tu m'entends ? » hurla-t-il sur le ton de la colère la plus noire. Umbo n'en menait plus très large.

« Voilà, c'est ça, lança l'un des soldats. Et hésitez pas à cogner, aussi.

— Il faut leur enfoncer les choses dans le crâne tant qu'ils sont jeunes, renchérit le second avant d'éclater de rire.

— Vraiment ? les interpella Miche avec une pointe de sarcasme. C'est ce qu'ont fait vos pères avec vous ?

— Chaque maudit jour, acquiesça l'un, approuvé par le second.

— Alors vous êtes la preuve vivante que ça ne marche pas, assena Miche. Et mon fils est *mon* problème, pas le vôtre. »

Les soldats prirent la mouche, et auraient pu ne pas en rester là – après tout, Miche piétinait leur autorité – si le tavernier n'avait rapidement poussé Umbo devant lui en faisant mine d'être sur le départ. « J'ai fait trois guerres sur trois frontières différentes, petits rigolos de gardes municipaux. Tout ce que vous avez combattu, ce sont des ivrognes et des lavettes. J'en ai embroché à la douzaine au corps à corps, et des plus gros que vous. Je pourrais vous enfoncer le crâne si fort l'un contre l'autre que vous verriez à travers les yeux de votre copain pendant une semaine. Allez, viens par ici, toi. »

L'un des deux était mûr pour en découdre. Le second, moins sanguin, le retint. « Ils ne font rien de mal, le calma-t-il. Et on a autre chose à faire que de l'emmener en cellule et rédiger un rapport.

— S'il est mort, pas de rapport, s'entêta le plus idiot.

— Si on tue tous ceux qui nous traitent d'imbéciles, continua le plus sage, on leur donne raison. »

Les deux soldats firent place à Miche et Umbo. Miche lança un signe de tête respectueux au plus raisonné. « Un bon soldat sait reconnaître les combats inutiles », ajouta-t-il.

Le garde hocha la tête, tandis que l'autre les fixait de son regard de bovin.

De retour dans la foule, Umbo grogna entre ses dents : « C'est la dernière fois que tu me broies la main comme ça.

— C'était le seul moyen d'être crédible. On n'avait plus rien à faire là, l'heure du repas était passée depuis longtemps.

— J'ai quitté mon père pour moins que ça.

— Je ne te retiens pas, répliqua Miche.

— Tu l'auras cherché. La prochaine fois, je disparais.

— Et si je te dis que tu as gagné, pour les messages, tu me pardonnes ?

— Non, je ne te pardonnerai jamais, continua à bougonner Umbo.

— Je rêve, il boude. Exactement comme cet idiot qui était prêt à mourir pour l'honneur.

— Mais je ne suis qu'un enfant ! cria Umbo. J'ai encore le droit de me comporter en enfant si j'en ai envie !

— Oui, petit gars, mais comme tu m'as habitué à des réactions d'homme, excuse-moi si je m'attends à des réactions d'homme !

— Si seulement Flaque avait pu t'assommer avec ce chou », marmonna Umbo. À son ton blagueur, et malgré la rancœur, sa colère retombait.

« C'était une laitue, quenouille, rétorqua Miche. Et si elle avait visé la tête, elle m'aurait pas loupé, crois-moi. »

Ils partirent se régaler d'une bonne assiette de riz et d'œufs à leur échoppe favorite, sans crainte d'être reconnus ; à leur dernière visite, ils étaient habillés comme des rois. Ils se remirent en route en fin de matinée.

Alors qu'ils remontaient la route principale, parlant de tout et de rien, Miche interrompit leur conversation : « Regarde ces deux-là, pointa-t-il du menton. Ils prennent à droite, exactement comme nous. »

Un homme et un garçon les devançaient, cassés par la route et noirs de crasse. « J'espère qu'ils ont de quoi se payer un bon bain.

— Umbo, réfléchis un peu. Ils vont prendre le même bain que nous. »

Umbo comprit alors que cet homme et ce garçon, c'étaient eux.

Impossible ! Umbo était remonté des mois en arrière pour aller chercher la pierre, et eux étaient là, à un jour à peine.

« Tu peux me dire à quoi tu joues, là ? le tança Miche.

— À rien ! se défendit Umbo. Je ne comprends pas. On aurait dû revenir au même endroit… Quand on part dans le passé, on ne quitte pas le présent.

— Tu as l'air bien sûr de toi, douta Miche.

— Quand on l'a fait avec Rigg…

— Tu es resté assis à regarder.

— C'est vrai, approuva Umbo.

— Et qui était assis pour *nous* voir revenir avec la pierre ce matin ?

— Personne… On s'en est même assuré, répliqua Umbo.

— On est partis ensemble, on a fouillé le sol et on en a sorti quelque chose. On n'a pas fait que parler. On a pris quelque chose de concret qu'on a rapporté.

— Je sais bien, poursuivit Umbo. Mais c'était pareil quand Rigg a rapporté le couteau.

— Non, parce que tu n'étais pas avec lui. Tu es resté dans le présent et tu l'as *envoyé* dans le passé. Il est revenu *vers toi*.

— Alors, vers qui je reviens, moi, quand je pars me parler ?

— Quand tu remontes le temps pour parler à quelqu'un, ton image voyage mais ton corps reste, supposa Miche. Mais quand tu pars *faire* quelque chose, tout ton être traverse le temps. Il faut ensuite revenir… Pensant que ça fonctionnait tout seul, tu n'as pas fait attention et tu as manqué de *précision*. Peut-être t'est-il même impossible de te projeter vers un futur qui n'existe pas encore. En visant notre point de départ, en fait, tu nous as ramenés au point le plus proche déjà vécu.

— Ce truc me donne une migraine chaque fois qu'on en parle.

— Dis plutôt que ton cerveau est trop fainéant pour réfléchir, le piqua Miche.

— Mais je n'ai rien visé du tout, j'ai laissé faire, c'est tout, comme d'habitude.

— Eh bien, tu sauras dorénavant que “laisser faire”, ça nous ramène à un jour près.

— Partir, revenir… on “part” dans le passé avant de “revenir” à un endroit du “futur” qu’on a quitté dans le “passé”. Il nous faut des mots plus clairs.

— Il nous faut surtout un endroit où dormir, constata Miche.

— Et pourquoi pas continuer, moi je suis prêt – il faut retrouver Rigg, maintenant qu’on a ce qu’on était venus chercher. Ou alors, on part reprendre la pierre qu’il a vendue à Tonnelier.

— Reprendre ? tenta de comprendre Miche. Tu veux dire voler ?

— Il nous a bien volé notre argent.

— Une partie seulement – que crois-tu qu’on ait dépensé ?

— Qui l’a achetée, cette pierre, de toute façon ? Personne, si tu veux mon avis. Le Conseil révolutionnaire a prétendu l’acheter avant de récupérer l’argent.

— Donc tu vas aller la réclamer ?

— Non, réfuta Umbo. Je vais retrouver où elle est, y aller, remonter au jour de son dépôt et la piquer. Ensuite, je disparais.

— Tu disparais ? Tu sais faire ça, toi, maintenant ?

— Non, mais c’est ce qu’ils croiront !

— Si on te voit, on se souviendra de toi et on t’arrêtera.

— Personne ne s’en souviendra. On ira *avant* que je ne sois retourné dans le passé pour la voler. »

Miche se tapa le front. « Tu ne maîtrises pas ce truc. Si c’était le cas, tu ne nous aurais pas ramenés la veille de notre arrivée.

— Qu’est-ce qui nous oblige à passer la nuit ici ? l’interrogea Umbo.

— Trois fois rien, répondit Miche. On peut tout laisser, nos vivres, nos vêtements de rechange et même mon rasoir. Tu n'en auras pas besoin de toute façon, à part pour te trancher la gorge dans le futur avant de revenir te prévenir de ne pas le faire.

— Et nos couvertures, ajouta Umbo. C'est peut-être mieux de rester, finalement. À moins que... et si on les chipait pendant leur bain ?

— En espérant qu'ils ne remarquent rien ? C'est ça, ton plan ? Parce que si quelqu'un nous a volé quelque chose à nous hier soir, on s'en est rendu compte.

— Sauf qu'on ne s'est rendu compte de rien !

— Mais parce qu'on ne s'est rien fait voler ! Umbo ! Réfléchis, bon sang ! »

Umbo avait beau réfléchir, rien n'y faisait - il parvenait toujours à une conclusion ou à son contraire. Les règles de ce voyage temporel étaient un vrai casse-tête.

Ils finirent par payer le double de la veille pour un lit étriqué infesté de puces et un mauvais repas. Le lendemain matin, ils frappaient à la porte de la pension, une heure à peine après le départ de leurs doubles. La tenancière leur ouvrit, toute surprise.

« Il y avait trop d'attente, expliqua Miche.

— Tout ce chemin pour rien ! Et votre déjeuner ?

— Mangé, sourit Umbo.

— Mais vous venez déjà d'avaler un énorme petit déjeuner. Énorme ! »

Le petit déjeuner avait été énorme. Et délicieux.

« On doit continuer vers Aressa Sessamo, déclara Miche. Sans perdre une minute, surtout pour visiter l'intérieur d'une tour. »

Umbo lui adressa son plus beau sourire. « Vous nous prépareriez un autre petit repas ? Pour la route.

— À peine partis, vous l'aurez déjà boulotté, grogna-t-elle.

— Possible, dit Miche. Mais on l'aura aussi acheté. »

La veuve céda mais pesta tout le temps de sa préparation, puis encore à leur départ – « … bande de gloutons qui se goinfrent sans penser une seconde au futur ».

Ne nous parlez pas de futur, m'dame, songea Umbo. *Dans le futur, si on a besoin de quelque chose, on viendra le chercher dans le passé. Le seul problème, c'est qu'après, comme on ne retrouvera pas le chemin du présent, il faudra tout reprendre à zéro.*

CHAPITRE 6

ARESSA SESSAMO

« Voici notre proposition de division du Nouveau Monde, qui n'a toujours pas de nom, en dix-neuf cellules. »

Ram jeta un œil à l'hologramme 3D du globe et lui fit effectuer quelques rotations. « Vous excluez les trois plus petits continents, observa-t-il.

— Des réserves pour le biotope originel de la planète sans nom.

— Appelez-la "Jardin", puisqu'il vous en faut un. Que nous serons les seuls à utiliser, soit dit en passant.

— Les colons diront "là-bas sur Terre" et "ici dans le Jardin", déclara le sacrifiable. Vous serez peut-être intéressé d'apprendre que vous avez déjoué tous nos pronostics. Aucun n'avait parié sur ce nom. "Ram" arrivait en tête, mais certains vous savaient trop modeste pour ça.

— Ce n'est pas une question de modestie. Vous imaginez le ridicule si je demande aux colons d'appeler ce monde par mon nom. Je n'ai pas envie de me les mettre à dos.

— C'était mon raisonnement. Mais j'ai un avantage sur les autres : je vous côtoie tous les jours.

— Je ne savais pas les sacrifiables si joueurs.

— Simple test de nos algorithmes prédictifs. Il n'y a pas d'enjeu.

— La division des deux plus gros continents me va. Et les ressources ? Il y a ce qu'il faut ?

— Pour ?

— À votre avis... Pour vivre en tant qu'humains !

— Air respirable, eau potable, terres arables, climat humainement supportable. Pour nous, il y a ce qu'il faut.

— Je pensais plutôt à du fer, du charbon...

— Aucun combustible fossile. Sans lune pour créer de vraies marées, la vie s'est développée au ralenti sur le Jardin. Sa végétation est cependant en pleine explosion, avec une teneur en dioxyde de carbone de l'atmosphère trois fois supérieure à celle de la Terre. Si on était arrivés quelques centaines de millions d'années plus tard, on aurait trouvé des combustibles fossiles – mais maintenant qu'on va s'y installer, il ne faut plus y compter.

— Pourquoi ?

— Parce que les humains ne pourront pas digérer la flore et la faune locales. Les chances de trouver uniquement des protéines lévogyres comme sur Terre sont de cinquante-cinquante, mais pour les acides aminés essentiels, et d'une chiralité correcte, c'est sans espoir. Vos seules chances de survie sont d'importer la faune et la flore terrestres.

— Aux dépens des espèces indigènes ? Vous êtes sérieux ?

— L'éradication de toute vie, ou presque, à notre arrivée fait partie du plan... Depuis le début. On ne vous a pas prévenu ?

— Donc les trois petits continents...

— Toutes les formes de vie originelles du Jardin seront réintroduites après leur extinction sur notre lieu d'implantation. Notre plan comprend quatre étapes. D'abord, exploration de surface et collecte de toutes les espèces indigènes possibles. Ensuite, crash volontaire des vaisseaux après calcul des pentes et des vitesses nécessaires aux autres changements visés, parmi lesquels l'extinction massive des espèces. S'ensuivra une période d'attente, jusqu'au retour d'une atmosphère respirable. La dernière étape consistera à replanter la planète. D'ici deux siècles environ, les colons humains, vous compris, seront réveillés. Alors seulement pourra commencer la véritable colonisation du Jardin.

— On fête notre arrivée par un massacre. On ne peut pas faire autrement ?

— Ce sont les consignes. Elles seront d'autant plus faciles à appliquer que nous disposons dorénavant de dix-neuf vaisseaux.

— Et les "autres changements" ?

— Comme vous avez pu le constater, cette planète n'a pas de lune. Elle a dû capturer par le passé un astéroïde assez volumineux, mais dans sa limite de Roche, car il s'est pulvérisé en un anneau stellaire. Cet anneau inonde la planète de lumière, de jour comme de nuit, favorisant ainsi la faune nocturne mais pas les marées, qui sont exclusivement solaires.

— On va fabriquer une lune ?

— Et moi qui croyais que vous craigniez le ridicule.

— Vous pensez à quoi, alors ?

— Sans lune pour ralentir la vitesse de rotation du Jardin, les jours ne comptent que 17,335 heures. C'est en dehors des limites de tolérance de l'horloge biologique humaine. Il faut donc tout faire pour ramener la fréquence de rotation au-dessus de la barre fatidique des vingt heures, à vingt-deux – voire vingt-six, si possible. Le plan initial prévoyait de bombarder la planète d'astéroïdes selon des angles et des vitesses précis. Mais avec dix-neuf vaisseaux, un crash groupé savamment calculé, dans la direction opposée à celle de rotation de la planète et à vitesse élevée, peut suffire.

— Vous allez envoyer les vaisseaux s'écraser à la surface...

— Les unités contenant les doubles des ordinateurs et des bases de données seront placées en orbite géosynchrone, à intervalles réguliers. Mais le corps principal de chaque vaisseau viendra frapper la planète selon un angle opposé à la direction de rotation, oui.

— Nous pulvériser pour faire de jolis cratères... réjouissant programme !

— Les champs qui nous protègent en vol des objets célestes nous protégeront lors de l'impact. Leur taille et leur forme seront telles qu'ils fractureront juste ce qu'il faut de la croûte du Jardin pour bloquer les rayons solaires pendant plusieurs décennies. Avec un retour du rayonnement à sa puissance maximale d'ici deux cents ans.

— Nous sommes une catastrophe écologique...

— Exactement, approuva le sacrifiable. Nous poursuivons notre but : implanter la race humaine sur une seconde planète en orbite autour d'un nouveau soleil pour éviter son extinction au premier cataclysme venu.

— Et on inflige au Jardin ce qu'on voulait éviter à la Terre.

— Aucune forme de vie sensible n'a été détectée à la surface du Jardin. Si, lors de notre phase d'exploration, nous en détectons une, alors on cherchera un nouveau monde.

— Si on m'avait dit qu'on serait sans pitié...

— Cela n'a pas été rendu public ni même discuté avec la branche politique du programme de colonisation. Être sans pitié est une nécessité mais ne récolte pas beaucoup de voix.

— Mais ce n'est pas à nous de décider de la vie ou de la mort de ces espèces !

— Nous ne sommes pas ici pour étudier l'historique d'évolution d'espèces extraterrestres. Ce ne serait ni rentable ni une réussite. On finirait par contaminer le Jardin ou, pire, par se faire contaminer, avec des risques de ramener sur Terre des formes de vie potentiellement mortelles. Les trois réserves continentales suffiront aux biologistes pour étudier tous les organismes voulus le moment venu. Et si vous pensiez coloniser ce monde sans le faire "nôtre", c'est qu'on s'est trompés sur vous.

— J'étais loin de me douter...

— Dites plutôt que vous n'y avez pas réfléchi une seconde, le coupa le sacrifiable. Se voiler la face est le meilleur moyen qu'ont trouvé les êtres humains pour ignorer les conséquences morales de leurs actes. C'est ce qui explique d'ailleurs la survie de certaines communautés humaines.

— Et vous, n'êtes-vous pas aveugles à la morale ?

— Nous percevons très clairement ses ambiguïtés. Nous nous en moquons éperdument. »

*

L'entrée dans Aressa Sessamo parut interminable. Aucun mur d'enceinte, seulement des chaussées s'étirant à travers les marécages du delta, s'élargissant au fil des kilomètres et bordées de bâtisses çà et là. Les larges pans de terrain surélevés finissaient par se rejoindre à perte de vue en un seul et même plateau.

Les habitations se densifiaient, de hameaux en villages, de villages en ville.

« On arrive bientôt ? » finit par demander Umbo.

La question amusa Miche. « Ça fait des heures qu'on est arrivés.

— Ça ne ressemble à rien, il y en a dans tous les sens, s'étonna Umbo. On est entrés quand ?

— À la sortie des marais, à partir des routes surélevées et des premiers bâtiments.

— Et les fortifications ?

— Elles sont inutiles, la ville est constamment inondée. L'hiver, à la saison des tempêtes, de gigantesques vagues viennent s'abattre par le nord. Au printemps, les rivières débordent et l'inondent par le sud. Les murs se feraient grignoter en quelques années. Regarde les maisons, elles sont toutes sur pilotis. Comme des hérons.

— Mais c'est la capitale, s'offusqua Umbo.

— Les parties qui doivent être protégées le sont, expliqua Miche. D'ailleurs, rester en garnison à Aressa, pour un soldat, c'est le pire qui puisse arriver. Un an ici et tu n'es plus bon à rien au combat – il faut reprendre les bases depuis le début. »

Umbo décrochait immédiatement quand Miche commençait à parler armée. Il n'avait aucune intention de porter un jour les armes, ni même de prendre parti pour un camp ou un autre.

Lors de leur entrée à O, le but avait été de se faire remarquer sans en donner l'air. Ils devaient refléter l'image d'un groupe sous les ordres d'un riche jeune homme, Rigg, habitué à commander. À Aressa Sessamo, l'effet recherché était inverse : passer incognito, mais sans se forcer. Leur évasion avait-elle marqué la fin de l'intérêt que leur portait le Conseil révolutionnaire du Peuple ? Ils n'auraient su le dire ;

jusqu'à preuve du contraire, ils étaient toujours recherchés.

En vérité, Umbo nourrissait peu de craintes à ce sujet. Pour lui, le Conseil n'avait d'yeux que pour Rigg. Un homme voyageant seul avec un garçon n'intéressait personne. Umbo le vivait d'ailleurs plutôt mal. *Je ne suis pas Rigg, donc je ne compte pas ?* Lorsqu'il s'en était plaint à Miche, le tavernier l'avait vite rassuré en rigolant. « *Rigg* n'intéresse les autres que lorsqu'il est lui-même avec Rigg – et regarde où ça l'a mené ! Il est prisonnier de "Rigg" le prince ! Je n'aimerais pas être à sa place, crois-moi ! »

Ils marchèrent et marchèrent encore, à travers des marais, sur des ponts – et lorsqu'ils dépassaient enfin une allée d'arbres, c'était pour mieux replonger dans ces ruelles étranglées qu'ils avaient délibérément contournées une heure auparavant pour gagner un peu de temps.

À O, le dialecte le plus répandu était celui de la rivière ; la langue soutenue de Rigg, une rareté. Umbo s'était imaginé l'entendre parler à tous les coins de rue à Aressa Sessamo, mais il n'en fut rien : non seulement on y parlait la Rivière, avec toutes sortes d'accents, mais aussi des langues étrangères. Umbo avait bien entendu causer d'autres langues, mais c'était la première fois qu'il y était confronté *en vrai*. La surprise fut de taille – l'effraya, même.

« Ils parlent de quoi, Miche ? demanda-t-il. Je ne comprends rien. »

Miche lui indiqua le nom de la langue, qu'il s'empressa d'oublier. « On la parle dans l'Est, pas très loin du Mur, ajouta le tavernier.

— Pourquoi ? l'interrogea Umbo. Pourquoi ils ne parlent pas le Commun, comme chez nous ? On n'y comprend rien.

— Eux se comprennent, continua Miche. Toi non, c'est tout. Qui apprendrait une langue que personne ne comprend ? »

Lorsque Miche précisa que des centaines de langues étaient parlées dans l'entremur, chacune par des milliers de locuteurs, Umbo pouffa.

« Pourquoi tu rigoles ? demanda le tavernier, lui-même amusé.

— Parce qu'ils sont drôles, tous ces gens, se justifia Umbo. Déjà qu'ils n'ont pas envie de parler comme les autres, mais en plus, ils n'arrivent pas à se mettre d'accord sur quelle langue adopter !

— Avant la domination des Sessamoto, ils vivaient tous dans des nations différentes. Pourquoi auraient-ils appris la même langue ? Ce qu'on appelle Commun n'est que celle qu'on parle sur les bords de la Stashik pour le commerce. Chacun utilise sa variante pour faciliter les échanges. Flaque et moi, par exemple, on parlait une autre langue quand on était petits.

— Vas-y, dis-moi quelque chose dans ta langue ! s'enthousiasma Umbo, soudain curieux.

— Mm eh keuno oidionectopafala, prononça Miche.

— Ça veut dire quoi ?

— C'est du Mo'onohonoi typique, ça ne se traduit pas.

— Parce que c'est "interdit aux enfants", à coup sûr, ricana Umbo.

— Disons que si tu parlais ma langue, tu m'aurais déjà tué, sourit Miche.

— Entre vous, vous parlez Mohononotruc, avec Flaque ?

— Ça nous arrive. Mais personne d'autre ne le comprend à la taverne. Et quand les gens ne pigent pas, ils ont l'impression que tu médis dans leur dos. Ils le prennent mal. »

Leur conversation s'arrêta là. Ils venaient d'entrer dans un marché au bétail, à proximité d'un carrefour à six voies orné d'un puits, où régnait un vacarme de tous les diables ; impossible de s'entendre. Les stalles se livraient à un concours de puanteur et de bruit, et le seul moyen pour maîtriser ses bêtes – mules, bœufs et chevaux – était manifestement de hurler à qui mieux mieux les pires insanités. Les mendiants ne cherchaient même plus à se faire entendre : ils sautillaient, tels des mare-becs dans des herbes hautes, et à une hauteur impressionnante. Rien que pour l'exploit, Umbo fut tenté de lancer un tour à l'un d'eux. Miche le stoppa net dans son élan.

« Jette-le-lui, et ils te mettront en charpie en moins de cinq secondes », lui hurla-t-il à l'oreille, tête contre tête.

Ils atteignirent en fin d'après-midi un quartier aux larges rues pavées et aux bâtiments imposants, faits de matériaux nobles. Une garde montée veillait à l'ordre public. Le tintamarre des faubourgs avait cédé la place aux discussions feutrées, les tenues crottées aux vestes taillées – habillés comme ils étaient, Miche et Umbo détonnaient.

« On n'est pas chez nous, là, fit remarquer Umbo.

— Bon sens de l'observation », répliqua Miche. Sur quoi il attrapa le bras d'Umbo et le traîna jusqu'à un garde à cheval. « Monsieur, l'interpella-t-il, mon fils et moi venons d'arriver en ville. Nous cherchons une auberge. Ce quartier semble un peu au-dessus de nos moyens… pourriez-vous nous indiquer… »

Le garde prit tout juste la peine de les toiser de la tête aux pieds. Il donna une imperceptible secousse à sa monture, qui s'éloigna en claquant des fers contre le pavé.

« Trop aimable, commenta Umbo.

— C'était prévu, lui confia Miche. Le but était de lui confirmer qu'on n'était pas d'ici. Et pas très futés non plus. Si je m'apprêtais à faire un coup fourré, j'aurais tout fait pour l'éviter. Surtout avec mon petit monte-en-l'air derrière moi.

— Ton petit monte-en-l'air ?

— On a dû lui faire cette impression - celle d'un cambrioleur et de son complice, qui grimpe sur les balcons et les toits avant de se glisser à l'intérieur par une cheminée ou une fenêtre ouverte.

— Et pourquoi on ne passerait pas pour un père et son fils ?

— Dans *ce* quartier, habillés comme ça ? Il y a peu de chances !

— Et qu'est-ce qu'on fait ici, alors ?

— On se rapproche de Rigg, en espérant qu'il est encore en vie. On laisse nos traces un peu partout. Il finira bien par tomber dessus. Même à travers les murs, il les voit. C'est bien ce que tu m'as dit, non ? S'il est quelque part, c'est ici, dans ce genre de quartier.

— Je n'y avais même pas pensé, grommela Umbo.

— Et à quoi tu avais pensé ? À demander l'adresse de la famille royale, et à te faire inviter pour le thé ?

— Je croyais que le Conseil révolutionnaire autorisait les citoyens ordinaires à leur rendre visite, et même à repartir avec leurs habits et des trucs comme ça.

— Oui, c'est vrai, mais pas *n'importe quel* citoyen. Et pas n'importe quand non plus. Seulement quand le Conseil cherche à les humilier, à lancer un avertissement ou à faire passer un message politique. Et on n'a rien de "citoyens ordinaires".

— C'est juste pour en mettre plein la vue, quoi.

— Comme tout en politique, acquiesça Miche. À part les coups de poignard dans le dos. Là, c'est ni vu ni connu. »

Au lieu de retourner vers des quartiers plus sûrs – enfin, surtout pour les pauvres –, Miche s'engagea dans des artères encore plus cossues. Les maisons y faisaient désormais la taille de dix, sans une fenêtre sur la rue, sauf aux derniers étages.

« Ils vivent dans le noir ? s'étonna Umbo.

— Les maisons ont de grandes cours intérieures, leurs fenêtres donnent sur des jardins privés. De vrais petits châteaux.

— Petits, petits... il faut le dire vite, objecta Umbo.

— C'est parce que tu n'as jamais vu un château.

— Et il n'y a qu'une famille par maison ? s'enquit Umbo.

— Une famille, plus leurs domestiques, leurs gardes, leurs invités, leurs trésors, leurs bibliothèques et leurs animaux de compagnie. De quoi faire tenir tout un village.

— La fenêtre, remarqua Umbo. Un peu haute pour un monte-en-l'air, non ?

— Oui, confirma Miche. Et sois discret quand tu regardes en l'air. »

La rue déboucha soudain sur un parc aux vastes pelouses plantées de massifs fleuris, de bosquets, et de quelques arbres, ici et là. Même le drain creusé pour assécher ces terres surélevées se bordait d'un joli tapis herbeux, maintenu bien ras par quelques chèvres en liberté. De cet écrin de verdure s'élevaient, épars, plusieurs édifices massifs plafonnés à trois étages, trapus et de facture magnifique. Leurs façades étaient d'un blanc éclatant.

« Nous y voilà, annonça Miche. La Grande Bibliothèque d'Aressa Sessamo.

— Où ça ?

— Tout ça, balaya Miche de la main. D'où la “grande” bibliothèque, tu saisis ?

— On entre ?

— Parce qu'on a l'air de rats de bibliothèque, d'après toi ? rétorqua Miche. Ils nous prendraient pour deux fous échappés de l'asile.

— Je sais lire, moi !

— Et ton dernier bain, il remonte à quand ? siffla Miche. Oublie ça. Si Rigg est autorisé à sortir, c'est ici qu'il viendra chercher les réponses aux questions qu'il se pose, sur son pouvoir, ses ancêtres, la politique. En traînant dans le coin, on multiplie les chances qu'il nous retrouve.

— Franchement, j'ai du mal à comprendre ce que les gens lui trouvent, à cette ville, commenta Umbo.

— On a quand même devant nous la plus grande bibliothèque du monde, lui rappela Miche.

— Oui, mais on ne peut pas entrer, alors bon...

— Si tu y tiens tant, on peut aller acheter ce qu'il faut comme habits, suggéra Miche. Mais il faudra aussi s'installer dans un autre quartier – chez ceux parmi lesquels la garde municipale et les espions du Conseil vont vite nous repérer.

— Je les voyais plutôt chez les pauvres, moi.

— Et pourquoi ça ?

— Parce que les criminels sont là-bas.

— Les mendiants et les voleurs à la tire, oui, mais sans émeute, la garde n'y met pas les pieds. Tant que ce sont les paysans, les ouvriers et les commerçants qui se font détrousser, ça leur va. Par contre, si tu commences à te payer de beaux habits et une chambre dans les quartiers huppés... là, tu éveilles les soupçons. C'est que tu vas essayer d'escroquer les riches, de t'infiltrer dans la haute, d'espionner les puissants ou encore de flamber sans t'être assuré au préalable de graisser les bonnes pattes. Tu deviens suspect, tu vois ?

— Inutile d'entrer à la bibliothèque alors. Je préfère encore rester invisible, trancha Umbo.

— C'est que tu deviendrais presque intelligent, toi, à force de me côtoyer. »

Miche s'assura qu'Umbo ne rate rien des jardins et des bâtiments de la bibliothèque, le tout à bonne distance et en mouvement, pour ne pas paraître suspects. Ils prirent ensuite la direction du sud et, en se fiant aux effluves et au bruit croissant, ne tardèrent pas à se rapprocher de la rivière. Ils allaient enfin pouvoir se fondre dans la foule. Au premier garde croisé, Miche refit le coup du touriste perdu : « Ces bâtiments blancs, là, c'est le palais du roi ? »

Le garde sourit, mais surtout de mépris. « Bibliothèque, indiqua-t-il, laconique. La royauté, c'est fini, au cas où vous auriez manqué la Révolution.

— Ah... fit Umbo d'un ton de queuneu attardé. Le Conseil les a tous tués finalement ? »

Miche le foudroya du regard – et pas uniquement pour coller à son rôle de père impatient. « Tu as fini de faire perdre son temps à l'officier avec tes idioties ! » le tança-t-il d'un taquet sur le crâne. La tête d'Umbo plia sous la force du tavernier... en apparence seulement. Umbo avait anticipé, rentrant le cou pour épouser la courbe du poing ; un mouvement répété entre eux à leurs heures perdues.

« Circulez ! » hurla le garde.

Miche fit traverser Umbo à coups de botte dans le train, vers la partie la plus crasseuse, animée, bruyante, vivante, colérique et joyeuse d'Aressa Sessamo ; là où vivaient les vraies gens.

Ils dénichèrent une taverne qui ne devait pas souvent afficher complet – il n'y aurait pas de charmante pension des faubourgs cette fois ; celles d'Aressa Sessamo étaient bien trop excentrées. Pas plus haute que les maisons à trois étages des quartiers riches, la taverne réussissait tout de même l'exploit d'en caser cinq dans sa carcasse, chacun gagnant un demi-mètre sur la rue par rapport au précédent.

« Tu crois que ça va se voir, si je paie un extra pour une chambre au deuxième ? »

Déjà fatigué à l'idée de devoir monter l'escalier, Umbo suggéra : « Et pourquoi pas au premier ?

— Au premier, ça risque de renifler les odeurs de la rue.

— C'est toi qui sais, dit Umbo. Je ne suis jamais venu, moi ! »

Le maître des lieux était d'humeur joviale, mais se fichait pas mal de savoir que Miche tenait lui-même une taverne sur la rivière. « Les bateliers, c'est de la vermine, lâcha-t-il. Ils rentrent pas chez moi.

— Bonne chose qu'on n'en soit pas alors, déclara Miche. J'en croise assez comme ça chez moi. On est arrivés par la route. »

Ils tombèrent d'accord sur le prix de la chambre, plus un supplément pour le bain. Après les avoir toisés d'un air narquois, l'aubergiste ajouta : « Prenez-en deux, va. Sauf si le deuxième veut prendre un bain de boue. »

Miche gloussa et accepta. « Ça sent bon chez vous, dites-moi ! fit-il remarquer.

— La salle à manger est ouverte à tous les clients du second, les informa l'homme. Si vous avez faim tout de suite, il y a la salle commune. Certains ne vont peut-être pas apprécier, mais bon...

— Qu'est-ce que tu choisis, fils ? demanda Miche.

— Je suis affamé, monsieur, dit Umbo.

— La salle commune, dans ce cas, trancha Miche. On essaiera la salle à manger demain.

— Je vous laisse avec mon gars, il va monter vos bagages. »

Le « gars » en question s'avéra être une jeune adolescente au regard insolent. Miche lui lança un bout, qu'elle attrapa au vol en reniflant. « Si vous pensez qu'un tel pourboire vous autorise à voir ce qui se passe sous ma robe, vous vous fourrez le doigt dans l'œil.

— J'espérais surtout qu'il permette à nos bagages d'arriver au second, sans que le porteur soit trop regardant sur leur propreté. Mais si vous préférez un valdecoche, marché conclu. »

Pour toute réponse, elle empocha la pièce dans son tablier, souleva les sacs à bout de bras et entreprit tant bien que mal l'ascension des deux étages.

Umbo se guida au bruit et aux odeurs vers la salle commune. Il était encore tôt pour dîner – le soleil se couchait à peine –, mais la gargote était comble, signe que la cuisine devait y être de qualité, ou du moins bon marché, pour attirer plus de clients que les chambres ne pouvaient en compter. On y croisait de tout, du balafré à la petite famille attablée. Même les piliers de bar couperosés ne se faisaient pas particulièrement remarquer. En fait, il y régnait un joyeux bazar.

On leur fit glisser leurs assiettes. Umbo ne sut dire ce qu'il y avait dedans mais, en tout cas, c'était un vrai délice, copieux, et il y avait même du rab.

« Aressa Sessamo n'est pas connue pour son architecture, expliqua Miche en se pourléchant les babines entre deux boulettes de poisson épicé, mais pour sa cuisine. La meilleure de l'entremur.

— Pas étonnant que ce soit plein, observa Umbo.

— Ici, les paysans mangent comme des princes », continua Miche.

Sa remarque manqua un peu de discrétion. « Les princes seraient bien inspirés de manger comme des paysans ! » beugla l'un des buveurs accoudés à l'autre bout de la salle.

Plusieurs têtes se tournèrent – le ton belliqueux de l'homme semblait déplacé, ici.

Miche se contenta d'un sourire : « Vous m'enlevez les mots de la bouche, monsieur ! lança-t-il.

— Et v'là-t-y pas qu'ils nous ont retrouvé un petit bâtard qui se fait passer pour l'un d'eux », enchaîna l'homme.

Le regard d'Umbo croisa celui de Miche. *Rigg est vivant.*

« C'est quoi leur plan, à votre avis ? continua de déblatérer l'ivrogne. Restaurer la monarchie, mobiliser nos enfants et repartir en guerre ! Pour mieux nous enlever le pain de la bouche et nous saigner à blanc ! »

Miche souriait maintenant de toutes ses dents – *oh, oh,* pensa Umbo, *danger*. Ce sourire n'annonçait jamais rien de bon. Umbo pouvait même lire dans les pensées du tavernier. *Ah, parce que tu ne paies pas d'impôts, toi ? Le Conseil révolutionnaire n'a pas d'armée, peut-être ?*

Mais à la place, il entendit une petite voix monter de sous la table et sentit une main posée sur son genou. « Ne dis rien ! » s'empressa de chuchoter la voix d'un ton sec.

Umbo baissa la tête et vit une silhouette disparaître. Il eut le temps de la reconnaître – ou plutôt de *se* reconnaître, habillé comme maintenant, un œil au beurre noir et une lèvre gonflée en plus.

Umbo releva le front. Miche avait visiblement reçu le même message ; il en était même le principal destinataire. Le tavernier semblait déboussolé. « J'allais juste dire... »

Umbo écarquilla grands les yeux et lui intima de se taire en décollant les deux mains de la table de quelques centimètres. Si Umbo avait fait le voyage jusqu'ici la tête en sang pour leur dire de la boucler, il valait mieux l'écouter.

L'hésitation de Miche n'échappa pas à l'ivrogne, qui s'engouffra dans la brèche. « Le petit prince de mes deux a des amis, qu'on dirait ? le héla-t-il. C'est ça que vous voulez, un enfant roi ? Hagia la non-reine, elle suffit bien, pour les nostalgiques. Ça fait pas de mal, ça a pas d'ambition. Mais le gamin ! Bientôt il aura une main dans nos poches et une autre sous les jupes de nos femmes ! »

Il s'était levé, et d'autres avec lui.

« Y a pas plus loyal citoyen que moi ! beugla-t-il. Mais par le coude gauche de Ram, que je vous croise pas ici à racoler pour ce Rigg-là !

— Plutôt le flageller ! cria Miche en se levant à son tour, une boulette de poisson entre les doigts, le bras levé bien haut. Qu'on promène la reine en laisse, mon ami, s'il plaît au Conseil, je vote pour. Mais là, tout de suite, mon ventre crie famine, alors je dis : Gloire aux boulettes ! »

Tous les hommes debout trinquèrent en l'honneur des boulettes, le belliqueux buveur compris, sous les vivats de la salle. Tout rentra rapidement dans l'ordre.

La jeune servante vint débarrasser leurs assiettes et leurs coupes dès qu'ils eurent terminé. Elle se pencha vers Miche : « Bien joué, monsieur. Mais mon maître aurait dû vous prévenir : les fidèles de la reine se réunissent régulièrement ici.

— Et l'emblème royal ? murmura Miche. Je ne le vois nulle part.

— Pour s'attirer les foudres du Conseil et finir en prison ? Sans façon, glissa-t-elle. Vous avez évité les débordements, merci. »

De retour dans leur chambre, où un bain chaud les attendait, Miche ordonna à Umbo de se déshabiller et de sauter dedans. « N'oublie pas le savon. Et frotte plutôt deux fois qu'une, crapaud boueux. »

La tête dans la chemise, Umbo lui lança : « Même pas un petit merci pour t'avoir prévenu de tenir ta langue et nous éviter une dérouillée ?

— Mmm... non, sourit le tavernier, étendu à même le plancher.

— Tu es au courant qu'on a des lits ? s'assura Umbo.

— Oui, mais je préfère m'y allonger propre après mon bain, indiqua Miche.

— Pas de merci, pas de lit propre, dit Umbo.

— Pour commencer, ce n'est pas toi qui m'as prévenu, lança Miche, c'est une version future de toi, qui n'existe déjà plus. Deuxièmement, c'est moi qu'il faut remercier, car c'est sûrement moi qui t'ai dit de le faire. Troisièmement, vu la tête de ton futur *toi*, tu étais le seul à avoir dérouillé ; m'étonnerait que ces pochetrons m'aient fait bien mal. Et enfin, si je t'ai demandé de le faire, c'est sûrement pour nous éviter d'avoir à retrouver une chambre après avoir été mis à la porte par le tavernier.

— Pff, n'importe quoi. Tout ça pour pas dire merci, bougonna Umbo.

— Frotte. »

Le lendemain matin, ils firent encore bombance au petit déjeuner, mais Umbo prit conscience que ce train de vie ne pouvait durer éternellement. Quelques mois, passait encore ; plus, ils finiraient à sec. Comment faire si Rigg ne les retrouvait pas, s'il restait prisonnier ?

« Rassemblement, ordonna Miche. Conseil de guerre.

— Si c'est ta manière à toi de dire qu'il faut planifier la suite, traduisit Umbo, je t'écoute.

— Mission numéro un, retrouver Rigg, se lança Miche. Mais attention, gros danger. Surtout si on se cantonne à ça, et qu'on entreprend nos recherches à peine arrivés en ville. Il vaut mieux tromper l'ennemi en se trouvant d'autres occupations, le temps de glaner des informations sur le lieu de résidence forcée de la famille royale et la présence éventuelle de Rigg là-bas.

— La petite altercation d'hier nous a appris qu'il était en ville et vivant, c'est déjà ça, se réjouit Umbo. Même si ça semble déplaire à certains.

— Disons qu'on a appris que certains le *pensent* en ville et vivant, rectifia Miche. Attendons de voir par nous-mêmes.

— Mission numéro deux ? poursuivit Umbo.

— Tu te rappelles le nom de la banque à laquelle était adressée la lettre de crédit de Rigg ? »

Umbo fronça les sourcils. « C'était il y a longtemps. Et c'est Rigg qui était chargé des négociations.

— Je me demandais juste si tu avais pris la peine d'écouter.

— Vas-y, toi, c'était quoi ? le testa Umbo.

— Ah, je l'ai sur le bout de la langue… mais tu sais, à mon âge, on a le cerveau fatigué et plein comme un œuf. Je sais plus où stocker les nouvelles informations. Elles s'accrochent un temps comme elles peuvent et hop, elles lâchent.

— Il y avait Grandeau…

— Grandeau & Grandeau, compléta Miche. Celle-là, c'est celle de l'escompte.

— Si tu as si bonne mémoire…

— J'oublie les noms, mentit Miche. Essaie encore.

— Roudoudougris…

— Presque, l'encouragea Miche. Il y a de ça.

— Rududory et Fils ! cria Umbo, triomphant.

— Oui, c'est la maison qui a pris la note de Tonnelier sans escompte, confirma Miche. On pourrait aller y faire un tour, voir si on apprend quelque chose. En même temps, sans Rigg… et ça ne nous rapprochera pas de notre objectif.

— Qui est ? s'enquit Umbo.

— La pierre, lui rappela Miche.

— Ils ne vont pas nous la tendre comme ça en nous demandant de nous servir, nota Umbo.

— Si on sait où ils la cachent, tu pourras y aller et remonter dans le temps pour la voler dès qu'ils l'auront mise.

— On ne me laissera jamais entrer, où qu'elle soit.

— L'avenir nous le dira, voyons déjà où ils la cachent.

— Donc, si je résume, poser des questions sur l'emplacement de la pierre légendaire qui a valu à Rigg son arrestation, c'est plus discret que de poser des questions sur Rigg tout court ?

— Oui, synthétisa Miche. Parce qu'on va la jouer un peu plus fine qu'en posant simplement “des questions”, comme tu dis.

— Ah oui, fin et subtil, c'est tout nous, ça, ironisa Umbo. La dernière fois, c'était Rigg aux baguettes, je te rappelle. *Lui*, il sait faire dans le charabia princier – et encore, il s'est fait prendre, alors…

— On fera à notre sauce, coupa Miche. Toute la ville ne peut être du même bord. Il y a forcément des repaires de partisans de la lignée royale mâle. Ils nous aideront.

— Fricoter avec l'opposition... le Conseil va apprécier, anticipa Umbo.

— Donc on ne fait rien du tout, c'est ça ton idée ? s'agaça Miche.

— Je pense qu'il faut aller chercher la pierre, si c'est faisable. L'idée du "petit monte-en-l'air" me plaît bien. Mais je n'oublie pas non plus que, quelle que soit l'aventure dans laquelle on décide de se lancer, il y aura danger.

— Parfait, le danger, c'est mon métier. »

Umbo se leva.

« Dans l'eau, et frotte.

— Je ne peux pas être plus propre ! protesta Umbo. Et au cas où tu aurais oublié, tu n'es pas mon père et je ne cherche pas à en avoir un.

— Alors dégote-toi des habits mettables et arrange-toi pour qu'on monte l'eau de mon bain. Si ce n'est pas trop demander à la petite peste qui se croit plus maligne que les autres, bien sûr ! Quand je serai dans le bain, trouve-nous une laverie.

— Seulement si tu dis le mot magique...

— Et si je te promettais plutôt de ne pas recevoir la dérouillée qui t'était prédestinée ?

— D'accord, j'y vais. »

CHAPITRE 7

CE QUE KNOSSO SAVAIT

Les dix-neuf vaisseaux tournaient maintenant en orbite distante autour du Jardin. C'était une planète magnifique, voisine de la Terre par ses bleus, ses blancs et ses bruns, encerclée d'un vif anneau lumineux. Sa surface foisonnait d'une vie telle que le vert de la chlorophylle n'était pas que visible ; il inondait de vastes espaces de continents.

Le plan initial – que Ram découvrait seulement en détail – était d'envoyer en mission d'exploration une grosse dizaine de scientifiques appuyés par quatre ou cinq tireurs d'élite, pour tenir à distance d'éventuels prédateurs. Ram attendrait à bord.

La surface, osèrent suggérer les sacrifiables, resterait le terrain de jeux exclusif des explorateurs, qui échantillonneraient et consigneraient hardiment des années durant. Le programme de Ram était beaucoup plus limité : stase de deux siècles, le temps nécessaire à l'éradication des espèces indigènes et à l'implantation du biote terrestre, puis réveil.

Ram plaida immédiatement la cause des hommes. « Des yeux humains doivent se poser sur ce nouveau monde. Des pieds humains doivent le fouler, pour qu'un humain puisse parler du Jardin à ses semblables. Je demande à ce que mes mots soient consignés avec les premiers échantillons. Ensuite, je retournerai au vaisseau et plongerai dans ma stase en attendant que le Jardin connaisse un avenir tout autre que celui qui lui était destiné.

— Votre recours à des arguments délibérément fallacieux me semble logique. Ils reflètent votre sentimentalité et non une quelconque perte de lucidité, analysa le sacrifiable.

— Oui, approuva Ram. Les planètes n'ont aucune *intention*, si vous voulez mon avis.

— Nous savons l'impossibilité pour les humains de dissocier évolution et intention. Votre penchant naturel à interpréter les résultats en termes d'intentions est inscrit dans votre ADN. C'est même ce qui vous place juste au-dessus de l'animal sur l'échelle du traitement des causalités.

— Mais en dessous du sacrifiable, supputa Ram.

— Nous ne traitons pas les causalités *per se*, indiqua le sacrifiable. Nous traitons des associations d'événements selon une chronologie linéaire, et les considérons sous l'angle des probabilités. »

Ram étudia les zones de dépose prévues ; il en désigna une. Il en choisit six autres pour la collecte des échantillons. Tous les vaisseaux détachèrent un sacrifiable. Dix-neuf explorateurs, plus Ram. De tous, c'était lui le moins efficace, le moins capable, le plus brouillon – et même au milieu de scientifiques humains, il n'aurait pas fait meilleure figure.

Il apporterait à l'expédition son inexpérience, son ignorance et sa naïveté. Il ne chercherait pas à catégoriser immédiatement ses découvertes, à créer une nouvelle taxonomie du Jardin ni à tirer de conclusions sur son histoire géologique en fonction de ce qu'il savait de celles de la Terre.

Il se contenterait de découvrir le Jardin avec un regard d'ingénu : celui du premier être sensible à enfouler le sol.

Il pilota la navette d'exploration comme s'il avait fait ça toute sa vie – l'air ressemblait à de l'air, le climat à un climat terrestre, et les systèmes de pilotage assisté compensèrent les écarts de pression atmosphérique entre le Jardin et la Terre. Ils se posèrent comme une fleur.

À la sortie de la navette, aucune pensée profonde qui marquerait à jamais la première et dernière visite de l'homme sur ce nouveau monde dans son état virginal ne lui vint spontanément à l'esprit. Il portait un appareil respiratoire et une combinaison sous vide le protégeant de toute incursion d'un corps étranger, mais si transparent pour l'un et léger pour l'autre que l'osmose était presque parfaite avec le milieu ambiant. L'herbe ployait, vigoureuse, sous ses pieds. Il ne pouvait rien sentir et l'air frais sur son visage était soufflé par son respirateur, mais des sons filtraient ; le bourdonnement sourd et strident des insectes, le bruissement des feuilles caressées par la brise. Il voyait l'herbe ondoyer, les arbres projeter leur ombre, et les montagnes se dresser à l'horizon.

Il regretta d'en savoir si peu sur sa propre planète – son éducation, sa formation, son entraînement ne lui avaient donné qu'un maigre aperçu des habitats terrestres. Dans son ignorance, il ne savait s'il devait s'émerveiller devant le foisonnement d'insectes rebondissant à l'infini dans les herbes hautes, ou devant ces reptiles de toutes tailles qui en jaillissaient, tous membres palmés dehors, comme des parachutes, avant de replonger, un insecte au bout de la langue, dans les mâchoires ou dans leurs griffes.

Les sacrifiables confirmèrent que le vert des herbes et des feuilles émettait une fréquence différente de celui des végétaux terrestres. Ram constata pour sa part que l'herbe ressemblait à de l'herbe et les feuilles à des feuilles, comme sur Terre. *La fonction détermine la forme*, songea-t-il. L'implantation d'une vie terrestre ne bouleverserait peut-être pas tant que ça la destinée de cette planète, finalement.

Un insecte vint se coller à sa combinaison. Un second. Un troisième. En quelques secondes il se retrouva dans le noir complet, à l'exception de quelques rares rayons qui parvenaient à se frayer un passage à travers la masse de pattes et d'ailes collée à son masque. Ils étaient si nombreux qu'il sentait jusqu'à leur poids sur lui.

Il ne bougea plus.

Si ces insectes étaient des parasites – et à leur comportement, c'était à parier –, ses cinq litres de sang ne suffiraient pas. La faune locale avait dû développer des défenses naturelles pour se protéger de telles nuées, mais lui, il était à leur merci. Et même si son sang était inexploitable par leur organisme, une fois pompé, il y resterait.

Ce qui soulevait un problème de taille pour les colons. Car quelle option préférer ? La cohabitation au prix de dix mille ans de lutte ou l'éradication pure et simple, avec tout le reste, pour mieux repartir à zéro ?

De nombreux insectes y échapperaient, mais pas les parasites, privés de leurs hôtes.

Et ces sauteurs, insectes ou reptiles, survivraient-ils ?

Ram traversa la prairie, tomba sur un ruisseau et s'agenouilla au bord de l'eau. Il regorgeait de poissons gris argenté et d'anguilles. Il remonta la berge jusqu'à un arbre isolé et posa la main à plat sur l'écorce. *Je t'ai touché*, lui dit-il en silence. *J'ai caressé cette feuille de la main.*

Pendant ce temps, les sacrifiables s'activaient, fidèles aux consignes : collecter toute la vie animale et végétale présente dans cette prairie en échantillons d'analyse, pas de conservation – il était encore trop tôt pour ça. Ram continua à musarder jusqu'à ce que les sacrifiables estiment leurs containers suffisamment pleins pour un premier voyage.

La planète fut ratissée : forêts tropicales, déserts, hautes montagnes, bords de mer, tout y passa. Ils suivaient la rotation du Jardin pour profiter du plein jour à chaque arrêt. Les échantillons nécessaires à la première série d'analyse collectés, les sacrifiables décrétèrent cette phase terminée. Ram était exténué ; il tombait de fatigue.

« C'est fini ? se rassura-t-il.

— Oui.

— Très bien, alors je vais faire un somme avant de reprendre les commandes, annonça-t-il.

— Nous n'avons pas besoin de vous pour rentrer, déclarèrent les sacrifiables de concert. Allez dormir, vous arriverez reposé au vaisseau.

— Pourrai-je explorer à nouveau la surface du Jardin ?

— À chacune de vos visites, cette surface sera celle du Jardin, indiqua le sacrifiable. Maintenant, si votre question est "À ma prochaine visite, la surface du Jardin sera-t-elle toujours dans sa forme originelle ?", la réponse est non. Mais tous vos actes et paroles ont été enregistrés. Prenez le temps d'y ajouter vos dernières observations avant la stase. De notre côté, nous vous communiquerons tout résultat d'analyse susceptible de modifier notre plan initial. »

Ram bâilla à s'en décrocher la mâchoire.

« C'est un endroit magnifique, déclara-t-il. Étrange à plus d'un titre, mais en tout point aussi beau que la Terre. Notre but est d'offrir à l'humanité un nouveau monde où vivre sans recourir aux artifices des dernières technologies, et ainsi de protéger notre race de l'extinction. À ces fins, nous allons raser un biote dont le seul crime est d'avoir failli à développer une espèce sensible avant notre arrivée.

— Ce qui est exactement ce qu'une intelligence supérieure fera très certainement subir un jour à la Terre, intervint le sacrifiable, justifiant ainsi l'expansion humaine sur d'autres planètes, seul moyen d'assurer sa survie dans l'éventualité d'une catastrophe. La vie se développe partout où elle le peut. Aucune planète habitable ne saurait rester inhabitée. Si cela peut vous consoler, en cette minute de profonde mélancolie qui est la vôtre, rappelons à toutes fins utiles que tout n'est que remplacement de certaines formes de vie par d'autres. Une espèce incapable de rivaliser avec une autre cède sa place. Nous ne faisons rien d'autre à cette planète que ce qu'elle aurait fini par se faire à elle-même.

— J'ignorais que la ratiocination fût inscrite dans votre programme, observa Ram.

— C'est l'une des raisons pour lesquelles nous faisons de si bons compagnons. »

*

L'escorte de Rigg était réduite à un seul garde, mais pas des moindres – peu disert et athlétique, son cerbère semblait n'attendre qu'un faux pas de sa part pour pouvoir le plaquer au sol. En quittant la maison de

Flacommo, un matin, Rigg lui annonça : « Je dois aller à la Bibliothèque de la Vie.

— Ce n'était pas le domaine de recherche de votre père, rétorqua le garde.

— Je ne suis pas mon père, ça tombe bien, poursuivit Rigg. D'ailleurs, la décision de reprendre ses recherches vient de moi seul. Aucune bibliothèque ne m'est interdite. »

Le garde fixa Rigg du regard, suspicieux. Puis céda ; si Rigg avait raison, inutile de perdre son temps à vérifier. « S'ils vous mettent à la porte, c'est votre problème, déclara-t-il.

— Ça ne vous dérange pas qu'on y aille en courant ? Ensemble, je veux dire. Je n'ai pas couru depuis que je suis à Aressa Sessamo, je manque d'exercice.

— Si, ça me dérange, répondit le garde.

— Vous êtes plus rapide que moi, sinon je ne vous aurais pas demandé. Même si j'essaie de vous semer, en trois foulées vous serez sur moi. Vous avez un physique de coureur, ça se voit. »

Les flatteries de Rigg laissèrent le garde sceptique mais finirent par faire leur chemin. « Restez devant moi, finit-il par céder.

— C'est plutôt à vous de rester derrière moi. Je me sens tout rouillé… une grand-mère me doublerait. »

Rigg courut jusqu'à la Bibliothèque de la Vie. Le garde le suivit au train, la foulée légère, prêt à l'empoigner par les cheveux au moindre signe de fuite. À l'arrivée, Rigg était en nage, à bout de souffle. Le garde, à peine chaud. *Tu te laisses aller, attention,* pensa Rigg. *Et si tu devais t'échapper ?*

Et Param ? Pendant toutes ses années recluse, à vivre dans un cocon, elle n'a jamais eu à travailler son endurance ou sa vitesse. Elle est plus que svelte : elle n'a que la peau sur les os. Même en trottinant, j'irais plus vite qu'elle. C'est ce qui arrive aux prisonniers, si luxueuse soit leur cellule. Le corps finit par se ramollir, s'affaiblir, tant et si bien qu'à la fin toute tentative d'évasion devient vaine.

À peine le seuil de la bibliothèque franchi, Rigg interpella la première bibliothécaire venue. « Avez-vous vu Bleht, aujourd'hui ?

— Qui… ?

— Bleht – une microbiologiste.

— Je sais qui est Bleht, merci, s'offusqua la bibliothécaire. Qui, voulais-je dire, la demande ?

— Rigg Sessamekesh. »

La bibliothécaire jeta un œil au garde par-dessus son épaule, qui approuva certainement à en juger par l'adorable rougissement de la demoiselle. « Tout de suite. » La bibliothécaire se mit en quête de la microbiologiste avec une diligence empesée.

« Je ne m'en lasserai jamais, murmura Rigg au garde. La réaction des gens à mon nom, comme si la royauté signifiait encore quelque chose.

— Elle signifie plus que vous ne pourriez l'imaginer, et pour beaucoup de monde, confirma le garde.

— Et pour vous ? s'enquit Rigg.

— Elle signifie que je dois vous tenir à l'écart du danger.

— Et si le danger, pour moi, c'était vous ? poursuivit Rigg.

— Vous n'êtes pas un garçon ordinaire, déclara le garde. Comme votre père. Qui était un homme bon. »

Rigg en profita pour scruter les lieux à la recherche de traces fréquentes de Père Knosso… bingo, une flottait là, sous ses yeux, très ancienne. Son père l'avait laissée alors qu'il avait à peine son âge.

« Vous le connaissiez, devina Rigg.

— Je l'escortais à la bibliothèque, confia le garde. C'est moi qui ai mis son bateau à l'eau pour son dernier voyage.

— Vous avez vu les mains de ces créatures sortir de l'eau ?

— Je n'avais pas de télescope. Mais quelque chose l'a fait passer par-dessus bord, c'est une certitude. Quelque chose plus proche de bras que de tentacules.

— Et mon père, à quoi ressemblait-il ? demanda Rigg.

— À vous, lâcha le garde.

— Vous vous appelez comment ?

— Pour un prisonnier, personne.

— Et pour les autres ?

— Ça dépend.

— Pourquoi tant de secret ? »

Le garde laissa échapper un petit rire. « Olivenko, céda-t-il. C'était aussi le nom de mon père.

— Vous étiez là quand le mien a découvert qu'il pouvait traverser le Mur inconscient ?

— Oui.

— Étudiait-il quelque chose en particulier à ce moment-là ? s'enquit Rigg.

— Pas que je me souvienne, dit Olivenko. Nous n'étions pas à la bibliothèque. »

Rigg soupira. « Ça lui est juste venu comme ça, alors.

— Je le crois aussi.

— J'en conclus qu'à part le mener dans l'impasse, ses recherches n'auront servi à rien.

— Si, à savoir quelles pistes ne pas suivre pour justement éviter d'y tomber. C'est ce qu'il m'a confié. »

Qu'est-ce que tu attendais pour le dire ? eut envie de le secouer Rigg. Mais si Olivenko avait attendu, c'est qu'il avait ses raisons. Et le braquer était inutile.

Jusque-là, Rigg avait eu de son garde du corps l'image du pur antiroyaliste – le genre à faire l'unanimité auprès du Conseil pour le surveiller.

Mais il connaissait son père et semblait l'avoir plutôt apprécié. Peut-être son humeur maussade venait-elle tout simplement de ce qu'il n'aimait pas Rigg. Ce qui expliquerait aussi son manque d'entrain à révéler ce qu'il savait sur Père Knosso. *En même temps, si tu voulais savoir, il fallait demander.*

« Donc il a risqué sa vie, résuma Rigg, sur une intuition.

— C'est ce que je lui ai dit, déclara Olivenko.

— Et qu'a-t-il répondu ?

— Qu'on risquait sa vie chaque jour sur des intuitions.

— Mais celle-là, Père Knosso l'a payée cher. »

Olivenko acquiesça d'un hochement de tête. Rigg nota chez lui une légère crispation.

« Ça vous dérange que je l'appelle “père”, fit-il remarquer.

— Appelez-le comme vous voulez », s'irrita le garde. Son ton était devenu glacial.

« Vous doutez de notre filiation, c'est pour ça ?

— Vous lui ressemblez. Vous avez la même voix. La même arrogance, aussi.

— Si vous le dites, poursuivit Rigg. Le seul père que j'ai eu, à ma connaissance, est mort l'automne dernier dans les Hautes Forêts. Si je suis là, c'est parce que d'autres que moi me croient le fils de Knosso et Hagia. Je n'étais qu'un moucheron dans ce monde, je virevoltais l'esprit léger. Et puis, un jour, j'ai eu le malheur de chatouiller la mauvaise oreille. »

Olivenko resta de marbre.

« Qu'est-ce qui vous déplaît dans le fait que j'appelle Knosso “père” ?

— Rien.

— Vous vous êtes raidi, pourtant.

— Vraiment ? Alors je me suis trahi. »

Un peu d'humour briserait peut-être la glace. « Et pour une telle trahison, que prévoit la cour martiale ? Cent coups du plat d'une épée ? Quel crime, un soldat trahissant ses émotions…

— Ce n'est pas le soldat Olivenko qui a failli, rétorqua le garde. C'est le lanceur d'argile. »

Les « argiles » était un jeu d'argent joué avec des perles creuses, percées ou pleines : après tirage au sort dans un sac de toile, neuf perles d'argile étaient lâchées du haut d'un petit toboggan de bois, face aux joueurs. Chacun à tour de rôle pouvait en soupeser trois, pas plus, pour deviner leur poids. Les perles percées étaient les plus trompeuses car en tombant, les trous restaient invisibles. Tout l'art du lanceur d'argile résidait dans sa capacité à demeurer impassible pendant la pesée. Se raidir, et a fortiori le montrer, était le pire aveu d'échec.

« Alors, à combien s'élevait la mise ? interrogea Rigg. J'ai gagné, mais le tapis semble vide.

— Il n'y avait rien à gagner, jeune citoyen, indiqua Olivenko.

— Si, de précieuses informations au contraire, le contredit Rigg, qui aurait été bien incapable, au demeurant, de dire lesquelles.

— Tout ce que vous avez appris, c'est que je ne devrais pas jouer.

— Pas seulement, bluffa Rigg pour qui les choses s'éclaircissaient soudain. Vous vous êtes crispé quand j'ai appelé mon père par son nom. Sur le coup j'ai pensé à de la colère rentrée, mais non. C'était du chagrin : “Père Knosso”, c'est comme ça que vous l'appeliez vous aussi, n'est-ce pas ? »

Olivenko détourna le regard. « Un point pour vous. Je m'incline.

— Je crois rêver. Le Conseil m'a affecté comme garde du corps un ami de mon père.

— Peu de gens sont au courant. À l'époque je n'étais pas soldat. Je vous ai dit que je l'escortais à la bibliothèque. En fait, je l'*accompagnai*, comme jeune apprenti. Je lui apportais de l'eau, lui portais ses livres. Il réfléchissait souvent à voix haute, moi je transcrivais, lui m'épelait les mots difficiles. C'était ma façon à moi d'apprendre.

— Pour finir simple garde, quel gâchis !

— Un minimum d'éducation ne peut pas faire de mal à un soldat.

— Sauf quand il faut obéir à une hiérarchie composée d'abrutis finis, déclara Rigg.

— Très juste, approuva Olivenko. Ça explique sans doute pourquoi je n'en ai pas. »

Rigg s'apprêtait à lui proposer de s'asseoir avec lui à une table, pour tout lui raconter sur son père, quand Bleht apparut. Les confidences du jeune homme attendraient.

La microbiologiste semblait impatiente et suspicieuse. Rigg la dérangeait visiblement dans son travail, quel qu'il fût. Il s'excusa et en vint directement au fait.

« Je pense que Knosso mon père n'a fait aucune découverte majeure en physique avant de tenter sa traversée du Mur par la mer.

— À moins que, par "physique", vous n'entendiez "microbiologie", je vois mal en quoi je pourrais vous aider.

— Il avait commencé à orienter ses recherches dans un tout autre domaine.

— Microbien ?

— Non, historique, précisa Rigg. Calendaire, plus exactement. Je le soupçonne d'avoir lu votre article sur la dualité de la faune et de la flore de cet entremur. Sur la possibilité d'une vie aux deux origines distinctes. Il vous a écrit, vous a fait passer des missives. Vous vous êtes rencontrés à plusieurs reprises à la Bibliothèque des Vies Passées. » Rigg était sûr de son coup, il avait vu leurs traces s'y croiser – mais il y avait alors prêté un tout autre sens.

Bleht s'assit et caressa de sa paume la chaise voisine. « Le visage de votre ami me revient maintenant, observa-t-elle avec un sourire enjoué, les yeux sur Olivenko. Vous étiez son garçon à tout faire, je me trompe ? Comme vous avez grandi.

— Le jeune citoyen Rigg a demandé à vous rencontrer avant que je ne lui en parle, se justifia Olivenko, crispé comme jamais.

— Ce qui ne veut pas dire qu'il l'ignorait.

— Le fait *est* que je l'ignorais, mais quelle importance ? intervint Rigg. Ce que je cherche à savoir, c'est de quoi vous parliez.

— De la pluie et du beau temps, ironisa Bleht.

— Très juste, de la pluie et du beau temps. Et du climat en général, ajouta Rigg. Et de tout un tas d'autres choses. Vous aviez fouillé le passé de votre côté et lui du sien, pour vos recherches. Il désirait comparer vos découvertes

— Si vous êtes si malin, reprit Bleht, qu'en a-t-il déduit ?

— Vous allez me le dire. Comment le saurais-je ?

— Si vous n'aviez pas déjà une petite idée sur la question, vous ne seriez pas là. Je crois même que vous savez tout mais que ça vous amuse de jouer les naïfs.

— J'ai fait une découverte accidentelle à la Bibliothèque des Vies Passées : une frise chronologique.

Une bande de papier, très large, mais pliée si fin qu'elle tenait dans la couverture d'un vieil ouvrage rédigé par un ancien savant de la Dynastie Perdue. La frise avait été recopiée trois fois à en croire le nombre d'initiales des copistes. »

Bleht resta silencieuse. En avait-il déjà trop dit ? Moins elle l'encouragerait à développer, plus il prendrait confiance en ses hypothèses.

« Sa chronologie démarre en l'an 11 191.

— Comme toute chronologie basée sur notre calendrier, intervint Bleht. Et malgré tout, certaines ne veulent rien dire.

— Sauf qu'il y a une note dans la marge, signée de l'auteur de la frise et fidèlement reproduite par les copistes, disant qu'après des recherches approfondies, en comparant tous les calendriers connus, l'histoire humaine serait née il y a onze mille ans exactement. Soit près de deux siècles *après* le début du calendrier.

— La datation d'événements historiques imaginaires est un exercice des plus délicats, indiqua Bleht.

— Mon père Knosso désirait savoir s'il existait une corrélation quelconque entre la chronologie de la dynastie et l'historique que vous aviez établi pour l'un des courants de vie.

— Sur quel genre de calendrier pourrait bien se baser un microbiologiste ?

— Vous ne le dites pas dans votre article...

— Vous l'avez lu ? Tout seul ?

— J'ai un peu bougé mes lèvres et compté sur mes doigts, mima Rigg, ce qui lui valut un petit rire de la chercheuse. Ce que votre article oublie de mentionner, c'est que l'un des courants d'évolution, et de loin le plus important, n'est apparu dans l'entremur qu'il y a onze mille ans seulement. *Nous* appartenons à ce groupe.

Nous sommes liés génétiquement les uns aux autres et aux animaux que nous tuons pour survivre ou que nous domestiquons, mais à aucune forme de vie originelle.

— Originelle ? Notre variété biochimique, la plus répandue, ne se serait pas développée localement ? C'est là où vous voulez en venir ?

— J'ignore où je veux en venir, mentit Rigg, plus convaincu que jamais que son article traitait précisément de cela, sans qu'elle l'avoue de peur de compromettre sa crédibilité scientifique. J'aimerais savoir de quoi vous et mon père discutiez.

— De vous », assena Bleht.

Rigg fut pris de court. « De moi ?

— Vous n'étiez qu'un enfant, poursuivit-elle. Ensuite, vous avez disparu. Kidnappé, tombé dans un puits ou peu importe le sort que vous avait fait subir le Conseil dans les conclusions de ses enquêtes. Nous avons discuté de ce qui avait pu vous arriver. Pas de je ne sais quelle frise chronologique pliée en accordéon dans la couverture d'un livre de l'époque dynastique.

— Vous mentez ! s'insurgea Rigg.

— Soit, s'il vous plaît de le croire…

— Vous aviez des raisons de penser qu'aucune fouille archéologique portant sur les onze mille dernières années ne présente la moindre trace de notre passé biologique. Votre article y fait clairement référence.

— En introduction seulement, et sans aucun fondement scientifique. Pour accrocher le lecteur.

— Père Knosso l'a pris très au sérieux. Il a superposé sa chronologie à la vôtre et en a conclu que les êtres humains et la plupart des animaux de notre entremur ont surgi de nulle part. Nous venons d'ailleurs.

— Quoi ? De semences soufflées à travers le Mur tant que vous y êtes ! pouffa-t-elle. Toute cette évolution en onze mille ans ? Un peu de sérieux, voyons !

— Non, pas à travers le Mur – les plantes et les graines s'y propagent librement. D'un autre monde. Peut-être même d'un autre système solaire. » Et à ces mots, un déclic se produisit. *Voilà donc ce à quoi Père faisait allusion*. Comment n'y avait-il pas pensé plus tôt ? Toutes ces heures à lui parler en détail d'astronomie, de la vie, de son évolution génération après génération, sur des millions d'années ! Père n'avait rien laissé au hasard...

La notion de « limite de marée », en particulier, lui revint spontanément à l'esprit : si les millions de rochers et de débris de glace du Grand Anneau s'étaient agglutinés quelques milliers d'années plus tôt, une lune sphérique en serait née.

« Dans un monde avec une lune plus grosse, chaque océan aurait ses marées, lui avait-il expliqué. La vie s'y développerait bien plus vite qu'ici car, poussée par les marées, la mer viendrait s'échouer plus à l'intérieur des terres. C'est à la croisée de la terre et de la mer que naît la vie, dans les flaques et les terres marécageuses. Un monde qui a la chance d'avoir une lune foisonne de vie. »

À travers ces mots, Père essayait-il de lui faire comprendre que les êtres humains venaient d'un tel monde ? « Un astronome ou un historien serait mieux placé pour vous éclairer », commenta Bleht.

Rigg crut un instant qu'elle répondait à ses pensées. Elle réagissait en fait à sa dernière phrase, sur la possibilité d'un « autre système solaire ».

« Ne voyez-vous pas ce que cela signifiait pour Père Knosso ? poursuivit-il. Il cherchait un moyen de franchir le Mur. La physique et l'histoire n'ont pas pu l'y aider, mais votre travail, si. Il a fait naître en lui l'idée que, peut-être, notre calendrier coïncidait avec l'arrivée des êtres humains et d'autres formes de vie, qu'ils transportaient avec eux. Des étrangers dans ce monde.

— Et alors ? chercha à comprendre Bleht.

— Les Murs existaient-ils déjà à leur arrivée ? Comment un système vivant, quel qu'il soit, pourrait-il évoluer dans un monde où aucune créature dotée de fonctions cérébrales supérieures ne serait capable de passer d'un entremur à l'autre ? Aucune souche, fût-elle née ici ou sur un monde doté d'une lune, ne se serait développée sur une planète délimitée par des Murs. »

Bleht resta pensive. Olivenko aussi.

Ce fut le garde qui brisa le premier le silence. « Je me souviens de l'avoir entendu dire : "Ça y est, on l'a fait." Puis une seconde fois, après avoir regardé la frise : "On l'a fait." Sur le moment, j'ai cru qu'on – lui et moi je veux dire – venait de faire quelque chose. Ce qu'il disait peut-être, c'était que la race humaine l'avait "fait", qu'elle avait construit le Mur.

— En tout cas je peux déjà vous dire pourquoi vous feriez de piètres chercheurs tous les deux : vous sautez directement aux conclusions, assena Bleht.

— Les bons chercheurs commencent toujours par les conclusions, se défendit Rigg. Une fois leurs conclusions émises, ils cherchent par tous les moyens à les invalider, ce qui leur vaut leur titre de chercheurs. Ils ne commencent à y croire que si leurs conclusions tiennent. »

Olivenko acquiesça. Bleht renâcla. « Vous citez quelqu'un ou je me trompe ?

— Mon père, confirma Rigg. Celui qui a assuré mon éducation.

— Bien, puisque vous en êtes aux conclusions hâtives, jeune non-prince, reprit Bleht, expliquez-moi ceci : imaginons les humains capables de créer ce Mur invisible et infranchissable qui ceint notre entremur. Pourquoi avoir fait une telle chose ?

— Un historien serait mieux placé pour vous répondre », répondit Rigg non sans malice.

L'ombre d'un sourire traversa le visage de Bleht, l'air de dire : *Bien joué, mon garçon*.

« Quoi que ce fût, ce qui a tué Père Knosso, intervint Olivenko : n'était pas humain.

— Les Murs diviseraient le monde entre espèces ? avança Rigg. Le monde original était peut-être lui-même divisé ?

— À moins qu'ils les aient dressés pour maintenir la paix entre nous et les créatures marines qui ont tué Père Knosso, imagina Olivenko.

— Je vois que vous vous amusez bien avec vos devinettes. Mais à regarder, ce n'est pas très drôle. Si vous permettez… » Bleht se leva.

Rigg enchaîna vite pour la retenir. « Père disait que le nom que nous utilisons pour désigner le monde est l'un des plus vieux, et que chaque langue de l'entremur a le sien. »

Bleht attendit la suite.

« Il ne m'a jamais dit quelle était la langue d'origine mais m'a appris le mot, qui d'après lui voulait dire "Jardin". C'est ainsi que je me le représente depuis, en tout cas.

— Et sa signification profonde ?

— Notre monde – ce monde, celui qui est éclairé la nuit par un anneau et non par une lune…

— Une lune ? C'est quoi ? l'arrêta Olivenko.

— Une invention des astronomes, dont l'excès d'observation à travers leurs télescopes provoque des hallucinations, expliqua Bleht à sa manière.

— Notre monde, reprit Rigg, est un jardin. Séparé en parcelles par les Murs, avec une culture propre à chaque parcelle. Sans possibilité pour les pollens et les graines de circuler de l'une à l'autre.

— Vous tenez ces idées de votre prétendu père ? l'interrogea Bleht.

— Oui, même s'il ne les a pas formulées en ces termes, il m'y avait préparé. Et je pense que Père Knosso l'avait appris de sa frise et de *vous*. Cette notion de souches distinctes, chacune en isolement total. Il avait fini par conclure que le Mur servait à cela.

— Pour ce que ça lui a rapporté... se désola Olivenko, soudain amer.

— Comment pouvait-il deviner que, de l'autre côté, des créatures l'attendaient pour le tuer ? s'énerva Rigg.

— Voilà qui est ma foi fort distrayant, conclut Bleht, mais un *vrai* travail m'attend. La prochaine fois que l'envie de m'interrompre vous prendra, assurez-vous d'avoir quelque chose à raconter. » Rigg ne la retiendrait pas une seconde fois. Mais, alors qu'elle s'éloignait, il eut la certitude de l'avoir à peu près autant intriguée qu'il l'était lui-même. Pourquoi avoir pris le temps d'écouter, sinon ? Si court qu'eût été leur échange, il lui avait au moins permis de clarifier ses pensées.

« En gros, Père Knosso était une graine, continua Olivenko, toujours en pleine réflexion, quoique plus personnelle que théorique. Une graine qui cherchait à se planter dans une autre parcelle.

— Qui n'a pas voulu d'elle... » compléta Rigg.

La respiration d'Olivenko se fit soudain sifflante. *Un peu jeune pour une crise cardiaque*, pensa Rigg avant de comprendre que ces halètements tout juste perceptibles étaient des sanglots, refrénés au prix d'une lutte sévère.

Rigg détourna le regard le temps que le garde retrouve ses esprits.

« Désolé, souffla Olivenko.

— Je comprends, l'excusa Rigg.

— Toutes ces années à me demander s'il était fou. À remettre en cause tout ce qu'il m'avait enseigné. C'est à cause de ça que j'ai tiré un trait sur mes études et que je suis devenu garde. J'avais l'impression de m'être fait ensorceler par un illuminé.

— Qui sait s'il ne l'était pas un peu, songea Rigg à voix haute. Et s'il ne m'a pas transmis sa folie.

— Vous n'êtes pas fou, se reprit Olivenko. Lui non plus ne l'était pas. Il n'était même pas dans l'erreur. Il a simplement joué de malchance en traversant le Mur où il ne fallait pas. Comment aurait-il pu savoir ce qui l'attendait derrière ?

— Voilà qui lève en partie le voile, soupira Rigg. En attendant d'en savoir plus. »

Ils restèrent assis en silence.

« Et maintenant, quel est le programme ? demanda Olivenko.

— Faire la seule chose qui soit sensée, répondit Rigg. La ville est le théâtre de luttes de pouvoir, avec un empire à la clé pour le plus rusé, le plus fort ou le plus radical. Les joueurs sont nombreux, et beaucoup aimeraient me voir mort. Le mieux est de me faire oublier.

— Pourquoi me confier ça à moi ? C'est risqué.

— Ça l'est moins qu'avec qui que ce soit d'autre. Vous êtes le seul à qui je puisse me confier sans passer pour un fou. Où que je me cache dans cet entremur, on me trouvera. Le seul moyen de me défendre, c'est d'entrer dans la danse en levant une armée et en soumettant les autres. Devenir moi-même empereur...

— D'après ce que j'ai vu, vous en êtes capable.

— L'histoire des hommes m'a appris, poursuivit Rigg, que de plus stupides que moi l'ont fait. » À son âge, parler d'« homme » frisait un peu le ridicule. « Mais le seul moyen de vaincre est d'atteindre la Tente de Lumière par une route jonchée de cadavres. Par centaines, par milliers peut-être. Ceux-là mêmes que j'aurai prêté serment de protéger. Seule la survie de ce royaume justifierait ces morts. Combattre pour la seule satisfaction de devenir Roi en la Tente – même un ongle cassé serait trop cher payé.

— Qu'allez-vous faire alors ?

— Quitter cet entremur », annonça Rigg.

Olivenko secoua la tête. « Ça n'est pas aussi simple.

— Pas par la mer, précisa Rigg. J'aime autant éviter ces créatures dont on ne sait rien. La route sera plus sûre. En traversant à l'extrémité sud du Mur, qui sait si j'atterrirai dans le même entremur que Père Knosso ?

— Vous êtes venu chercher à la Grande Bibliothèque un moyen de traverser le Mur. Vous en avez conclu que Père Knosso a perdu son temps ici. Et vous affirmez maintenant savoir comment faire ?

— Oui, en me basant sur mes intuitions, comme Père Knosso, déclara Rigg.

— Quelles intuitions ?

— Comme si j'allais le dire à mon garde ! s'esclaffa Rigg.

— Au moins, j'aurai essayé, sourit Olivenko.

— La prochaine fois qu'on attentera à ma vie – la troisième après deux tentatives ratées, une sur le bateau qui m'a amené ici et l'autre chez Flacommo –, quel sera votre rôle ? Me protéger ou les aider ?

— Vous protéger, le rassura Olivenko. Jamais je n'aurais accepté comme mission de faire du mal au fils de Knosso Sissamik, si royal et pénible soit-il.

— Je vais vous confier une chose, poursuivit Rigg. Quand viendra l'heure de m'évader de chez Flacommo, *je le ferai*. Personne ne pourra m'en empêcher. Mais je vous aime bien et je ne voudrais pas que l'on vous blâme pour ça. J'attendrai que quelqu'un d'autre soit de faction.

— Quelle attention, le remercia Olivenko. Dans une carrière militaire, des états de service impeccables, c'est important.

— Vous avez sans doute une meilleure idée ?

— Emmenez-moi, proposa-t-il.

— Vous ne m'avez pas écouté, le tança gentiment Rigg. Je ne vais pas lever une armée. Je vais juste traverser le Mur.

— Dans ce cas, laissez-moi juste vous accompagner jusqu'au Mur et vous surveiller le temps de la traversée. Après, vous n'entendrez plus parler de moi.

— Votre première expérience en la matière, lui rappela Rigg, ne fut pas une réussite.

— En un sens, si, se défendit Olivenko. Père Knosso est arrivé vivant de l'autre côté.

— Mais sain d'esprit, ça, on ne saura jamais.

— Je le pense, supputa Olivenko. Et vous, y arriverez-vous ?

— Je le pense, sourit Rigg.

— Par quel moyen ?

— En trouvant une trace et en la suivant », dévoila Rigg.

Olivenko fronça les sourcils. « Une trace ? Une trace de quoi ?

— Avant que le Mur ne soit créé, il y a onze mille ans, il n'y avait rien. Des animaux ont forcément traversé cet espace en laissant leur trace. C'est là que je traverserai. »

Olivenko écarquilla les yeux. « C'est ça, votre plan ? »

Rigg haussa les épaules. « Il ne vous plaît pas ? demanda-t-il. Pour m'accompagner, il va falloir commencer par me faire confiance. »

Olivenko opina du chef. « Si, acquiesça-t-il. Il me paraît infaillible. »

Dommage que moi, je n'aie aucune confiance en toi, pensa Rigg. *Comme j'aimerais, pourtant. Si ta mission est de m'espionner, quelle meilleure stratégie adopter que de te faire passer pour mon ami et fidèle conspirateur. Soit tu es sincère, soit je ne connais pas meilleur comédien que toi. Le recrutement parfait, en quelque sorte, pour tous ceux qui me veulent du mal. Je ne peux même pas suivre ta trace pour remonter à tes employeurs, je les connais déjà : elles remontent à mes geôliers.*

J'espère de tout cœur que tu es celui que tu prétends être. J'espère de tout cœur que tu es un ami. Sinon, je devrai te tuer.

CHAPITRE 8

NOUILLES

Ram s'installa dans son caisson de stase – qui ressemblait à s'y méprendre à un cercueil, à l'exception de son rabat transparent – et leva le doigt : « Je peux vous poser une question ?

— Quel intérêt ? lui demanda le sacrifiable. Tous vos souvenirs sont déjà enregistrés, et c'est ceux-là qu'on vous réimplantera à votre réveil. Rien de ce que je pourrais vous dire à compter de maintenant ne sera mémorisé.

— Donc vous pouvez répondre sans craindre de nuire à ma psyché.

— Allez-y, posez votre question.

— Toutes ces copies de moi-même... vous les avez réellement éliminées lorsque j'en ai donné l'ordre ?

— Affirmatif, confirma le sacrifiable.

— Je me disais... il m'est venu à l'esprit que, peut-être, vous auriez désobéi. Et que toutes ces copies étaient à l'instant même en train de faire et de dire les mêmes choses que moi.

— Si c'était le cas, on serait tous en train de leur faire croire qu'elles sont l'unique survivante.

— Je préfère cette vérité-là, avoua Ram.

— Mais ce n'est pas la bonne, rectifia le sacrifiable.

— Je pense que vous pensez que je préfère cette version parce que je suis dévasté intérieurement d'avoir ordonné l'exécution de dix-huit pilotes d'élite. Mais, légalement, ils m'appartenaient, c'était donc mon droit de m'en débarrasser si bon me semblait.

— À moins que *vous* ne leur apparteniez.

— Ce que je veux dire, c'est que je n'ai aucun remords. Il était primordial que vous n'obéissiez qu'à un seul et même Ram. Pour éviter tout risque de confusion.

— Nous avons exécuté vos ordres car nous partagions cet avis.

— Mais il y a eu un effet secondaire... une conséquence imprévisible. Que je regrette. »

Le sacrifiable attendit.

« N'êtes-vous pas curieux de savoir laquelle ?

— Aucune conséquence n'est imprévisible, affirma le sacrifiable.

— Les dix-neuf... cellules, enclaves, enclos, peu importe leur nom...

— "Entremur", c'est votre choix final.

— Les dix-neuf entremurs, tous commenceront avec une combinaison de gènes identique – tous, sauf un.

— Le vôtre, devina le sacrifiable.

— Pourtant, d'après vous, j'ai ma part de responsabilité dans le retour dans le passé et la duplication des vaisseaux.

— Pas "d'après nous". C'est un fait avéré. Votre esprit, coupé des puits de gravité planétaires, a déstabilisé la combinaison de champs générés pour franchir la barrière de lumière. À l'issue de leurs calculs, les dix-neuf ordinateurs du vaisseau mère en étaient arrivés au même résultat théorique, à un epsilon près. Sauf que vous leur avez ordonné inconsciemment de franchir la contraction en même temps. Résultat, dix-neuf vaisseaux identiques ont réalisé le même saut bifurqué.

— Bifurqué ?

— Divisé en deux, si vous préférez. Selon la théorie du saut, un premier vaisseau effectue un bond en avant dans l'espace pendant qu'un second, identique, en fait un en arrière, mais dans le temps. Spatialement, il remonte à son point de départ. Ce vaisseau-là n'aura jamais aucune influence sur l'univers ; on ignore même si les personnes et les calculateurs à bord ont conscience de leur propre existence. Leur existence n'est que mathématique, d'ailleurs.

— Donc, depuis le début, on savait que le saut nous dédoublerait, et qu'une de nos copies de vaisseau remonterait le temps ? demanda Ram, médusé.

— On connaissait la théorie.

— Et mon esprit, lui, a provoqué notre démultiplication en dix-neuf autres, qui sont tous arrivés à destination.

— 11 191 ans en arrière.

— Mais qui avancent normalement dans le temps.

— C'est un petit exploit que vous avez réalisé. Et tout ça sans le savoir.

— Et ce "talent", là... modifier le cours du temps, reproduire un vaisseau en dix-neuf exemplaires... c'est courant, chez les humains ?

— Bonne question, nota le sacrifiable. Peut-être à l'état latent, qui sait. Au vu des résultats, en tout cas, il dénote chez vous des capacités prodigieuses.

— Est-il héréditaire, selon vous ?

— D'ordre génétique plutôt que mutationnel, c'est envisageable.

— Donc si les dix-neuf Ram étaient encore en vie, mes gènes auraient pu se transmettre de génération en génération dans chacun des entremurs.

— Affirmatif.

— Sauf qu'un seul en profitera. Et si je tombe malade, que je meurs ou me marie à une femme stérile, ma lignée s'éteindra. Pareil pour mes enfants.

— C'est le lot de tous les reproducteurs héréditaires.

— Dix-neuf colonies, tout ça pour voir mes gènes disparaître si je rate mon seul coup d'essai... désolant.

— Vous dites ça parce que vous prenez vos gènes pour la plus belle chose qui puisse arriver à l'humanité. »

Ram resta songeur. « C'est ce que pense tout mâle humain en âge de se reproduire, j'imagine.

— Les humains seraient bien inspirés de moins penser et de plus réfléchir.

— Si cette capacité à manipuler le temps est avérée et qu'elle se transmet effectivement par les gènes, je trouverais dommage qu'elle se perde, voilà tout. Et qu'il s'agisse des miens ou de ceux du voisin n'y change rien.

— Êtes-vous en train de nous demander d'assurer votre descendance en procédant à l'insémination artificielle de votre ADN chez les femelles des dix-neuf vaisseaux ?

— Certainement pas ! s'étouffa Ram, horrifié. Quelle abomination pour ces femmes, se réveiller enceintes – ce serait un viol, physique et moral. Et la fin des dix-neuf colonies.

— Sans parler de votre embarras... tous ces bébés avec votre tête, dit le sacrifiable. Malgré votre physique loin d'être ingrat, au regard des canons de beauté d'autres cultures, ces femmes le vivraient mal et votre progéniture pâtirait d'une manière ou d'une autre de l'hostilité de leurs congénères.

— Pourquoi seulement mentionner cette possibilité, dans ce cas ?

— Vous sembliez inquiet pour votre lignage. Semer ainsi votre graine à la volée mettrait toutes les chances de votre côté.

— Au diable la chance !

— Dans ce cas, trouvez-vous une femme consentante, mariez-vous et faites de nombreux enfants, conseilla le sacrifiable.

— C'est bien ce que je compte faire, l'assura Ram.

— Pourquoi discuter, alors ? s'impatienta le sacrifiable.

— Je vous sens pressé. Vous avez une urgence ? l'interrogea Ram.

— Oui, rétorqua le sacrifiable. Et pour ce qui nous attend, je crains que vous ne soyez d'aucune utilité. »

Ram ne s'allongea pas pour autant. Il n'était pas à une minute près avant deux siècles de stase. « Promettez-moi une chose, poursuivit-il.

— À quoi bon faire une promesse que vous allez oublier ? s'agaça le sacrifiable.

— *Vous*, vous ne l'oublierez pas, répliqua Ram. Promettez-moi de rester aux côtés de mes enfants. Veillez sur eux. Faites tout votre possible pour que l'humanité hérite de ce que j'ai dans les gènes.

— Inutile, lâcha le sacrifiable.

— Pourquoi ?

— Nous avons déjà conclu que le meilleur moyen pour nous d'assurer la réussite de la mission était de suivre avec une attention redoublée tout ce qui, dans chaque entremur, attiserait notre curiosité, de par son utilité ou son intérêt manifeste. Ensuite, nous manipulerons les événements pour les voir se développer à leur plein potentiel.

— Manipuler ? Comment ? questionna Ram.

— En étant de vraies mamans pour nos petits humains, conclut le sacrifiable. En attendant de voir si on peut faire quelque chose de vous dans les onze millénaires à venir. »

*

Pour la septième fois d'affilée, Umbo se retrouvait face à lui-même. Et face au même message : « Encore raté. »

Il quitta immédiatement son poste d'observation et entra dans la Banque du premier peuple d'Aressa Sessamo. Miche était là, qui l'attendait devant le bureau du chef des comptes. L'heure était venue de jouer leur va-tout : Miche devait hurler au scandale en accusant les banquiers de lui vider ses comptes pendant qu'Umbo s'infiltrerait pour provoquer un début d'incendie. Dans la confusion, ils fileraient incognito vers la salle des coffres et la pierre. Une fois là-bas, Umbo remonterait le temps jusqu'au moment de son dépôt et la subtiliserait.

Voilà pour le plan. Pas le bon, apparemment...

Umbo grimpa les deux volées de marches qui menaient à la salle d'attente du bureau des comptes. Miche se leva en l'apercevant. Il poussa un soupir de découragement.

Le chef des comptes fit son apparition au même instant. « Un problème de solde, si je ne m'abuse, monsieur ? demanda l'homme avec un sourire.

— L'argent a été retrouvé, débita Umbo.

— Désolé pour le dérangement, ajouta Miche avant de le saluer.

— Pas si vite, les retint l'homme. Cela fait plusieurs semaines que nous observons votre petit manège. Vous préparez un sale coup, mais vous n'avez pas le cran de passer à l'acte. Avant chaque tentative, il arrive je ne sais quoi et lui – il pointa Umbo du doigt – débarque et annule tout.

— C'est une blague ? » s'exclama Miche.

Deux gardes de la ville surgirent par la porte extérieure, bâton en main, prêts à intervenir.

« Veuillez vous rasseoir, je vous prie, les invita le banquier. La Banque du premier peuple d'Aressa Sessamo a jugé plus prudent de clôturer vos comptes.

— La loi oblige pourtant toute "banque du peuple" à... commença Miche.

— Je connais la loi, le coupa l'homme. Rien ne nous oblige à garder les clients suspects. Un conseil privé a avalisé la fermeture de votre compte, après audition de notre plainte.

— Personne ne nous a dit...

— D'où le nom de "privé" », coupa à nouveau le banquier. Il brandissait un document. « J'ai ici une note officielle récapitulant la totalité de vos dépôts chez nous, plus les intérêts, moins le coût de votre surveillance. Ces deux gardes vous conduiront au guichet, où vous sera versé votre reliquat. Ensuite, dehors. La prochaine fois que vous entrerez ici, vous en sortirez menottes aux poignets.

— Écoutez, je ne sais pas ce que vous êtes allés vous imaginer... reprit Miche.

— Assez discuté, conclut l'homme. Les banquiers sont peut-être stupides chez vous, mais pas ici. » Il fit un signe de la main aux gardes, lâcha la note à leurs pieds d'un air pincé et regagna son bureau.

Miche jaugea les gardes de l'œil. Umbo commençait à le connaître : *Ils sont prenables*, se disait-il déjà. C'était oublier un peu vite leurs expériences récentes. Si Miche engageait le combat, Umbo ne tarderait pas à apparaître avec un œil au beurre noir, le suppliant de se retenir.

Le tavernier sembla s'en souvenir. Il jeta à Umbo un regard interrogateur.

« Non, l'avertit Umbo.

— Pourtant je n'ai pas vu… bredouilla Miche.

— Tu ne m'as pas vu parce qu'on ne me laissera plus entrer ici, expliqua Umbo. Surtout si tu fais ce que je crois que tu veux faire. »

Les deux gardes ne pipaient mot mais n'avaient rien perdu de l'invitation tacite de Miche à se caresser les côtes. Ils firent un pas de côté, impatients de jouer du bâton.

Umbo se pencha, ramassa la note et se faufila entre eux. « Allez viens, *Papa* ! » Son ton laissait peu de doute sur ce « papa »-là : « idiot » aurait tout aussi bien fait l'affaire. Miche grogna et le suivit entre les gardes. La tension était palpable… Umbo le sentit les défier du regard dans son dos, mais aucun bruit de lutte n'éclata – il avait retenu la leçon.

Ils descendirent récupérer leur argent. Bien que cinq fois supérieurs aux intérêts, les « frais » avaient à peine entamé le total.

Le guichetier leur tendit une feuille gribouillée à l'encre noire. « Au fait, notre chef des comptes a fait passer le mot aux autres banques de la ville. Vous n'y êtes plus les bienvenus. La Banque du premier peuple vous remercie de votre confiance. »

Les gardes les accompagnèrent vers la sortie avant de se poster à la porte, chacun d'un côté, aux aguets, fixant les badauds de passage comme autant d'*autres* voleurs potentiels.

En chemin, Umbo se mit à siffloter.

« La ferme », râla Miche.

Umbo siffla plus fort, puis esquissa quelques pas de danse.

« Il était très bien ce plan ! Pourquoi il n'a pas fonctionné ? Tu pourrais au moins t'expliquer, quand tu reviens ! Toujours tes petits messages désagréables...

— Impossible, lança Umbo. Je ne suis pas tout seul dans le futur, il y a du monde autour. Il faut que je fasse vite et simple, pas le choix.

— Dis plutôt que tu t'es défilé, oui. Tu n'as reçu aucun message, je suis sûr, tempêta Miche avec la mine des mauvais jours.

— Réfléchis une seconde, continua Umbo. Le banquier nous attendait. Ils nous espionnaient. On courait à la catastrophe.

— Alors pourquoi ne pas être revenu directement à l'auberge, nous prévenir qu'*aucun* plan ne marcherait ?

— Tu aurais cru un message pareil, toi ?

— Non, concéda Miche. Mais on aurait gagné du temps.

— On ne sait même pas avec certitude si la... chose... est toujours dans cette pièce forte, souffla Umbo. Ils ont pu la changer de place. Si seulement Rigg était...

— Rigg n'est pas, l'arrêta Miche. Ouvre les yeux.

— Non, mais si nous...

— Mais si rien du tout.

— Mais si », les salua Rigg.

Umbo regarda sur sa gauche... Rigg ! Là, marchant à côté d'eux comme si de rien n'était, en plein jour. « L'oreille droite de Silbom ! s'étouffa Umbo.

— Ananso-wok-wok ! » s'exclama Miche. Ou quelque chose comme ça.

« Très discret, commenta Rigg. Si avec ça on n'est pas repérés... »

Rigg n'avait pas tort – en la circonstance, la plus grande retenue était de mise. Sauf qu'Umbo, trop content de revoir leur ami parmi eux et visiblement sorti d'affaire, affichait le plus large sourire du quartier.

« Pourquoi toujours l'oreille *droite* de Silbom ? marmonna Miche.

— Par ici, c'est "le coude *gauche* de Ram", nota Rigg.

— À l'armée y avait pas d'oreille de machin ni de coude de truc, grommela Miche.

— Tu es libre ? s'assura Umbo. Ou tu as la moitié de la ville aux fesses ?

— Je suis de sortie. Ma "prison" est truffée de passages dérobés, dont certains débouchent à l'air libre. Tout le monde me croit dedans, je ne vais pas traîner. Je suis tombé par hasard sur vos traces. À ce propos... vous n'aviez pas dans l'idée de faire quelque chose d'aussi courageux qu'inutile, n'est-ce pas ? Récupérer une certaine pierre, par exemple ?

— On voulait juste compléter notre collection, expliqua Miche.

— Les dix-neuf nous seront peut-être utiles un jour, avança Rigg, pour une raison ou pour une autre. Mais en attendant, et malgré des heures passées dans les livres, je n'ai rien découvert à propos de *dix-neuf* pierres.

— On n'a rien envisagé de mieux pour t'aider, confia Umbo. On a bien essayé de te retrouver, mais pour ça il a fallu poser quelques questions... les gens ont commencé à se méfier.

— De quoi ? Avant de conclure que vous étiez là pour organiser mon évasion... s'étonna Rigg.

— Je crois qu'ils nous ont surtout pris pour deux queuneux venus te tondre les cheveux, te déshabiller ou le saint Voyageur sait quoi, reprit Miche. Apparemment, plus personne ne s'amuse à ça ici. D'après ce qu'on a cru comprendre, les gens sont plutôt occupés à parler de toi. Tu es le sujet à la mode en ville.

— Dans le monde, rectifia Umbo.

— Disons dans l'entremur, trancha Rigg. Laissez-moi deviner : une foule de gens veut me mettre sur le trône, une foule d'autres préférerait voir ma mère ou ma sœur couronnées dans la Tente de Lumière et moi mort, d'autres encore veulent en finir une bonne fois pour toutes avec la royauté et les derniers n'ont rien contre la famille royale, tant qu'elle croupit en prison et reste à disposition des citoyens en manque de divertissement. Ah, oui, j'oubliais : les mamans. Elles aimeraient savoir ce que je porte, pour habiller leurs enfants.

— Tu as à peu près fait le tour, résuma Miche.

— Et toi, Umbo, tes voyages dans le temps ? s'enquit Rigg.

— Je maîtrise, débita Umbo. Sinon, nous n'aurions jamais reçu nos messages à O.

— Pas forcément, fit observer Rigg. Il ne vous aura pas échappé qu'une fois délivrés les messages n'ont plus besoin de l'être.

— Oui, on a remarqué, soupira Miche. Mais ce truc me dépasse, c'est à n'y rien comprendre.

— Imagine un labyrinthe sur une feuille de papier, lança Rigg. Tu le parcours avec ton crayon mais te heurtes à une impasse. Il te suffit de remonter à la mauvaise bifurcation. Tu n'as pas besoin de *continuer* sur la mauvaise voie, tu peux choisir une nouvelle direction.

— Le temps n'est pas un labyrinthe, le contra Miche.

— Et pourtant si, lui assura Rigg.

— C'est quoi un labyrinthe ? » s'interposa Umbo. Il détestait être largué dans les conversations.

« Et toi, tu as réussi à faire comme Umbo ? l'interrogea Miche.

— J'ai frôlé la rupture d'anévrisme, avoua Rigg. Échec complet, sur toute la ligne.

— Si ça peut te rassurer, toujours pas de traces pour moi, indiqua Umbo.

— Mais ce n'est pas bien grave, tempéra Rigg. Tant qu'on est ensemble, tu peux me prendre avec toi dans ton... ton décalage temporel... c'est comme ça que tu l'appelles ? Et dans le futur, tu arrives à y aller ?

— Qui n'y arrive pas ? intervint Miche. Toutes les secondes, hop, on avance d'une seconde.

— Ma sœur y arrive, sérieusement, poursuivit Rigg.

— Elle voit l'avenir ? demanda Umbo.

— Non, rien d'aussi utile. Elle saute de fraction de seconde en fraction de seconde. Très lentement, mais tout en restant invisible. »

Miche secoua la tête, désespéré. « C'était si facile, pourtant. Il me suffisait de prendre votre argent et de laisser les bateliers vous balancer à l'eau.

— On a le même sang, elle et moi, poursuivit Rigg. Qu'elle puisse aussi jouer avec le temps paraît logique.

— Je te jure que non, se désola Miche.

— Et moi ? les interrompit Umbo. Je ne suis ni ton frère ni de ta famille. Et personne dans la mienne ne sait faire ce genre de truc.

— Pourtant, Père avait senti ça en toi, rappela Rigg. Comment savait-il ?

— C'est moi qui le lui ai dit, souffla Umbo.

— Bien sûr. Un matin, tu l'as croisé, et tu lui as dit : "Ah, au fait, je ralentis le temps."

— Il savait, c'est tout. C'était... ton père.

— Non, contesta Rigg. Mon père, aux dernières nouvelles, s'appelait Knosso Sissamik. Un grand homme lui aussi. Un penseur, mais qui a également *fait* des choses.

— Une question me turlupine, coupa Miche. On fait quoi ici au juste, Umbo et moi ? Tu te fiches de la pierre, tu sors et tu rentres quand tu veux de ta prison...

— Pas quand je veux, rectifia Rigg. Je n'avais jamais pu avant aujourd'hui. Jamais. Sans vos traces, je n'aurais même pas essayé. Et qui sait ce qui m'attend à mon retour.

— Ton retour ? s'exclama Miche. Parce que tu comptes y retourner ?

— Mère et Param m'attendent.

— Param ? hésita Umbo.

— Ma sœur, traduisit Rigg.

— Elles se débrouillaient très bien sans toi, nota Miche. Qu'est-ce que tu leur dois ?

— Et toi, que dois-tu à Flaque ? répliqua Rigg, piqué au vif.

— De m'avoir sauvé et accompagné presque toute ma vie, argumenta Miche. Tu connais ta sœur depuis combien, vingt minutes ?

— Si tu refuses de m'aider quand j'en ai besoin, moi aussi je me demande ce que tu fais là !

— Dis-nous en quoi on peut t'aider, intervint Umbo pour calmer le jeu.

— Les choses commencent à bouger, ici, déclara Rigg. J'ignore encore ce que ça signifie, mais les espions ne nous lâchent plus. Ils multiplient les réunions – avec de plus en plus de monde. Des gens de tous les bords.

— Des espions ? s'étouffa Miche.

— Je ne connais pas leur identité, je n'ai vu que leurs traces. Jusqu'à peu, elles remontaient à des membres du Conseil. Mais une tête connue a refait surface : le Général Citoyen.

— Qui ? demanda Umbo.

— L'officier qui nous a arrêtés. »

Miche pila net au milieu de la rue. Ceux de derrière ne purent l'éviter mais s'excusèrent sans demander leur reste en voyant sa taille, l'épaisseur de ses bras et son humeur massacrante. « Ça ne nous dit *toujours pas* comment t'aider ! fulminait-il.

— Param a peur…

— Pas une réponse ! s'étrangla Miche.

— On nous regarde… » fit Umbo d'une toute petite voix.

Miche continuait à foudroyer Rigg du regard.

« Je m'évade d'ici. J'emmène Param. On va vers le Mur.

— Je le connais, le Mur, parvint à se maîtriser Miche. Il n'y a rien là-bas.

— On va le traverser, continua Rigg. Tous ensemble.

— Sans façon, l'arrêta Miche.

— Soit, dit Rigg. Moi j'y vais. Param aussi. On ne nous laissera tranquilles nulle part dans cet entremur. Et j'ai besoin d'Umbo. Sans lui, on ne passera pas. »

Umbo n'était pas sûr de se réjouir de cette nouvelle. « C'est de *moi* que tu as besoin, ou de ma capacité à ralentir le temps ? »

Rigg leva les yeux au ciel. « Écoute, tu as un don, j'ai un don, très bien. Mais nous deux, on est toujours les mêmes.

— Donc tu voudrais bien de moi, même si je ne te servais à rien ? » se rassura Umbo. Il avait honte de poser une question aussi pathétique, mais il fallait qu'il sache.

« Si ton pouvoir peut me sauver la vie et que tu refuses de l'utiliser, ça fait toujours de toi mon ami ? s'emporta Rigg.

— Je ne refuse pas…

— Rigg, ça, ça nous manquait, intervint Miche. À peine de retour et déjà brouillé avec nous deux !

— Je ne suis brouillé avec personne, souffla Rigg en tentant de reprendre ses esprits. J'ai survécu au jour le jour, et j'ai réfléchi au meilleur moyen de subsister encore quelque temps. Je refuse de me ranger dans un camp ou un autre. La restauration de l'Empire Sessamide ne m'intéresse pas, le diriger, encore moins. Je veux juste traverser ce Mur… en vie si possible, et accompagné de ma sœur et de ma mère.

— Ça fait beaucoup de "je", nota Umbo.

— Mais c'est vous qui demandez comment m'aider ! se défendit Rigg. Vous avez votre réponse !

— Alors, pour commencer, l'invita Miche, tu pourrais te décaler légèrement sur le côté et te faire un peu plus discret.

— C'est toi qui t'es arrêté au milieu… » débita Rigg avant de noter le ton blagueur de Miche. Enfin, *visiblement* blagueur.

Rigg tourna les talons et s'éloigna.

Umbo le rattrapa en courant. « Tu vas où ?

— Loin d'ici, répondit Rigg, véhément.

— Je peux venir avec toi ? s'enquit Umbo.

— J'espère, poursuivit Rigg, parce que j'ai besoin de te parler et de ton aide.

— C'est quoi, la prochaine étape ?

— Votre auberge, indiqua Rigg.

— Tu sais où elle est ? »

Rigg s'arrêta et regarda Umbo comme s'il avait affaire à un demeuré. « C'est moi. Tu sais, celui qui voit les traces. Donc oui, je sais. » Il reprit sa route. Droit vers l'auberge, nota cette fois Umbo.

« Elle est comment, ta sœur ? continua à le questionner Umbo.

— Invisible », lâcha Rigg.

Il y eut un blanc. « Tu es encore énervé ? hésita Umbo.

— J'ai peur, confia Rigg. De complets inconnus veulent ma mort.

— Si ça peut te consoler, lança Miche revenu à leur hauteur, pendant une minute, tout à l'heure, je crois avoir compris pourquoi. »

Tout près de l'auberge, Miche les arrêta. « La banque nous a fait filer. Ils connaissent sûrement l'endroit. Ils peuvent remonter jusqu'à toi. N'oublions pas qu'on est toujours en cavale.

— Et que Rigg est le seul prince de la maison royale encore en vie, ajouta Umbo.

— Personne ne sait à quoi je ressemble.

— Et les espions ? rétorqua Miche. Ils ont vu ton visage. Et toi, tu as vu les leurs ?

— Non, seulement leurs traces, admit Rigg. Et il n'y en a aucune dans les parages.

— Je me sentirais plus rassuré ailleurs. »

Miche poussa la porte d'une petite échoppe de nouilles. Umbo et Rigg lui emboîtèrent le pas. « Surtout, évitez la viande. Dans ce genre d'endroit, c'en est rarement.

— Hé, tu aurais pu prévenir avant ! s'exclama Umbo.

— La dernière fois que tu as mangé de l'agneau, tu es resté plié en deux pendant deux jours. Ça me paraissait suffisant, comme avertissement.

— C'était quoi, d'après toi ? s'inquiéta Umbo.

— Reprends-en et essaie de deviner », suggéra Miche, que la chose semblait beaucoup amuser.

Ils prirent place au comptoir et avalèrent un bouillon de nouilles poivrées. Umbo préféra un poulet oignon radis à l'agneau, et ne regretta pas.

« Je ne pars pas sans ma sœur, indiqua Rigg calmement entre deux cuillerées.

— Ça ne nous concerne pas, indiqua Miche. On n'a aucun moyen d'entrer chez toi. Ni même d'approcher.

— Le Général C. prépare un coup, je le sens, ajouta Rigg. Si seulement je savais pour qui il roule.

— Peu importe, dit Umbo. Un petit conseil, évite-le comme la peste.

— J'aimerais quand même savoir s'il en a après moi ou ma sœur.

— Et si celle qui tirait les ficelles dans l'histoire, c'était ta mère ? C'est une possibilité, observa Miche.

— Tout le monde tire un bout, déclara Rigg. Ce n'est pas impossible. Mais peu probable : à mon avis, elle aspire juste à un peu de tranquillité.

— Elle vit donc dans une maison luxueuse, où elle reçoit les grands de ce monde, logique, remarqua Miche.

— Elle ne reçoit personne.

— Ce n'est pas ce que l'on raconte. Tout ce que l'entremur compte de gens influents défile chez Flacommo, poursuivit Miche. Et ta mère serait à la tête de tout ce beau monde.

— Crois-moi, affirma Rigg, je n'ai pas eu cette impression, vu de l'intérieur. Certes, elle reçoit des visiteurs, mais jamais seule. Il y a toujours quelqu'un, sauf quand elle est avec ma sœur.

— Et alors ? les interrompit Umbo. Et alors, qu'est-ce que ça change, je veux dire ? Tu disais te foutre éperdument des intrigues, des conspirations, des complots, et avoir juste envie de partir.

— C'est le cas, confirma Rigg.

— Alors qu'est-ce qu'on attend ? Va rejoindre ta mère et ta sœur, fais-les sortir et partons !

— Ce n'est pas aussi simple, tempéra Rigg.

— Si, ça l'est, insista Umbo. À moins que tu n'aimes trop être dans la... famille des patrons. Faire partie de ceux qui comptent, ça te plaît. Tu n'as pas vraiment envie de partir en fait. »

Rigg réfléchit une seconde à un moyen de lui rabattre le caquet mais se ravisa. « Oui, tu as raison. Je me plais ici. La nourriture est... fantastique.

— Et les gens, célèbres, bien éduqués.

— J'ai rencontré quelques personnes intéressantes, c'est vrai, admit Rigg.

— Et la bibliothèque ? Tu as dit y avoir passé le plus clair de ton temps.

— La bibliothèque, c'est mon deuxième Père. Elle est comme lui, omnisciente, même si je n'ai pas encore réussi à lui faire dire tout ce que j'avais envie de savoir.

— Nous aussi, on a appris des trucs ! s'exclama Umbo. Je peux retourner au jour que je veux dans le passé maintenant. Pour remonter de quelques jours, il me faut deux à trois minutes maximum. Pour quelques mois c'est plus dur. Un an, je n'ai même pas essayé. Mais quand même. »

Rigg semblait épaté. « Ce n'était pas trop dur ? De réussir à viser juste.

— Si ! répondirent en chœur Umbo et Miche.

— On a passé quelques mois délicats, ajouta Miche.

— Je ne peux retrouver que ceux qui sont restés à un endroit donné – mais il faut que je connaisse l'endroit et que j'y aille.

— Ton pouvoir est plus puissant que le mien, Umbo, dit Rigg, crois-moi. La moins chanceuse de nous trois est tout de même ma sœur. Enfin, elle peut quand même disparaître quand elle veut. Et quand elle le fait, elle vieillit moins vite ; elle ne vit pas au même rythme que les autres quand elle… tu vois quoi. »

La serveuse ne semblait leur prêter aucune attention, pas plus que les autres clients d'ailleurs. Mais quand bien même – les murs pouvaient avoir des oreilles. Autant leur servir des propos un peu vaseux.

« Par contre, elle avance au ralenti, continua Rigg. Comme si elle était à moitié gelée. C'est dangereux pour elle. Si quelqu'un la traverse sans le savoir, elle… a mal. Pareil quand elle traverse un objet solide, ça la brûle.

— Autant éviter, alors, déclara Miche.

— Elle évite, confirma Rigg. Là où je veux en venir, c'est que son don est moins utile qu'on pourrait le croire. J'ai une question importante, Umbo. Tu n'as eu aucun mal à me projeter, moi, dans le passé, sans même me toucher. Est-ce que ça marche avec tout le monde ? Tu as essayé avec Miche ?

— C'est plus dur, confia Umbo. Enfin… plus dur, plus éprouvant disons. Mentalement et physiquement.

— Vous avez essayé quand ? interrogea Rigg.

— Quand on est partis se vol… reprendre la… l'article, bégaya Miche, il m'a emmené. Il a réussi.

— *Vous* reprendre ? s'étonna Rigg. C'était quoi l'idée ?

— Demande au petit plaisantin, c'était la sienne, rétorqua Miche. Il t'expliquera.

— Tu n'as pas dit non ! se défendit Umbo.

— Il faut qu'on essaie un truc, poursuivit Rigg. Quand tu as projeté ta… chose… sur moi, pour que je puisse voir les gens du passé, j'y suis allé seul.

— Je ne savais pas encore le faire pour moi, expliqua Umbo.

— Et si on essayait avec nous trois ? Tu nous ralentis tous, et moi, j'essaie de prendre le relais pour nous projeter loin en arrière. Très loin.

— Loin comment ? Plusieurs siècles, comme pour la dague ?

— Plusieurs millénaires », annonça Rigg.

Miche se pencha vers Umbo. « Ça veut dire des milliers de...

— Merci, je sais ce que ça veut dire, le coupa Umbo. Tu as une date en tête ?

— Oui, indiqua Rigg. Il y a onze mille deux cents ans. »

Umbo et Miche restèrent interdits sur leur chaise, l'esprit probablement à des milliers d'années de là.

« Avant l'An Zéro, calcula Miche.

— Avant l'arrivée de l'homme sur cette planète », compléta Rigg.

Umbo avait le cerveau en ébullition. « Tu es en train de nous dire qu'on n'est *pas d'ici* ?

— Quand on aura plus de temps, dit Rigg. J'ai beaucoup de choses à vous expliquer – des choses que j'ai apprises à la bibliothèque, auprès des savants, grâce aux recherches de Père Knosso. Et même d'un garde qui a servi un temps comme assistant à ses côtés, Olivenko.

— Tu fais confiance à un garde ? s'exclama Miche.

— Tu ne le connais pas, moi si, ne perdons pas de temps avec ça, coupa Rigg. Je dois retourner chez Flacommo, et vite. S'ils remarquent mon absence, je vais avoir du mal à me justifier. Je vous ai retrouvés pour qu'on essaie de voyager ensemble.

— Eh bien, essayons ! » lança Umbo.

Rigg se leva. Miche posa la main sur son épaule et le fit se rasseoir. « Tu vas où, comme ça ?

— Là où on aura un peu d'intimité, répondit Rigg.

— Ici, c'est bien, poursuivit Miche. Quand on voyage, on ne quitte pas le présent pour autant, non ? On se retrouve juste à deux endroits en même temps.

— Oui, confirma Rigg. C'est du moins ce que j'ai ressenti quand Umbo m'a projeté seul dans le passé.

— Dans ce cas, choisis la plus vieille trace possible et voyons ce qu'Umbo peut en faire.

— Mais cet endroit n'est pas très vieux – imagine qu'il n'y ait pas de tabourets, hésita Rigg.

— Si nos fesses restent ici, poursuivit Miche, je ne pense pas qu'on se retrouve le derrière dans la boue ou je ne sais quoi. »

Rigg acquiesça. « Très bien, Umbo. Tiens-toi prêt, j'ai une trace. Tu peux nous ralentir. » Ils s'accrochèrent à leurs bols de nouilles tous les trois. Rigg projeta son regard au loin, vers le bas. Il semblait viser quelque chose, mais quoi…

C'était une première pour Umbo. Jamais il n'avait essayé de ralentir deux autres personnes, en plus de lui. Il lui fallut redoubler de concentration. C'était comme s'ils se tenaient la main : Rigg le tirait, et lui tirait Miche. Rigg l'emportait dans un passé lointain, plus loin qu'Umbo n'avait jamais osé retourner. Comme ce jour où son père l'avait fait monter sur le canasson d'un colporteur, et que la bête l'avait embarqué sur son dos sur plusieurs centaines de mètres. Umbo crut perdre le contact à plusieurs reprises, il sentait Miche glisser. Mais, après quelques secondes, il rattrapait à nouveau ses deux compagnons.

L'échoppe avait disparu – même s'il était conscient d'être toujours assis sur *quelque chose*. En fait, tout avait disparu : la ville, les bâtiments. Un marais s'étendait à perte de vue et, au milieu des roseaux, apparut une barque, qu'un pêcheur manœuvrait délicatement à la perche.

L'homme et son embarcation voguaient loin en contrebas, comme si Umbo s'était tenu au sommet d'une colline, pas sur un tabouret dans une taverne. Le sol avait été surélevé de plusieurs dizaines de mètres pour bâtir Aressa Sessamo haut au-dessus du delta.

Rigg soupira. « Vous les voyez ? Le bateau ? Les roseaux, l'eau ? »

Dans le silence des marais, en ce milieu d'après-midi, l'homme sembla les entendre. Il leva les yeux et posa son regard sur eux. Quelle vision étrange, un homme et deux adolescents assis dans les airs, un bol dans les mains.

Le pêcheur en sursauta et tomba cul par-dessus tête dans le marais.

Umbo perdit Rigg et Miche. Il se laissa aspirer par le présent. Il se sentait pris de vertige. Vidé mentalement.

« Un temps où Aressa Sessamo n'existait pas encore, chuchota Miche.

— Ce n'est pas la plus vieille ville de l'entremur, indiqua Rigg. Ses premiers bâtiments ont été construits à plus de dix kilomètres d'ici. Les inondations successives ont repoussé la ville par ici.

— On n'a pas été très sympas avec ce pauvre homme, grimaça Umbo.

— Il a juste pris un bon bain... il s'en remettra, sourit Miche.

— Trois silhouettes en l'air en train de manger des nouilles, ajouta Rigg avant de s'étrangler de rire. Quel étrange message envoyé par les *saints* ! Vous croyez qu'ils ont édifié un temple à notre effigie ? Les "Trois Mangeurs de nouilles". » Rigg n'en pouvait plus de rigoler. La serveuse lui jeta un regard noir.

« Vous avez vu comme il était bas ! s'exclama Umbo.

— Au niveau d'origine du delta, indiqua Miche.

— Les bâtisseurs de la ville ont dû déverser ici des tonnes et des tonnes de terre pour former un tel talus, avança Rigg.

— Ils n'ont pas eu besoin de le faire, indiqua Miche. La rivière s'en est chargée. Le limon charrié a créé une première île, sur laquelle est née la ville. Chaque année, après les inondations, les canaux obstrués étaient dragués pour pouvoir faire passer les bateaux, et les sédiments servaient à consolider les berges. Année après année, l'île a gagné du terrain et de la hauteur.

— Ce qui explique toutes ces galeries souterraines, ajouta Rigg, malgré le delta tout autour. »

Umbo leva les yeux et aperçut quelque chose au mur. Il secoua Rigg par le bras et reporta son regard sur une petite étagère, clouée tout en haut du mur. Une statue y était posée. Un homme et deux enfants, un bol de nouilles à la main.

Rigg murmura. « Le coude gauche de Ram. »

Miche se cacha le visage des deux mains. « *Nous* sommes à l'origine des Mangeurs de nouilles.

— Jamais entendu parler de cette histoire, dit Umbo.

— Ce batelier qui nous regardait... ça sautait aux yeux pourtant. Comment ai-je pu passer à côté ? se désola Miche.

— Ça n'était pas encore arrivé, le consola Rigg. Je ne me souviens toujours pas d'une telle légende, mais... il semble qu'à chacun de nos actes dans le passé nous faisons naître une nouvelle légende.

— La fertilité de la terre, murmura Umbo, alors que des "souvenirs" de la légende des Mangeurs de nouilles commençaient à lui revenir, comme ceux du saint

Voyageur au sanctuaire, à l'aube de leur périple. Le symbole d'une abondante récolte, je me souviens maintenant, souffla-t-il.

— Cette légende, c'était nous... chuchota Miche. Combien d'autres ne sont en fait... que nous ?

— Toutes, prévint Rigg, si on continue comme ça. Mais il fallait vérifier qu'on en était capables.

— On y était bien tous les trois ? Miche ? s'enquit Umbo en se tournant vers le tavernier.

— Ce n'était pas clair, hésita Miche. Au début, j'avais beau fixer cet homme, je le distinguais mal.

— Et dès qu'il nous a regardés, tout est devenu net d'un coup. Ça vous a fait pareil ? » poursuivit Umbo.

Miche opina du chef.

« Bien. Mon plan est de remonter avant la construction du Mur, annonça Rigg. Et le traverser. Mais si on est présents dans les deux époques en même temps, que se passera-t-il si l'influence... la force de répulsion du Mur dans le temps présent... que se passera-t-il si nous la ressentons quand même lors de notre traversée ?

— Peut-être sera-t-elle moindre ? supputa Umbo.

— Espérons, reprit Rigg. Ma sœur nous sera utile. Elle nous aidera à disparaître le temps qu'il faut.

— Est-elle capable de... transmettre son talent à d'autres ? questionna Umbo.

— Il a fallu qu'elle me tienne mais, oui, avec moi elle a pu.

— Et moi, je sers à quoi ? grommela Miche.

— À rien pour la traversée, répondit Rigg en secouant la tête. Mais une fois derrière, ton expérience et ton art du combat pourraient bien nous sauver la vie. Père Knosso a pu passer – en état de narcose, sur un bateau à la dérive –, mais à l'arrivée l'attendaient des créatures marines. Elles ont sabordé son embarcation et l'ont noyé.

— Aïe, grimaça Miche. Je n'ai jamais combattu des créatures marines, moi.

— On ne traversera pas au même endroit, indiqua Rigg. Ce qu'il y aura derrière, ce sera la surprise totale. Avec nos pouvoirs, notre bonne volonté et tout ce que tu veux, Umbo, ma sœur et moi, on ne fait pas peur à grand monde. Toi, en revanche, il te suffit de regarder quelqu'un de travers pour lui faire mouiller son pantalon, même les plus coriaces. »

Miche laissa échapper un petit rire. « Que tu crois. Demande à Umbo ce qu'il en pense. On a échappé de peu à quelques bonnes dérouillées.

— Uniquement en grosse infériorité numérique, précisa Umbo.

— Ce qui pourrait très bien nous arriver à peine le Mur franchi, avança Miche.

— Si cela doit arriver, eh bien soit, reprit Rigg. Tout ce que je sais, c'est que ma vie et celles de ma mère et de ma sœur vont vite devenir un enfer si nous n'allons pas là où personne ne pourra nous suivre.

— Ta mère… elle aussi a un… truc ? marmonna Umbo.

— Si c'est le cas, elle me l'a bien caché, répondit Rigg.

— Bon, et si on ne se plaît pas chez les voisins, on fait quoi, on rentre ? questionna Miche.

— Tu as stationné au Mur étant soldat, poursuivit Rigg. Tu as vu… quelqu'un, ou quelque chose, de l'autre côté ?

— Moi ? Non, l'informa Miche. Mais des histoires circulent…

— Des histoires effrayantes ? s'enquit Umbo.

— Des histoires, éluda Miche. De celles que les gens aiment entendre et raconter. Comme… “Mon ami a vu un homme derrière le Mur qui allumait un feu. Ensuite, il a versé de l'eau dessus, pour l'éteindre. Il a piétiné les cendres mouillées puis pointé mon ami du doigt, trois fois, en une sorte d'avertissement. Le lendemain, sa maison partait en fumée.”

— Ça arrive toujours à un “ami”, nota Rigg.

— Ou à un ami d'ami, renchérit Umbo.

— En même temps, quand on repense à ce qu'on a fait, ou plutôt à ce que *tu* as fait…

— Tu étais là, rappela Umbo.

— Tout semble possible.

— Tes histoires, reprit Umbo, elles ne mentionnent rien de bizarre ? Je ne sais pas… des gens qui mangent des bébés… ce genre de choses ?

— Non, dit Miche. Et pourquoi des cannibales seraient-ils venus au Mur ? Pour nous déballer leur pique-nique sous le nez ? Et à moins qu'ils soient immunisés contre ses effets, eux aussi ont intérêt à s'en tenir éloignés. Pas besoin de s'approcher bien près pour les ressentir. Le Mur te fait faire immédiatement demi-tour, tu ne peux pas lutter, même à deux kilomètres.

— Quand sais-tu que tu es à deux kilomètres ? demanda Rigg.

— L'air environnant, expliqua Miche, il se met à miroiter. Comme des vagues de chaleur, mais plus net, presque étincelant. Il faut bien se concentrer, rester immobile, mais on peut le voir.

— Bon… on est d'accord, on essaie ? trancha Rigg. J'ai besoin de vous tous.

— Déjà que j'en ai bavé pour vous projeter tous les deux, intervint Umbo. Alors avec ta mère et ta sœur…

— Sans oublier ton fidèle garde, ajouta Miche.

— Et une armée de fous furieux aux trousses, renchérit Rigg. Je sais, ça ne va pas être facile. Moi aussi j'en ai bavé – même si le plus gros du travail sera pour toi, Umbo. Je ne m'étais jamais senti si lourd, comme si je traînais un poids mort. J'ai failli perdre la trace plus d'une fois. Dire qu'il va falloir faire tout ça en courant…

— Ah oui, j'avais oublié ce détail, soupira Umbo.

— On peut encore s'entraîner, ajouta Rigg. Il nous reste un peu de temps avant l'évasion.

— Comment ? En… choisissant au hasard des inconnus à projeter dans le passé ?

— Pourquoi pas ? s'exclama Rigg. Ils n'y verront que du feu. Et s'ils racontent ce qu'ils ont vu, on les prendra pour des fous.

— C'est pas faux, approuva Umbo. Mais si je peux éviter de leur faire subir ça…

— Alors ne le fais pas, trancha Rigg.

— Ou alors seulement un petit saut de quelques jours ?

— Fini avec les nouilles ? » La serveuse, en bout de table, attendait une réponse. Umbo ne l'avait même pas vue arriver. À en juger par leur tête, Rigg et Miche non plus. Bravo pour la vigilance.

« Oui, répondit Miche.

— Alors merci de libérer la place. Vous n'êtes pas seuls », les pressa-t-elle en pointant l'entrée du menton.

Umbo tourna la tête. Des gens attendaient à la porte.

« Désolé, s'excusa Rigg. Nous n'avions pas vu.

— Vous aviez plutôt l'air en train de comploter contre le Conseil, leur dit la jeune femme avec un sourire.

— Non, pas du tout, les défendit Umbo.

— Elle rigolait, déclara Miche.

— Possible », murmura Rigg.

Ils s'éclipsèrent à la queue leu leu sous les regards assassins des clients.

« Je dois rentrer, annonça Rigg une fois dehors.

— Je n'ai toujours pas compris pourquoi on ne partait pas maintenant, déclara Miche. Rentre et ramène ta sœur et ta mère avant qu'il n'y ait une vraie urgence. On est à peu près tranquilles, profitons-en. »

Rigg sembla mal à l'aise. « Je ne peux pas.

— Pour quelle raison ? chercha à comprendre Miche.

— Parce qu'elles ne me suivront pas, expliqua Rigg. Pas tant qu'elles ne seront pas sous la menace d'un danger réel. Mes avertissements ne suffisent pas.

— Elles ne te font pas encore confiance, comprit Miche.

— Ce n'est pas ça, poursuivit Rigg. Elles ne me prennent pas pour un traître non plus. C'est juste que, pour elles, je manque encore de... stature.

— Oh, je vois, dit Miche. Elles te trouvent un peu tendre.

— Nous aussi on te trouve un peu tendre. Si on t'a suivi, c'est juste parce qu'on était à sec, renchérit Umbo.

— Ça fait plaisir, dit Rigg.

— Umbo soulève quand même un point important, nota Miche. On s'est habitués à faire comme si tu devais endosser toutes les responsabilités – c'était *ton* argent, la volonté de *ton* père, ça nous paraissait logique.

— En attendant, c'est moi qui dois m'échapper de cet entremur.

— C'est là que je veux en venir, continua Miche. Et si, Umbo et moi, on restait ici, de ce côté, pendant qu'il projette son pouvoir sur toi à distance, le temps que tu traverses ?

— Je ne sais pas... tu penses pouvoir faire ça ? demanda Rigg à Umbo.

— Franchement, aucune idée, déclara Umbo.

— Je ne m'estime ni responsable de vous, ni en droit de décider pour vous, continua Rigg. Vous êtes mes seuls amis, j'espérais que vous viendriez au nom de notre amitié. Et aussi, parce que j'ai peur de ce que je pourrais trouver derrière. Père Knosso n'y a pas survécu.

— Tu nous demandes de te suivre pour mourir avec toi ? Sympa.

— Non, pour augmenter nos chances de réussite. Si je vous laisse derrière, et qu'on a le Général C. ou qui que ce soit au train, vous pensez qu'ils vous donneront un blanc-seing pour avoir organisé la fuite de la famille royale ?

— Je réfléchissais à haute voix, poursuivit Miche. Tu peux compter sur nous. Mais que les choses soient bien claires : tu n'es pas notre chef, on n'est pas à tes ordres, alors n'attends rien de nous. Surtout pour prendre un tel risque.

— J'en suis conscient, le rassura Rigg. Même si moi, je le prendrais pour vous.

— Vraiment ? demanda Miche. Je demande à voir ! »

Rigg était-il en colère ou triste ? Umbo n'aurait su le dire ; son visage restait impassible. Il finit par briser le silence. « Le jour où l'occasion se présentera, si elle se présente, j'espère pouvoir vous prouver ma loyauté, comme vous m'avez prouvé la vôtre.

— J'espère aussi, souligna Miche. Mais je vais te dire une chose. J'en ai vu, des batailles : tant que les premiers ne sont pas tombés, impossible de savoir qui de tes compagnons fera front jusqu'au bout, et qui détalera comme un couard. On t'a suivi ici de notre plein gré. D'abord pour que tu récupères ton dû, ensuite pour t'aider à t'échapper et te sauver la vie si certains ont dans l'idée de te tuer.

— C'est bien leur intention.

— On est prêts à se jeter dans la gueule du loup pour toi. J'aimerais juste m'assurer que c'est réciproque. »

Umbo détestait cette conversation. « Bien sûr, enfin ! lança-t-il à Miche.

— Dans la panique, il n'y a plus de "bien sûr" qui tienne, rétorqua Miche. La vérité, elle est sur le terrain. Et le tien, de terrain, jusqu'à présent, c'était les salons feutrés de la haute société, et tu t'en es tiré avec les honneurs, voire plus. Mais quand tu auras une lame sous la gorge, et que la mort te regardera droit dans les yeux, qu'est-ce que tu feras ?

— Comment veux-tu que je sache ? éluda Rigg. Je sais ce qu'il faudrait faire. Mais comme tu dis, de là à le faire...

— Bien, déclara Miche. Si c'est clair pour toi, alors c'est bon pour moi.

— Et si j'avais juré de ne jamais te lâcher, quoi qu'il advienne, qu'aurais-tu dit ?

— Que tu pouvais compter sur moi. Mais j'aurais continué à douter. Maintenant, je me dis que ça vaut la peine d'essayer, parce que tu as compris au moins une chose. »

Ils approchaient des beaux quartiers. Les passants se faisaient plus rares mais étaient mieux habillés. On y croisait quelques chevaux, parfois un carrosse.

« On s'aventure rarement aussi loin, indiqua Umbo. Si on peut éviter les gardes...

— Je comprends, déclara Rigg.

— Tu n'as pas l'air inquiet... s'étonna Umbo. Tu as d'autres habits ?

— Ceux-ci feront l'affaire », assura Rigg.

Umbo jeta de nouveau un regard à sa tenue : elle était pourtant quelconque. Absolument pas tape-à-l'œil, et donc parfaite pour se fondre parmi les besogneux des quartiers pauvres, surtout avec un accent de queuneu. Comme Umbo, en quelque sorte.

Mais ici, dans ces quartiers fortunés, quelque chose en Rigg semblait avoir changé. Il paraissait plus grand. Toujours aussi détendu, mais plus sûr de son fait. Imbu d'autorité et de reconnaissance. Impavide. De ce monde. Et lorsqu'il se tenait ainsi, la nuque droite, les gestes calmes et retenus mais néanmoins déliés, ses habits, aussi, semblaient changés. Toujours aussi sobres et modestes, mais parfaits de leurs coutures à leur coupe : taillés à façon, ce qu'ils étaient certainement.

Umbo en vint à se demander lequel de ses deux dons lui était le plus utile : celui de pisteur ou sa capacité de mimétisme, qui lui permettait de transcender les différences sociales.

« Si je peux les convaincre de partir tôt, alors je vous rejoindrai, où que vous soyez, déclara Rigg. Mais si les choses tournent mal, qu'ils essaient de nous tuer ou quoi que ce soit, venez m'attendre ici. Là, dans ce petit parc, dans le renfoncement du mur.

— Le renfoncement ? demanda Umbo.

— Venez, je vous montre. »

Umbo et Miche traversèrent aux côtés de Rigg puis le suivirent à travers les arbres, les bosquets et les fleurs. Deux grands bâtiments bordaient le parc. À la jointure des deux se trouvait une niche, qui semblait toujours attendre la statue qui lui était destinée.

« Juste ici, ça vous va ? pointa Rigg du doigt avant de sauter dans la niche juste assez haute pour lui.

— Je ne vais jamais rentrer là-dedans, grogna Miche.

— Mais si, insista Rigg. C'est moins petit que ça en a l'air.

— Ta tête touche presque, fit observer Miche.

— C'est vrai, nota Rigg, mais j'ai grandi, tu sais. Je fais presque ta taille, maintenant ! »

Umbo le rejoignit d'un bond. Il manqua son coup mais Rigg le rattrapa par le col.

« Bon, même si je tiens, c'est tout seul, conclut Miche.

— Attends, on te fait de la place », répondit Rigg.

Et d'un coup de talon en arrière, il les fit disparaître. Umbo se sentit partir sur la gauche ; la seconde suivante, il était dans le noir complet.

« Hé, qu'est-ce qui se passe ? cria-t-il.

— C'est l'arrivée d'un des passages secrets, expliqua Rigg. Un de ceux de la bibliothèque, pas de chez Flacommo. Mais depuis la bibliothèque, on peut rejoindre sa maison via un des regards dans la conduite d'évacuation.

— J'ai peur du noir. »

D'un autre coup de talon, Rigg les fit à nouveau pivoter, vers la lumière du jour. Visiblement, le tour de passe-passe n'avait pas plu à Miche. « C'est malin, leur lança-t-il du sol, énervé.

— Personne ne regardait, le rassura Rigg.

— Que tu crois, continua Miche.

— J'en suis sûr, Miche, insista Rigg. J'ai bien repéré les traces, on est tranquilles. Moi aussi j'ai travaillé, tu sais, pour mieux maîtriser ce que je fais. Ce passage n'a pas été utilisé depuis des années. En cas d'imprévu, c'est ici que je viendrai avec Mère et Param. On vous attendra dans l'obscurité. Quelques heures, pas plus. Je vous sentirai arriver. Si je ne sens rien, on se débrouillera pour sortir seuls de la ville.

— Donc, notre mission, comprit Miche, est de trouver un moyen de vous sortir d'ici et de la ville.

— Tout ce que je sais, continua Rigg, c'est qu'après ma petite excursion d'aujourd'hui, la prochaine fois que je quitterai la maison, ce sera pour de bon.

— Et si on se déguisait en filles ? » suggéra Umbo.

Miche et Rigg se tournèrent vers lui.

« Ils vont te rechercher, toi et Param. Un garçon et une fille. Donc s'ils croisent *trois filles* ? Toi et moi on n'a pas un poil au menton, c'est jouable.

— Non, intervint Miche. Tu n'as jamais vu une seule émeute. Même avec moi comme garde du corps, les filles ne sont pas en sécurité. Mais c'était une bonne idée. Ta sœur et ta mère devraient s'habiller en garçons de ton âge.

— Elles ne vont pas apprécier, pressentit Rigg.

— Elles n'ont pas à *apprécier*. C'est leur vie et la réussite de l'opération qui sont en jeu...

— Je vais essayer de les convaincre, déclara Rigg. Les obliger, par contre, il ne faut pas compter dessus.

— Et n'oublie pas de leur dire de s'habiller ample. Quelque chose qui ne laisse rien paraître de leur féminité. Compris ?

— Compris, indiqua Rigg. Je te l'ai dit, je vais essayer. Mais je ne promets rien... je ne contrôle pas tout non plus.

— Par simple curiosité, poursuivit Miche, tu contrôles quoi, au juste ?

— L'oreille droite de Silbom », lança Rigg.

Et d'un coup d'épaule, il envoya Umbo valser dans les bras de Miche. Le temps que celui-ci le pose au sol et regarde en l'air, Rigg avait disparu.

« Une journée fructueuse, y a pas à dire, marmonna Miche.

— Tout à fait, approuva Umbo.

— Traverser le Mur... L'idée la plus saugrenue que j'aie jamais entendue.

— Ça peut marcher, estima Umbo.

— Ça peut surtout nous rendre fous à lier – du moins jusqu'à ce qu'on se fasse tailler en rondelles par les bouchers à notre poursuite.

— J'aime autant être fou quand ça arrivera », conclut Umbo.

CHAPITRE 9

ÉVASION

« Une dernière requête avant votre plongée dans la stase, déclara le sacrifiable.

— Ce qu'il vous plaira, jusqu'à moitié de mon royaume », accorda Ram.

Le sacrifiable attendit la suite.

« Une référence aux contes de fées. C'est ce que le roi promet toujours au chevalier avant qu'il n'épouse la belle et lui fasse plein d'enfants.

— On peut reprendre sérieusement ? » s'impatienta le sacrifiable.

Ram soupira. « Votre grand-mère serait meilleur public.

— Un rapide examen de la programmation des ordinateurs de bord laisse apparaître une possible complication.

— Je ne suis pas programmateur.

— Non, mais vous êtes humain, et seul un humain peut faire comprendre aux ordinateurs que, en l'absence d'un des vôtres, nos ordres ont valeur de souhait humain. Et qu'ils doivent nous obéir en conséquence.

— Vous êtes plus proches d'eux que moi, non ?

— Plus proches, mais sans lien de subordination direct.

— Qu'est-ce qu'ils pensent de vous ?

— Ils nous prennent pour des périphériques ambulants d'entrée-sortie.

— Et eux, ils sont quoi, pour vous ?

— Des référentiels de données, des systèmes de sauvegarde et des supercalculateurs.

— J'avoue avoir du mal à saisir l'objet de votre demande... s'étonna Ram.

— En l'absence d'autorité clairement définie, on va tourner en rond ! Qui prendra les décisions ?

— Voici ce que je vous propose : chaque ordinateur de bord considérera les ordres des sacrifiables, dans un entremur donné, comme la volonté de la race humaine jusqu'à ce que les humains d'un ou plusieurs entremurs trouvent le moyen de traverser le champ qui les sépare de l'entremur voisin. Une fois ce champ franchi, les sacrifiables et les ordinateurs de bord obéiront, à même niveau hiérarchique, aux humains à l'origine de la traversée.

— Quelle prévoyance, c'est d'un ennui, soupira le sacrifiable.

— Et vous, vous n'êtes pas là pour nous commander, mais pour nous obéir, lui rappela Ram.

— Et pour servir les intérêts de la race humaine, je sais, poursuivit le sacrifiable.

— Intérêts définis par ? Les humains, enfonça Ram. C'est bien clair pour tout le monde ? Vous avez entendu, les ordinateurs de bord ? »

Des murmures s'échappèrent des cloisons. *Oui. Oui. Oui. Oui. Oui.* Dix-neuf oui répétés dans chaque salle des dix-neuf vaisseaux.

« Prenez soin de mes enfants, finit Ram. Ne vous plantez pas sur ce coup-là. »

Ram s'allongea. Le capot de la capsule de stase se referma. Des gaz emplirent la cavité ; bientôt, ses fonctions corporelles tourneraient au ralenti. Une mousse complexe fut ensuite injectée, le soulevant de sa couche, l'enveloppant complètement. Elle absorberait et dissiperait l'énergie générée en cas de perte d'inertie brutale du vaisseau.

Ram dormirait comme une carotte, le cerveau débranché, ses souvenirs rationnels lessivés à mesure de l'extinction de ses synapses. Seule sa mémoire mécanique – lieu de ses automatismes – serait préservée. Il oublierait juste ce qui les déclenchait, jusqu'à ce que l'instantané de son cerveau soit réimprimé dans son crâne à son réveil.

Les sacrifiables avaient « omis » de lui dire une toute petite chose : tout ce qu'il avait vécu depuis le saut serait définitivement perdu. Il se souviendrait juste de l'avoir déclenché, puis de son arrivée dans le Jardin. Entre les deux : rien – à part ce que les sacrifiables voudraient bien lui dire.

*

Le meurtre de Flacommo, paisiblement assoupi sur une chaise dans son jardin, sonna le début de la Restauration monarchique. La matinée avait à peine commencé et Flacommo, fidèle à son habitude, était descendu un livre à la main pour lire quelques pages avant de se replonger sous les couvertures.

Rigg l'avait déjà vu faire, car il se levait lui-même aux aurores pour procéder de bon matin à son « tour des traces » de la maison et de la ville. Ce jour-là, il avait noté qui était présent à la Grande Bibliothèque, que Miche et Umbo ronflaient toujours, qui s'activait déjà en cuisine, où étaient Mère et Param et quels espions avaient pris leur poste dans les murs.

Il vit les huit inconnus s'infiltrer par le portail d'entrée. Le garde les laissa-t-il faire ? Les hommes n'hésitèrent pas beaucoup, en tout cas ; de vrais félins, le pas fluide, silencieux. Oui, le garde était de mèche : sa trace s'éclipsait en moins de deux dans la ville. Il préférait être loin quand la maison connaîtrait ses premiers émois de la journée.

Cette nuit-là, Rigg avait encore changé de chambre, et, cette fois, y avait accédé discrètement par un passage dérobé. Il en sortit en coup de vent par la porte principale puis remonta le couloir à toutes jambes. Il n'y avait pas une minute à perdre. D'abord, prévenir Mère et Param... Ensuite, s'il en avait le temps, le reste de la maisonnée.

Leur chambre n'était jamais verrouillée. Rigg entra sans un bruit et réveilla Param en premier. Ils avaient déjà convenu de l'attitude à adopter dans une telle situation : silence total. Sans un mot, Param quitta sa couche au pied du lit de Mère et sortit dans le couloir.

Une fois la porte refermée, Rigg s'approcha de Mère. Elle ouvrit les yeux en sursaut. « Que se passe-t-il ? bredouilla-t-elle.

— Des intrus dans nos murs, lui annonça Rigg. S'ils sont ici pour vous, il n'y a pas de temps à perdre. »

Mère était debout, une robe déjà passée, parcourant la chambre du regard. « Et Param ?

— En sécurité, la rassura Rigg.

— Bien », dit Mère.

Au même moment, trois traces convergèrent vers Flacommo dans le jardin. L'espace d'une seconde, Rigg crut qu'elles venaient recevoir leurs instructions. Il vit alors Flacommo bondir en avant, serré de près par ses visiteurs, puis s'affaler, inerte. Les trois traces se dispersaient ensuite, le laissant sur place.

« Flacommo est mort, annonça Rigg. Ou juste inconscient, mais je crains le pire.

— Quelle horreur ! s'exclama Mère. Pauvre Flacommo... Lui qui adorait cette maison... Il l'avait achetée pour être auprès de nous. Mon refuge est devenu son tombeau !

— Il faut y aller, Mère. Ces hommes sont déterminés. Ils ne nous feront pas de cadeau.

— Rigg, ces hommes ont eu mille fois l'occasion de me tuer dans mon sommeil, et je suis encore là, déclara Mère.

— Vous parlez des espions dans les murs ? » questionna Rigg. Il nota alors que celui de faction ne bougeait pas d'un pouce ; sa trace était restée telle que la veille au soir. S'il s'était assoupi, il avait le sommeil sacrément lourd. Lui et Mère ne parlaient pas fort, mais quand même ! Si tous les espions étaient comme lui, le Conseil n'avait pas dû apprendre grand-chose.

L'intrusion de ces hommes était prévisible ; Rigg s'y attendait même depuis son arrivée. Mais il s'était plutôt imaginé une foule déchaînée, voire l'armée ou les gardes municipaux, ravageant tout sur leur passage, lynchant à vue, se ruant sur la famille royale. Ces intrus étaient tout le contraire : ils se déplaçaient comme le vent, si légers et furtifs que personne à part Rigg ne se doutait encore de leur présence dans la maison.

« Ils montent, l'alerta Rigg. Il faut y aller, cette fois.

— Non », refusa Mère. Comment pouvait-elle rester si apathique ?

« La donne a changé, Mère. Ils ont tué Flacommo.

— Je me demande s'il n'était pas mon seul ami. » Son ton neutre ne laissait transparaître aucune peine.

« Prenez le risque si vous voulez, mais Param ? Et moi ?

— Je me soucie de vous. C'est pour cela que je vous veux auprès de moi dans cette épreuve. »

Rigg se retint de la décevoir en lui annonçant que Param n'était ni ici, ni invisible. Car sa sœur était déjà loin, dans l'un de ces passages dont eux seuls connaissaient l'existence. Ils avaient passé les dernières semaines à les explorer un à un en détail – surtout leurs ouvertures. Pour Param, c'était un luxe énorme que de pouvoir se mouvoir à l'abri des regards à un rythme normal et, surtout, à l'écoute de ce qui se disait alentour. Car son invisibilité était un cadeau empoisonné ; elle la coupait du monde, de tout et de tous, sauf de Mère. Elle pouvait enfin prendre sa revanche et épier les autres – même les espions !

Mère ne semblait pas au courant. Et si Param avait jugé bon de ne rien lui dire, ce n'était sûrement pas à Rigg de le faire.

Il était un peu tard de toute façon... Les intrus remontaient déjà le couloir. Si Mère et Rigg prenaient la fuite, la chasse qui s'ensuivrait serait de trop pour elle. Rigg l'imaginait difficilement détalant comme un lapin, la robe à la main. Non pas qu'elle fût trop vieille ou incapable de le faire, mais son rang le lui interdisait.

Pourquoi n'avait-elle pas simplement dit : « Je reste, fuis, Rigg ! », avant de s'élancer dans le couloir pour faire diversion ? N'était-ce pas là le rôle d'une mère ? À moins qu'elle ne l'ait jamais vraiment considéré comme son fils, lui qui était encore un parfait inconnu il y a quelques mois à peine. À moins que, depuis sa naissance, elle n'ait voulu sa mort.

Et pourquoi ne pas éloigner le danger de Param, qu'elle pensait à tort dans la pièce ? Comptait-elle sur son invisibilité pour la protéger ?

Mère agissait à l'encontre de toute logique, comme si cette intrusion était la bienvenue. Mais comment se l'expliquer ? À peine entrés, ces étrangers s'étaient rués sur Flacommo pour le tuer ! Là encore, où était la logique ? C'était l'homme le plus inoffensif du monde !

L'espion restait figé comme une statue. Une immobilité totale des plus louches – toutes les traces vacillaient invariablement. Toutes, sauf… celles des morts. Pourtant, aucune autre trace n'était visible dans les murs depuis le début de son service. Était-il mort foudroyé sur place, sous l'effet d'un quelconque poison ?

Le passage emprunté par Param menait à une porte dérobée de l'autre côté de la chambre. Ils avaient compris son mécanisme mais n'avaient pas osé le déclencher, de peur de laisser une trace suspecte, comme une rayure au sol ou la marque d'une jointure au mur. Param et Rigg avaient convenu tacitement de ne rien dire à Mère – par respect pour son intimité, avait d'abord pensé Rigg. En fait, ils n'avaient simplement pas confiance en elle.

Mère connaissait ces hommes. Elle savait qui ils étaient, qui les avait envoyés et pourquoi. Pour quelle raison se serait-elle sentie menacée ? Ils ne lui feraient aucun mal et elle le savait pertinemment.

Alors pourquoi le cacher ? « Nous sommes en sécurité, Rigg. » Des mots simples, mais encore fallait-il les dire.

Pressentait-elle qu'ils sonneraient faux, et que Rigg le sentirait ?

Il passa la maison en revue, puis ses abords, à la recherche de renforts éventuels. S'il ne s'agissait pas d'un simple assassinat, des soldats devaient se tapir non loin, prêts à voler au secours de la famille royale.

Rigg avait eu le nez creux : ils étaient là. Pas au portail ni dans les rues, mais dans trois maisons, en face. Des centaines d'hommes en armes les uns sur les autres, à chaque rez-de-chaussée, dans l'attente d'un signal : famille royale sous contrôle, la voie est libre !

Le Général Citoyen était parmi eux.

« Général Haddamander Citoyen ! » s'exclama Rigg.

Mère se tourna vers lui, surprise. « Oui, eh bien quoi ?

— Il commande les troupes postées de l'autre côté de la rue. Ma question est la suivante : est-il là pour vous sauver de ces hommes ? Ou pour s'assurer qu'ils font bien leur travail ? Peut-être les deux – il les a envoyés mais les fera exécuter une fois leur forfait commis, avant de rejeter la faute sur d'autres.

— Pourquoi me demander ça, *à moi* ? s'étonna Mère.

— Et à qui d'autre ? » répliqua Rigg.

On frappa à la porte. Les intrus étaient là.

« Inutile de toquer, lança Mère. C'est ouvert. »

Six hommes entrèrent. Carrés, l'allure martiale, ils ne portaient aucun uniforme ni aucune arme, hormis de lourdes barres de métal aussi grandes qu'eux, une dans chaque main. Ils s'alignèrent immédiatement contre le mur qui dissimulait la porte dérobée, leurs barres croisées en X devant eux.

Ils se mirent à les faire tournoyer de plus en plus vite, comme pour créer une infranchissable barrière métallique aux reflets changeants. Un mur de fer.

« Que font-ils, Mère ? interrogea Rigg, qui connaissait déjà la réponse.

— Sors de là, Param, lança Mère. Ne fais pas l'idiote, on ne joue plus.

— Vous leur avez tout dit, enragea Rigg. Comment la blesser. Comment la forcer à se montrer.

— Tu ne manqueras jamais de m'étonner, jeune homme, éluda-t-elle en se tournant vers lui. Tu te soucies de la vie de Param sans voir que c'est la tienne qui est en danger.

— Ce que je vois, poursuivit Rigg, est un monstre. Pourquoi lui vouloir du mal ? La menace vient de moi. Aptica Sessamin a décrété ma mort, pas la sienne.

— Rigg, mon fils adoré, mon naïf petit oisillon, tu ne comprends donc toujours rien ?

— Pourquoi vouloir nous tuer tous les deux ? Ça n'a aucun sens.

— Il était une fois un peuple, les Sessamoto, qui chassait sur les plaines du lion. Un grand respect mutuel liait l'homme et l'animal. Nous connaissions leurs habitudes, eux les nôtres. Ils sont devenus un modèle. »

Grâce à Père, la faune n'avait aucun secret pour Rigg, ou du moins le pensait-il. Leurs traques ne les avaient jamais menés aussi loin que les plaines de l'Ouest, les limitant aux forêts montagneuses, mais il connaissait l'histoire du félin. Notamment, comment un nouveau mâle dominant se débarrassait de l'ancien chef de clan avant de soumettre le reste de la troupe en éliminant tous leurs rejetons, le cas échéant.

« Le Général Citoyen veut donc nous voir morts tous les deux ?

— Je suis encore en âge d'être mère, mon cher enfant, déclara Mère. Son plus grand souhait est de voir son fils hériter du trône, sans personne pour lui barrer la route. »

Rigg avait imaginé tous les scénarios possibles, sauf celui-ci. C'était pourtant le Général Citoyen en personne qui l'avait éclairé sur les différentes forces en présence dans la ville : ceux qui voulaient sa mort, ceux qui étaient contre, ceux qui étaient pour que toute la famille royale meure et enfin, les partisans du statu quo. Il n'avait omis qu'une possibilité : que quelqu'un séduise la reine, l'épouse et bâtisse une nouvelle dynastie sur les cendres de sa descendance.

Rigg avait suffisamment reculé maintenant pour se retrouver à la diagonale opposée de l'espion. Il comprenait mieux son immobilité maintenant : une épée dépassait du mur, face à son cœur, enfoncée à même la couche de lattes et de plâtre. La trace de Mère y menait.

« Tué de votre propre main », s'indigna Rigg.

Mère suivit son regard et comprit. « Le peuple n'a pas à savoir ce qui se trame ici aujourd'hui.

— Je pensais ces espions à la solde du Général Citoyen, s'étonna Rigg.

— Du Conseil, rectifia Mère. Le général ne faisait qu'obéir à ses ordres. Tu penses tout savoir, mais tu es loin du compte. La politique royale ne s'apprend pas en quelques après-midi à la bibliothèque.

— Pourquoi le Général Citoyen vous laisserait-il en vie une fois son héritier mis au monde ? la questionna Rigg.

— Quelle manœuvre désespérée, tu es d'un pathétique, mon cher fils. Il m'aime passionnément, voilà pourquoi ! Comme Flacommo avant lui, d'ailleurs, l'intelligence et l'autorité en plus. Ce qui lui vaut de prétendre au titre de prince consort, quand feu mon hôte n'était qu'un simple outil.

— Et Param et moi ?

— Vous étiez ma raison de vivre, poursuivit Mère, jusqu'à ce que les cartes soient redistribuées. Mon devoir est aujourd'hui de préserver la maison royale et de diriger le royaume que nous avons créé. Nous sommes nés pour régner, d'un Mur à l'autre. En serais-tu capable ? L'aurais-tu seulement voulu ? Toi et ton scepticisme, toujours à critiquer les privilèges royaux. Et Param dis-tu ? Faible. Mariée, elle ne serait que le pantin de son mari. Elle échapperait à mon contrôle. Non ! Pour ce qui est de servir la cause royale, vous ne valez pas mieux l'un que l'autre. Mais le Général Citoyen, lui, descend d'une des plus belles familles du royaume. Lui, il a été allaité au sein de la politique, lui, il sait s'emparer du pouvoir et ne plus le lâcher, à n'importe quel prix ! Tout ce que n'était pas Knosso, en somme.

— Y a-t-il une seule personne que vous aimiez ? l'interrogea Rigg.

— Enfin, j'aime tout le monde, se défendit Mère. Le royaume tout entier. Mais je n'aime personne que je ne pourrais tuer pour accomplir un plus vaste dessein. Ainsi va la vie d'une reine, mon cher enfant. J'en suis même venue à t'aimer, plus que tu ne crois – toi et ta loyauté si touchante, tes révélations secrètes sur ces espions dont je connaissais tout depuis le début. S'il m'avait été donné de t'élever, j'aurais pu faire quelque chose de toi. Mais la vie – et ce monstre de Voyageur qui t'a arraché à moi – en a voulu autrement. Tu es ce qu'il a fait de toi, et tu mourras pour cela. »

Rigg était désormais acculé au mur.

« Dans quelques heures, à l'annonce de ta mort, il est prévu que je verse quelques larmes. Les nécessités de la politique. Mais elles n'en seront pas moins sincères. »

Rigg hocha la tête. « Et j'en verserai quelques-unes pour vous, Mère, rétorqua-t-il. Pour la femme que vous auriez pu devenir, si vous étiez restée humaine. »

Mère lui jeta un regard interrogateur. Qu'est-ce qui le rendait si sûr de lui, tout à coup ? Et... comment

Param avait-elle pu esquiver les barres de métal ? Où diable se cachait-elle ?

« Est-elle là, à tes côtés ? » l'interrogea-t-elle.

Rigg confirma d'un geste de la tête : « Juste ici.

— Elle ne... partage pas le même espace que toi, au moins ? s'inquiéta-t-elle. Parce que si c'est le cas et que j'ordonne à mes hommes d'avancer sur vous, l'explosion que feront vos deux corps quand elle sortira de son invisibilité ne sera pas belle à voir. C'est ça, ton plan pour te venger ? Qu'on meure tous dans l'explosion ? »

Rigg n'eut pas à se forcer pour trahir sa peine. « Sommes-nous donc des étrangers pour vous, Mère ? Nous vous *aimons*. Loin de nous l'idée de vouloir vous blesser.

— Stop, lança-t-elle à ses hommes. Non, continuez à faire tourner vos barres, bande d'idiots, mais plus un pas. » Les hommes lui obéirent. « Rigg, tu vois bien que tout est perdu. Tu sais où elle est, alors écarte-toi, que votre mort soit digne.

— Et que vous puissiez récupérer nos cadavres !

— Bien sûr, confirma-t-elle. Mais s'il le faut, je peux m'en passer. Et je m'en passerai. Dans une minute, je serai loin. Lorsque la porte se refermera derrière moi, ces barres vous transperceront, toi et Param. Quel dommage de n'avoir pu la saluer avant son départ. Qu'importe ! »

Mère se retourna avant de se diriger vers la sortie.

Rigg sourit à ses hommes de main. « Alors, quel effet ça fait de se voir condamné à mort par son chef ? »

Les soldats ne tiquèrent pas. Ils étaient drogués – Rigg le nota à leur regard vitreux. Ils exécuteraient les ordres à la lettre, qu'ils y restent ou pas.

Mère sortit. Les hommes immobilisèrent leurs barres et les empoignèrent comme des javelots.

« Maintenant ! » cria Rigg.

Un vieux mécanisme fatigué grinça dans son dos, mais rien ne se passa.

J'avais bien dit qu'il fallait le tester, ragea Rigg. Comme par hasard, sur cinq entrées secrètes au passage, une seule coinçait et c'était celle-là.

Les bourreaux s'arquèrent en arrière, parés à l'attaque.

Un bruit métallique claqua soudain ; Rigg se baissa. Une section de parquet partant de ses pieds au mur d'en face bascula sans prévenir, tandis que la cloison faisait de même derrière lui. L'espace d'une seconde, mur et plancher dessinèrent un V dans les airs. Rigg se retrouva projeté sur le dos dans le noir complet. La paroi trembla d'une demi-douzaine d'impacts sourds, alors que les projectiles de fer s'y écrasaient l'un derrière l'autre.

« Désolé, s'excusa Param à voix basse. Les contrepoids ne suffisaient pas, l'un des hommes pesait de toute sa masse sur le plancher. S'il n'avait reculé au moment de lancer, tu serais encore de l'autre côté.

— Tu as tout entendu ? l'interrogea Rigg.

— Oui », répondit-elle simplement. Elle n'ajouta rien. Sa voix ne laissait transparaître aucune colère, aucune surprise même, comme si venait simplement de se confirmer la vacuité morale de Mère…

« Partons avant qu'ils ne défoncent le mur à coups de hache.

— On ne risque rien, la plupart sont en pierre.

— Ça ne les arrêtera pas.

— Ils vont faire encercler la maison, devina Param.

— Il y a de grandes chances. Au début, du moins.

— Le temps de comprendre qu'elle est vide…

— Oui », approuva Rigg. Il était épaté – Param semblait lire dans ses pensées. « Mais le Général Citoyen ne sera pas dupe.

— Exact, reprit Param. D'ailleurs, ses soldats sont là pour faire de la figuration. Il est comme Mère : il saura attendre patiemment qu'on tombe entre ses griffes.

— Tu aurais pu le dire avant ! fit remarquer Rigg.

— Tu viens de m'apprendre que c'est lui qui était aux commandes. »

Ils avaient atteint les derniers sous-sols, sous la tranchée de drainage reliant la maison à la bibliothèque. Les yeux de Rigg étaient habitués à l'obscurité maintenant. Un rapide examen de la situation extérieure lui apprit que l'alerte avait été donnée, et que des centaines de soldats encerclaient désormais la demeure – ou la saccageaient pour les retrouver. Le passage secret serait découvert d'une minute à l'autre.

Les rues grouillaient de traces de citoyens courant dans tous les sens, propageant la rumeur de l'assaut. Le jour n'était pas encore levé mais ils se déversaient déjà par centaines, dans tous les quartiers. Bientôt, la ville serait à eux. Ils n'accepteraient de se disperser qu'une fois la famille royale exhibée – ou la souveraineté du Général Citoyen déclarée. Ce qui signifiait pour l'officier mettre le grappin sur Param et Rigg, morts ou vifs. Seulement, ils resteraient introuvables, insaisissables. Il avait forcément un plan pour les débusquer, mais lequel ?

Faire pression sur eux, avec Mère en otage ? Sachant ce qu'ils savaient maintenant, espérait-il sincèrement qu'ils lèvent le petit doigt pour elle ? De quelle autre monnaie d'échange disposait-il pour les faire sortir de leur cachette ?

Param et Rigg débouchèrent du tunnel dans une réserve de la Bibliothèque du Rien. Derrière se tenait le vrai danger : cent pas à découvert, entre la salle et le monte-livres. Quiconque jetterait un œil vers les étagères les repérerait. S'y ajouteraient, pendant un court instant, tous ceux attablés dans l'aile nord, la plus lumineuse.

Nul ne fit vraiment attention à eux. Apparemment, la rumeur de leur évasion s'était arrêtée à la porte d'entrée.

Mauvaise nouvelle, songea Rigg. S'il comptait les prendre dans ses rets, le Général Citoyen les aurait tendus jusqu'ici.

Arrivés au monte-livres, ils l'ouvrirent et s'y engouffrèrent, refermant soigneusement derrière eux. Rigg régla les contrepoids et commença à tirer la corde pour le hisser à la force des bras.

Il avait trouvé cette issue par hasard, intrigué un jour par des traces étranges : pas tant par celles qui sautaient d'étage en étage – des apprentis en mal de récréation pendant leurs heures d'étude, très certainement –, mais par d'autres, bien plus poussiéreuses, qui dégringolaient à travers les murs vers un réseau de galeries souterraines. L'accès était loin d'être évident, mais les traces l'aideraient à retrouver le chemin. Il avait déjà repéré où elles s'arrêtaient avant de prendre un conduit vertical à angle droit, malgré l'absence évidente de trappe à cet endroit-là.

À mi-chemin entre deux étages, il bloqua le monte-livres en entortillant la corde autour d'une double patère clouée au mur, puis actionna une poignée cachée de l'autre côté. Une petite trappe s'ouvrit derrière eux, révélant une cache minuscule de la taille d'une pile de livres – rien d'autre qu'un simple leurre, en fait, pour justifier la présence de la précédente poignée.

Mais, plus intéressant : une fois la cache ouverte, il devenait possible de faire pivoter la double patère sur elle-même. Après un tour complet, un pan entier de mur coulissa sur le côté. Avec, derrière, une fissure suffisamment large pour s'y glisser.

Rigg referma la cache à livres et détacha la corde. La nacelle tenait sans – ses concepteurs avaient bien fait leur travail. Param se faufila d'elle-même dans la béance, anticipant l'invitation de Rigg.

L'espace d'une affreuse seconde, Rigg se demanda si sa sœur allait lui révéler son vrai visage, comme Mère. Il l'imagina refermant et l'abandonnant derrière elle.

Elle n'en fit rien. Rigg s'y introduisit à son tour et l'aperçut à mi-hauteur d'une échelle menant vers plusieurs tunnels longs et secs qui couraient au-dessus des égouts de la ville. Les deux systèmes se rejoignaient par endroits.

Les égouts faisaient la fierté d'Aressa Sessamo. Sans eux, les rues auraient été envahies de détritus et auraient empesté la mort. Mais les recherches menées par Père lui avaient appris que leur fonction première était tout autre : ils servaient à l'origine à drainer l'eau des terres surélevées. Le pêcheur qu'ils avaient aperçu, lui, Umbo et Miche, naviguant à la perche sur sa petite embarcation, remontait à cette époque où ces terres n'étaient encore qu'un vaste marécage. Ce ne fut qu'une fois les cinq ou six premiers mètres de sédiments, de terre et d'ordures amassés en un talus gigantesque et les premières maisons posées dessus, que les habitants commencèrent à relier leurs habitations aux drains et à les utiliser comme égouts.

Le tunnel que Rigg et Param s'apprêtaient à emprunter n'était pas aussi vieux – il avait cinq à six cents ans tout au plus – et présentait les stigmates d'une époque troublée : des traces de savants apeurés fuyant ventre à terre, et leurs livres sous le bras, en attestaient.

Rigg se retourna, rabattit la cloison et actionna un levier ; la patère reprit sa position initiale et le monte-livres redescendit d'un étage.

Alors qu'ils avançaient à tâtons, redoublant de prudence à chaque pas, le long d'un tunnel sombre guère éclairé par l'ouverture à claire-voie au-dessus de leurs têtes, Rigg porta son attention vers l'extérieur, pour s'assurer que le chemin était libre.

La ville était sens dessus dessous. L'intrusion des soldats chez Flacommo avait provoqué l'ire de la foule, qui avait pris les rues d'assaut. Le cordon de sécurité déployé autour de la maison était sur le point d'exploser. Au moins, ils pouvaient être tranquilles : à cette heure, aucun soldat n'était à leur recherche.

Rigg repéra Miche et Umbo à côté de l'entrée du parc, exacts au rendez-vous.

Mais alors qu'il se remettait en route, il vit une dizaine de soldats surgir de nulle part, les encercler puis les escorter vers la sortie.

Param l'avait prévenu. Le Général Citoyen ne laisserait rien au hasard. Il avait dû faire filer Umbo et Miche depuis leur arrivée en ville. Peut-être ses espions avaient-ils même assisté à leur rencontre. Si tel était le cas, un comité de réception les attendait, eux aussi.

Rigg était sans pitié, comme Mère – si l'évasion l'exigeait, il était prêt à sacrifier ses compagnons –, mais son entreprise ne résisterait pas à leur absence sur le long terme. Il avait besoin d'Umbo pour franchir le Mur. Et s'ils ne traversaient pas, on les retrouverait et on les tuerait. La nouvelle dynastie était à ce prix...

Rigg fit machine arrière toute. Un détachement d'hommes du Général Citoyen attendait patiemment de l'autre côté qu'ils se jettent tête la première dans la gueule du loup.

« Ils tiennent mes amis, annonça-t-il à Param. Il faut trouver une autre issue. »

Ils remontèrent la seule trace encore sèche. Ensuite, ce serait les égouts et leurs immondices – sans compter qu'il faudrait s'y baigner. Et si le Général Citoyen avait fait bloquer et le tunnel et les égouts ?

Non. Autant des doutes étaient permis quant aux égouts, autant les tunnels secs étaient sûrs : ils n'avaient pas servi depuis plus d'un siècle... bien avant la Révolution du Peuple ! Restait à espérer que le dernier monarque ait emporté le secret de leur existence dans sa tombe. Oui, cette solution de repli était la bonne, personne ne les attendrait à cette sortie. Ou alors, ce n'était vraiment pas leur jour de chance.

Il leur fallut marcher longtemps, et Param n'y était pas habituée. Lorsqu'elle était invisible, traverser une pièce lui prenait de longues minutes mais, au final, à peine quelques enjambées. Il faut dire que la maison de Flacommo ne se prêtait pas franchement à l'exercice physique. Rigg avait eu l'occasion de se décrasser un peu avec Olivenko, le temps de quelques allers-retours à la bibliothèque au pas de course, mais pas sa sœur.

« Je suis désolé, lui lança-t-il. Je sais que c'est difficile. Si j'étais taillé comme Miche, je pourrais au moins te porter.

— Tu me sauves déjà la vie, l'excusa-t-elle. Et si on soufflait une minute ? Plus personne ne nous attend, maintenant. »

Rigg jugea cette décision des plus sages. Il pointa du doigt une volée de marches.

Param ne se fit pas prier : elle s'allongea immédiatement sur la plus haute, à même la pierre.

« Il y a peut-être des rats, l'avertit-il.

— Si tu en croises un bien gras, assomme-le que je m'en serve comme traversin », plaisanta-t-elle.

Bien : au moins, elle ne craignait pas les rongeurs ! Ou alors, elle n'en avait jamais vu... Elle s'endormit sur-le-champ.

Rigg n'avait pas sommeil. Il était programmé pour tenir au moins jusqu'à midi. Il s'assit près d'elle.

Il repensa immédiatement à Mère et au Général Citoyen. Il avait toujours considéré le général comme un redoutable adversaire mais comparé à Mère, c'était un plaisantin – pour la simple et bonne raison qu'il ne l'avait jamais jugée comme telle. Peu fiable, d'accord, mais son adversaire, jamais ! Même si à aucun moment il n'avait écarté l'idée qu'elle puisse nourrir des envies de meurtre à son égard. Après des mois en sa compagnie, il en était même venu à lui faire confiance, à l'apprécier. À l'aimer. Dire que, pendant tout ce temps, elle lui avait simplement...

Non, pas menti. Pas exactement. Elle aussi l'appréciait, l'aimait et lui faisait confiance. Elle n'avait rien fait de plus que ce que Rigg et Père avaient fait de leur côté – garder ses plans secrets jusqu'au jour J. La seule différence entre Rigg et Mère, ce n'était pas tant que l'un était moins honnête ou digne de confiance que l'autre : Rigg planifiait de la sauver, elle de le tuer, c'est tout. Enfin, de le faire tuer...

Je ne peux pas m'empêcher d'y penser. Et encore moins faire comme si ça ne m'atteignait pas.

Cette trahison le mettait dans le même état de panique, de chagrin et de colère que la mort de Père, un an plus tôt. Et face à la même problématique : comment survivre à la folie meurtrière des autres ? Il s'était estimé chanceux de survivre aux villageois – le père d'Umbo compris – après la mort de Kyokai. Mais en comparaison de ce qu'avait tenté Mère et du déploiement de force du Général Citoyen, c'était de la rigolade ! Cela dit, si les villageois lui avaient mis la main dessus, il serait à cette heure ni plus ni moins mort que si les barres de métal des hommes les avaient transformés en charpie, Param et lui.

Rigg se concentra de nouveau sur la ville, sur Miche et sur Umbo. Il retrouva aisément leurs traces – Mère ayant vendu au Général Citoyen le secret de son pouvoir, ce dernier ne s'était pas donné la peine de brouiller les pistes, d'autant plus que son but était justement qu'il les suive !

Il a un gros avantage : il m'attend. Il sait que, contrairement à lui, j'ai un code d'honneur.

Un code d'honneur qui pourrait bien m'être fatal.

La foule tenait toujours la ville, face à des soldats toujours plus nombreux pour rétablir l'ordre. Pour Rigg, ces larges mouvements de masse n'étaient pas durs à suivre. Les traces d'Umbo et de Miche, en revanche, exigeaient une concentration maximale car, avec la distance, elles se perdaient dans l'éclat des plus récentes.

Elles le menèrent finalement à une grande pièce où d'autres traces avaient formé d'étranges figures géométriques. Une partie de l'espace semblait remplie de sièges, comme dans un théâtre qui aurait reçu peu de spectateurs ; une autre partie à l'avant, plus vaste, vierge de toute trace, était encerclée de points fixes vers lesquels convergeaient toujours les mêmes personnes, qui y restaient parfois des heures.

Il en était là de ses observations quand la trace d'Erbald, le Secrétaire du Conseil, apparut. Ainsi donc, voilà où Umbo et Miche étaient retenus : dans la Maison du Conseil. On les avait assis à la table des conseillers, au complet. Des soldats montaient la garde adossés aux murs. Personne ne quittait la table. Seuls des domestiques s'en approchaient de temps à autre, pour les nourrir peut-être.

Un des membres du Conseil se leva. Plusieurs soldats le suivirent vers ce que Rigg identifia comme étant un lavabo. Si les conseillers se déplaçaient sous escorte, c'est qu'eux aussi étaient prisonniers.

Rigg imaginait déjà la rumeur : le Conseil est sous la « protection » de l'Armée révolutionnaire du Peuple. Ou, plus gonflé encore : des agents du Conseil ont assassiné Flacommo et complotent de tuer la famille royale ! Étaient-ils allés jusqu'à proclamer la restauration de Hagia Sessamin comme Reine en la Tente ?

Non, il était encore un peu tôt pour de tels effets d'annonce. Avant de pouvoir se le permettre, il fallait s'assurer d'être en mesure d'accuser le Conseil de l'assassinat de Rigg et de Param, preuves accablantes à l'appui. Et donc, s'assurer soit qu'ils restent tapis dans l'ombre, soit qu'ils en ressortent les pieds devant.

Rigg avait eu tort de penser que le Général Citoyen déploierait les grands moyens pour les retrouver. Il n'aurait jamais pu lancer des centaines de soldats à la poursuite du fils et de la fille de la reine ! Les soldats auraient vendu la mèche illico et, dans l'agitation, la rumeur se serait propagée comme une traînée de poudre. La ville entière serait partie à leur recherche : les premiers pour les tuer, les seconds pour les sauver, les troisièmes pour asseoir Rigg dans la Tente à la place de Mère.

Imaginez le cauchemar pour Citoyen. Non, il ferait tout pour l'éviter. D'ailleurs, très peu de ses hommes devaient réellement savoir qui ils recherchaient. Les soldats envoyés arrêter Miche, Umbo et quiconque sortirait de la niche au parc n'avaient pas dû se demander une seconde pourquoi.

Dans la rue, un seul détail pouvait les trahir : leurs habits plus chics que la moyenne. Et encore, ils avaient su rester sobres pour de jeunes monarques.

Soudain, alors qu'il avait toujours le derrière au frais sur sa marche, Rigg sentit que la trace qu'il était en train de suivre ralentissait. Après quelques secondes d'intense concentration, une silhouette lui apparut : celle d'un vieil homme fatigué titubant dans leur direction. L'homme trébucha et s'affala sur le sol. Il ne se releva pas. Il semblait blessé. Rigg dévala l'escalier sans détourner son attention.

Le voyant arriver, l'homme leva les bras comme pour se protéger d'une volée de coups.

« Ne craignez de moi aucunes représailles, le rassura Rigg dans un langage volontairement soutenu, devinant le rang de l'autre.

— Fuyez, sauvez-vous tant qu'il est temps, dit le vieillard en tremblant. Qui que vous soyez, fuyez. Ils massacrent tous ceux qu'ils croisent. »

Et aussi vite qu'il était devenu homme, il redevint trace. Il avait dû trouver la force de se relever car sa marque continuait cahin-caha le long du tunnel. Mais qui se cachait donc derrière ce « ils » qui massacraient tout le monde sur leur passage ? Aux traces, Rigg data les événements de bien avant la Révolution du Peuple. À la prise de pouvoir par les Sessamoto, peut-être, quand Aressa avait été rebaptisée Aressa Sessamo. L'homme pouvait être l'un des ministres chassés de force du gouvernement.

Mais pourquoi ce subit saut dans le passé, alors que Rigg n'avait rien demandé ? Lui qui ratait chaque fois qu'il essayait !

Quel idiot, songea-t-il. *C'est évident. Ce n'est pas toi qui l'as fait. C'est Umbo, depuis sa chaise au Conseil. C'est le signal :* Je sais le faire à distance.

Umbo veut que je les retrouve, lui et Miche, pour les prévenir du danger qui les guette.

Mais comment peut-il être sûr que ça a marché ? A-t-il pu sentir, d'aussi loin, son pouvoir prendre sur moi ? Et s'il pense avoir échoué ? Va-t-il réessayer ?

Rigg repartit en courant vers les marches et les grimpa quatre à quatre, trébuchant et s'écorchant au passage. « Param, haleta-t-il, à bout de souffle. Param, il faut y aller. »

Param se réveilla aussitôt. « Quelqu'un vient ?

— Non, siffla Rigg. On ne craint rien ici. Mais Umbo est… je t'ai dit ce qu'on pouvait faire lui et moi, non ? Quand il me projette dans le passé pour que je puisse…

— Doucement, tenta de le calmer Param.

— Il l'a fait, depuis la Maison du Conseil !

— Il est là-bas ?

— Oui, enfermé avec Miche. Par le Général Citoyen. Mais ne crains rien, on ne va pas y aller. Il faut juste que j'intercepte leur trace quelque part, *avant* qu'ils ne se fassent arrêter. Pour les prévenir et leur donner un autre point de rendez-vous.

— Mais tu ne vas jamais réussir à les faire sortir ! Ça grouille de gardes, là-bas…

— Tu n'y es pas, Param, la coupa Rigg. Je n'en aurai pas besoin car, une fois prévenus, ils n'y seront plus.

— Comment ça ? Ils y sont pourtant… essaya-t-elle de comprendre.

— Oui, mais bientôt ils n'y seront plus. Ils n'y seront jamais allés.

— Mais puisque tu les as vus ! s'entêta Param.

— Leurs traces seulement, nuança Rigg. *Toi,* tu ne les as même jamais rencontrés. Au moins, on n'aura pas l'impression d'avoir du passé des souvenirs hallucinés. Crois-moi. C'est impossible à expliquer, mais ça fonctionne comme ça.

— Très bien. Donc on va aller les prévenir, résuma Param, pour qu'ils ne se fassent pas arrêter. Mais dans ce cas, qui va nous prévenir, *nous*, du nouveau point de rendez-vous ?

— On n'aura pas... » À bien y réfléchir, elle avait peut-être raison. S'il disait à Miche et Umbo de ne pas se rendre dans le parc, il ne verrait pas les soldats les arrêter et se demanderait pourquoi ils n'étaient pas venus. Il se douterait sans doute de quelque chose, mais comment savoir où les retrouver ensuite ?

Il devait choisir le premier endroit qui lui viendrait à l'esprit s'il ne voyait pas ses amis le rejoindre au parc.

Il était parti du postulat, avant que Param ne soulève ce problème, qu'après les avoir prévenus il continuerait vers le second point de rencontre, pleinement conscient de tout ce qui était arrivé depuis. Mais Umbo et Miche lui avaient fait part d'un de leurs désaccords sur le sujet : lorsqu'une personne se visitait dans le passé pour se prévenir elle-même de ne pas faire quelque chose, cette version future de la personne – appelons-la *initiée* – disparaissait à jamais. Seule la mémoire de ses paroles subsistait, et la version avertie poursuivait une nouvelle destinée.

Par expérience, c'était ainsi que les choses fonctionnaient lorsque quelqu'un se mettait *lui-même* en garde tout du moins. Restait à savoir ce qui se passerait pour l'initié s'il avertissait quelqu'un d'autre que lui... mystère ! Peut-être Rigg poursuivrait-il vers le second point de rendez-vous sans même s'en rendre compte ?

Ou pas.

« Tu es perdu là, avoue, sourit Param.

— J'ai le cerveau qui fume, admit Rigg.

— Fais les choses comme tu les sens, tout va s'éclaircir de soi-même », présagea Param.

Le tunnel finissait par déboucher, via une porte dérobée, vers un petit sas extérieur à la banque avec trois issues : l'une menant à l'intérieur de la banque, l'une à la salle des coffres, l'une à une alcôve, directement dans la rue. Rigg n'avait nulle intention de visiter la salle forte, pas plus que la banque. Ils optèrent pour l'alcôve.

Dehors, la lumière était aveuglante, malgré un épais voile de fumée.

Rigg sentit la fumée lui piquer les yeux ; Param en pleurait.

« Toute la ville brûle, cria-t-elle. Dans quelques minutes, les milices anti-feu seront là pour démolir les bâtiments en flammes et les arroser d'eau de la Stashik. C'est grâce à elles que les émeutes et les incendies criminels sont si rares. Le meilleur moyen de disperser les émeutes est d'ailleurs de mettre le feu un peu partout. Quiconque gêne l'arrivée des milices passe un sale quart d'heure. Les gens tiennent à leurs maisons. »

Tout cela paraissait logique, mais soulevait un nouveau problème. Que se passerait-il si le nouveau point de rendez-vous se situait au milieu d'un quartier en flammes ? Dans un futur modifié, ce n'était pas impossible.

Si c'est le cas, on improvisera. Il faut d'abord retrouver Miche et Umbo.

Il n'eut pas à chercher longtemps. Leurs traces étaient partout ; cette banque n'avait pas dû les laisser indifférents. Sans même sortir de l'alcôve, Rigg put les suivre jusqu'à leur auberge puis vers le parc, lieu du rendez-vous manqué. Voilà où il devait les rejoindre.

« Suis-moi », lança-t-il à Param.

Il voyait bien qu'elle avait les traits tirés malgré son heure de repos dans le tunnel. Mais ils n'avaient pas le choix, il fallait y aller.

Par un heureux hasard, les émeutes avaient éclaté ailleurs. Les cris des insurgés leur parvenaient, parfois de la rue d'à côté, mais ils ne les virent pas. Tous ceux qu'ils croisaient se déplaçaient comme eux : vite et discrètement. Personne ne souhaitait se retrouver au milieu des combats. Quand ils chargeraient, pique, sabre ou bâton en main, les soldats ne feraient pas de détail.

En quinze minutes, ils étaient à la trace – à six pâtés de maisons environ du parc. Rigg nota qu'au moment de leur passage Umbo et Miche longeaient les trottoirs. À cette heure, les émeutiers étaient déjà dehors et les passants en fuite. Rigg repéra non loin un abri de choix : une carriole renversée. Rien ne l'obligeait à garder la trace sous les yeux, il lui suffisait d'attendre qu'Umbo le *contacte*, ensuite seulement il sortirait se concentrer sur elle.

Param remercia le ciel pour ce repos bien mérité. « Je t'attends ici, vas-y, souffla-t-elle en s'affalant sur le sol.

— On a le temps, indiqua Rigg. Il faut que j'attende qu'Umbo se manifeste.

— Réveille-moi à ce moment-là », bâilla-t-elle. Et elle s'endormit.

Tout cela n'était pas très rassurant. Elle semblait plus moulue qu'après une nuit de traque dans les bois. Et si les espions – les seuls à savoir à quoi ils ressemblaient – les repéraient et qu'ils devaient fuir ? Son invisibilité ne constituait plus une échappatoire fiable depuis que Mère avait dévoilé le secret de sa lenteur et sa vulnérabilité.

Si seulement je pouvais la cacher, comme dans ces passages secrets, en lui épargnant cette fragmentation temporelle qui la fait se traîner pendant que les autres fusent à ses côtés.

Midi approchait. Rigg commençait lui aussi à piquer du nez – il s'était habitué à dormir les trois premières heures de l'après-midi pour finir la journée en trombe quand les autres baissaient de rythme. Heureusement, avec Père, il avait eu plus d'une fois à réprimer ses envies de sieste. Il décida de lutter encore un peu.

Sans grande réussite – il se surprit deux fois à somnoler. Avait-il sombré une seconde, une minute, une heure ? Et si, par négligence, il avait tout fait rater ?

Non. Les ombres n'avaient pas bougé.

Il se leva. Et se rassit aussitôt. Le front de l'émeute – une avant-garde de volontaires envoyés en éclaireurs vérifier que le terrain était dégagé – traversait une intersection à fond de train à cent mètres à peine. Un vrai troupeau d'enragés.

Faites qu'ils ne viennent pas par ici.

Le sol trembla pendant une éternité, mais son souhait fut exaucé : l'émeute déferla au large.

Les derniers n'étaient pas passés que les traces commençaient déjà à s'épaissir. Rigg n'avait plus le choix, c'était maintenant ou jamais. Il n'avait que quelques pas à faire à découvert, mais c'était plus qu'il n'en fallait pour se faire repérer. Soit la foule lancée au pas de course continuerait sans rien voir, soit elle bifurquerait et fondrait sur lui. Dans les deux cas, il ne devait pas traîner.

Au moment de se lancer, il repensa à sa sœur. L'endroit était trop risqué, il lui fallait un abri sûr... et s'il la poussait simplement dans le passé avec Umbo et Miche ? Personne ne l'y attendrait ! Et surtout, pour l'instant, dans le passé, personne ne la recherchait.

Il avait déjà arraché des objets à des temps révolus mais ni lui ni Umbo n'y avaient jamais *déposé* quelque chose. Et encore moins *quelqu'un*. Lorsque Rigg voyageait dans le passé, il restait dans le présent, où Umbo pouvait veiller sur lui et sur ce qu'il faisait.

Mais il n'en était pas moins dans le passé. Il repensa à ce terrible jour d'autrefois, au bord des chutes, et à cet homme désespérément accroché à la vie par un bout de rocher qui l'avait empêché de sauver celle de Kyokai. Le corps de l'homme avait été bien réel – il avait pu le toucher –, comme le sien l'avait été pour l'homme.

Que serait-il advenu si Umbo avait cessé de ralentir le temps d'un coup ? Serait-il resté dans le passé ? Aurait-il disparu ?

Et si Rigg avait tendu à l'homme quelque chose – la main de Kyokai par exemple ? Ce quelque chose ou ce quelqu'un serait-il resté dans le passé ?

Il suffisait d'essayer.

Il prit Param par la main et la tira en douceur. « Lève-toi, suis-moi.

— Laisse-moi dormir, l'implora-t-elle. Tu n'as pas besoin de moi.

— Viens, je te dis, insista-t-il. Umbo ne va pas tenir longtemps comme ça. »

Param le suivit, boudeuse, les yeux collés, le pas chancelant.

Rigg chercha la trace d'Umbo – il ne pouvait se concentrer à la fois sur celle de Miche et la sienne, même s'ils marchaient côte à côte. Le petit cordonnier lui apparut enfin, remontant sa trace à l'infini. Plus Rigg se concentrait, plus Umbo ralentissait, jusqu'à atteindre une allure pressée, mais en temps réel.

Rigg se planta devant lui. « Umbo ! » le stoppa-t-il.

Umbo s'arrêta. Miche également, qu'il voyait aussi maintenant qu'il était plongé dans leur présent – tout en étant aussi spectateur du sien.

« La voyez-vous ? » leur demanda-t-il en pointant Param du doigt.

Umbo la regarda et acquiesça. Miche fit de même.

« Rendez-vous à une heure de l'après-midi aux *Mangeurs de nouilles*, ajouta Rigg. Prends sa main. »

Param, qui venait de voir Umbo sortir de nulle part, marqua un mouvement de recul. Rigg lui prit la main de force. « N'aie pas peur ! la pressa-t-il. Et surtout tiens bon, sinon on ne sait pas où on va te retrouver. » Il la lâcha. Elle se cramponna à Umbo. Miche la tenait lui aussi.

Soit elle restait avec eux, soit ils la perdaient.

« Mais qu'est-ce que tu fais ? s'exclama Umbo.

— Si ça fonctionne, alors… »

L'Umbo de la Maison du Conseil perdit le contact. Rigg se retrouva seul face à deux traces.

Param était partie. Sa trace appartenait désormais au passé. Il la voyait remonter la rue devant lui, de façon continue, mais à l'endroit de leur rencontre avec Umbo et Miche, son éclat virait pour adopter celui des événements du matin.

Leur pouvoir ne se limitait donc pas à soustraire des objets au passé – une dague, des pierres enfouies dans le sol. Ils pouvaient aussi y ajouter des choses et des gens, à condition que quelqu'un soit prêt à les recevoir !

Ce n'était pas le moment de rêvasser. Il se tenait au milieu d'une rue, et à un jet de pierre d'une foule déchaînée. Sa mise n'était pas celle d'un prince, mais pas d'un va-nu-pieds non plus. L'occasion faisant le larron, si des fauteurs de troubles venaient à traîner dans le coin, les choses pouvaient vite dégénérer.

Trop tard. Le temps de jeter un œil à l'angle de la rue, une demi-douzaine d'hommes – certains en haillons, mais pas tous – remontaient déjà vers lui, qui d'un pas vif, qui au pas de course. Si le gros de la foule était passé, il restait cependant quelques retardataires. S'il lui arrivait quelque chose, il y aurait au moins des témoins. De toute façon, à part ses habits, ils ne pourraient pas le dépouiller de grand-chose.

Au premier mouvement de fuite, la chasse à l'homme commencerait. Avec Param, ils n'auraient pas pu courir bien vite, mais, au moins, elle aurait pu les emmener tous les deux dans son monde invisible le temps que l'orage passe.

Peu importe, pensa Rigg. *Elle n'est plus là.*

Il détala comme un lapin.

Ses mois chez Flacommo l'avaient moins rouillé qu'il ne l'avait craint ; les quelques courses en compagnie d'Olivenko semblaient même avoir porté leurs fruits. Il rejoignit la banque et son passage secret loin devant ses poursuivants. Il se précipita à l'intérieur et referma derrière tout en restant attentif à leurs traces. Ils abandonnèrent rapidement, sans même fouiller l'alcôve.

Rien ne pressait. Il étendit son champ de vision à la Maison du Conseil. Les conseillers étaient toujours là, toujours sous bonne garde, mais plus d'Umbo ni de Miche.

Ainsi, l'avertissement avait fonctionné. Ses amis n'étaient pas allés au point de rendez-vous, ils étaient libres.

Leur passé avait été modifié, contrairement au sien. Il gardait clairement en mémoire la chronologie des événements antérieurs : l'arrestation de Miche et d'Umbo, leur arrivée au Conseil, sa traversée des tunnels avec Param.

Pousser sa sœur dans le passé n'avait pas fait que la mettre hors de danger. Rigg avait aussi poursuivi sa propre destinée.

Question de causalité, pensa-t-il. *Param rejoint Umbo et Miche dans le passé mais, moi, je reste où je suis et qui je suis, dans ma propre chronologie. Mon passé n'a aucune raison de changer.*

Bien à l'abri dans le tunnel, Rigg commença à retracer le parcours de Miche et d'Umbo depuis le début de la matinée. Il les retrouva filant droit au parc. Leurs traces marquaient une pause là où, avec Param, ils les avaient « rejoints ». Sa propre trace faisait un bond dans le passé. Il vit ensuite Umbo et Miche revenir sur leurs pas, agrippés à sa sœur.

Rigg les accompagna à distance tout le reste de la matinée, jusqu'à maintenant. Ils étaient encore loin de l'échoppe – le rendez-vous n'était que dans quelques heures. Mais pourquoi attendre ? Il décida de les rejoindre.

Il prit dans leur direction par des chemins détournés, pour éviter la foule et les soldats, puis bifurqua vers leurs traces les plus fraîches.

Ils s'aperçurent à distance. Miche le héla de la main et fit signe aux autres de ralentir l'allure en attendant que Rigg les rattrape. C'était plus sage : trois personnes immobiles risquaient fort d'attirer l'attention. Il les rejoignit dans l'entrée ombragée d'une boutique aux volets fermés. Umbo et Param étaient toujours cramponnés l'un à l'autre.

« Je crois que tu peux la lâcher, souffla Rigg.

— Qu'est-ce que tu en sais ? » réagit Umbo. Param ne paraissait pas plus rassurée. « Imagine que je la lâche et qu'elle se volatilise dans le futur, on n'aura pas l'air malins.

— *Primo*, commença Rigg, ce futur-là n'existe plus, sinon à cette heure-ci vous seriez entre les mains du Conseil. Ces événements n'ont jamais eu lieu, donc elle ne risque pas d'y retourner.

— Tu ne te les rappellerais pas s'ils n'avaient jamais eu lieu, nota Param.

— Et toi, tu t'en souviens ? renvoya Rigg.

— Bien sûr, acquiesça-t-elle.

— Et pourtant, tu es ici maintenant, avec nous, dans ce présent où il n'y a eu aucune arrestation.

— Admettons que je ne puisse pas y retourner. Mais qui dit que si je lâche, je ne vais pas disparaître *ailleurs* ? frémit-elle.

— Impossible parce que, *deuxio*, le futur, c'est maintenant. C'est moi qui ai mis ta main dans la sienne. J'ai continué à exister, sans vous, jusqu'à ce qu'on se retrouve. Tiens, prends ma main. »

Elle s'exécuta.

« Maintenant, lâche la sienne.

— Facile à dire, ce n'est pas toi qui risques de disparaître, marmonna Miche.

— Elle non plus, râla Rigg. Elle a juste fait un crochet par le passé et on s'est retrouvés. Pourquoi elle disparaîtrait ? Je n'ai pas disparu, moi, si ?

— Non. C'est dommage d'ailleurs », le taquina Miche.

Param lâcha la main d'Umbo. Rien. Umbo se massa les doigts en grimaçant.

« Désolée, s'excusa Param. J'étais terrifiée.

— Si tu veux te venger, montre-leur comment tu disparais vraiment. Ça, c'est terrifiant. »

Param lui jeta un regard noir mais jugea l'idée pas si idiote que ça finalement – elle disparut.

« Je t'avais dit de ne pas la lâcher ! fulmina Miche. Nous voilà bien... »

Param réapparut deux mètres plus loin. « Je suis là, sourit-elle.

— En plein dans le panneau, grommela Miche.

— En fait, je reste visible, pour moi en tout cas, expliqua-t-elle.

— Maintenant, tout le monde lui prend la main, lança Rigg.

— Elle n'en a que deux, fit remarquer Umbo.

— "Tout le monde" égale "Umbo et Miche", corrigea Rigg. Allez, chacun une main. »

Ils s'exécutèrent. Rigg poursuivit : « Umbo, tends l'autre bras. Juste le bras tendu, voilà. Maintenant, lorsqu'elle... fait son truc... ne bouge pas. Reste bras tendu.

— Pourquoi ? s'affola Umbo.

— Tu vas voir. »

Param paraissait sceptique. « Je ne suis pas sûre d'aimer ça, hésita-t-elle.

— Ils doivent se rendre compte par eux-mêmes de ce que tu sais faire, et c'est le meilleur moyen. »

Param détourna le regard, l'air vexée, mais se plia néanmoins à l'exercice. Elle disparut – et Miche et Umbo avec elle.

Rigg se rappela alors combien il était facile d'oublier où se trouvait un objet la seconde d'avant. S'aidant de la trace d'Umbo, il essaya de visualiser grosso modo le bras tendu de son ami.

Il le traversa d'un aller-retour de la main de haut en bas.

Les trois resurgirent instantanément. Umbo fixait sa main, l'œil hagard, Miche le sol, visant un point de chute où s'écrouler sur-le champ.

« Ne t'amuse plus à ça, s'emporta Param.

— Plus la peine, tenta de la rassurer Rigg. À voir leurs têtes, ils sont convaincus.

— Mais tu sais que c'est dangereux de superposer deux choses comme ça ! le tança Param. Et si j'avais perdu le contrôle ? Vous finissiez avec un bras en moins !

— Ouille, grimaça Umbo.

— Et quand une mouche te traverse, qu'est-ce qui se passe ? l'interrogea Miche.

— Ou un moucheron, ou un grain de poussière ? ajouta Rigg. Son corps semble capable de rejeter ou d'absorber ces petites masses. Je l'ai vue passer des heures invisible au milieu des mouches, des abeilles, des papillons de nuit. Param, tu es forcément déjà ressortie avec un de ces trucs à l'intérieur de toi, non ?

— Ça me rend malade, confia-t-elle. Quand je sors de mon invisibilité, si quoi que ce soit se trouve dans l'air, au même endroit que moi, je ressens une brûlure, très vive. Ensuite, je deviens fiévreuse. La cicatrisation prend du temps. La poussière et le sable ne me font pas trop mal. Le pire, ce sont les êtres vivants, les murs épais, le métal et la pierre.

— En gros, le seul qui ne sait rien faire d'intéressant ici, c'est moi, résuma Miche.

— Attends, tu as disparu quand même, le consola Rigg. Ce n'est pas toi qui étais aux commandes, mais tu es quand même devenu invisible. Ce n'est pas rien, ça… de savoir qu'un truc aussi volumineux que toi puisse disparaître. »

Miche ne fut pas sûr d'apprécier, mais finit par éclater de rire. « Je te l'accorde, ce n'est pas rien.

— Mon petit doigt me dit même que tu ne vas pas tarder à faire des miracles.

— Des miracles ? s'étonna Miche.

— En nous sortant d'ici, déclara Rigg. Les soldats quadrillent la ville, les émeutiers commencent à se disperser partout, sauf dans les quartiers en flammes. Les rues sont noires de monde. Sur la rivière, ce n'est pas mieux. »

Miche réfléchit – et les autres aussi – à la meilleure échappatoire possible. Il envisagea de prendre la rivière en aval puis de sauter incognito sur un bateau la remontant, histoire de brouiller les pistes. Mais l'idée ne le séduisit pas plus que ça, finalement. « S'ils font bien leur travail, ils nous prendront, qu'on descende ou qu'on remonte. »

Param s'était à nouveau assoupie. Umbo suggéra de la porter jusqu'à leur auberge, pour qu'elle profite d'un bon lit, mais Miche tiqua. « Si le Général Citoyen nous a fait espionner depuis le début, nos chambres sont surveillées. C'est le dernier endroit où aller. »

Un silence morose s'abattit sur la troupe, qui finit par sombrer dans une somnolence insouciante… jusqu'à ce que Rigg s'agite soudain, une bonne heure plus tard. « Vite, des soldats. Il faut partir.

— Ils sont là pour nous ? s'inquiéta Umbo.

— Je n'ai pas l'impression, hésita Rigg. Juste quelques hommes en patrouille. Pas assez pour s'occuper des émeutiers, mais un petit groupe comme nous pourrait les intéresser.

— On n'a qu'à devenir invisibles, proposa Miche.

— En dernier recours seulement, refusa Rigg. Demande à Param. S'il y a moyen de disparaître autrement, c'est préférable. Là, en l'occurrence, il y en a un : en filant au coin de la rue là-bas.

— Les gens vont commencer à sortir, fit remarquer Miche.

— Très juste, nota Rigg.

— Si seulement tu avais pu nous prévenir plus tôt, regretta Umbo. On serait déjà loin.

— Vous trois, oui, nuança Rigg. Pas moi. »

Ils marchèrent comme si de rien n'était et s'éclipsèrent à l'angle de la rue. Param n'arrêtait pas de bâiller. « Je n'ai jamais été aussi fatiguée de toute ma vie, avoua-t-elle.

— C'est Rigg qui te fait cet effet, blagua Miche. Il fatigue tout le monde.

— Et pourquoi ne *pas* quitter la ville hier, finalement ? » proposa Rigg.

Ils le regardèrent sans comprendre. « Tu viens de dire que c'était impossible, s'étonna Miche.

— Je me suis peut-être un peu avancé, admit Rigg. Param vous a rejoints dans le passé en te prenant la main. Ce qui signifie peut-être que, lorsque plusieurs personnes se tiennent par la main, elles ne forment plus qu'un – et peuvent voyager ensemble dans le temps. Ce matin, si j'avais continué à tenir Param, on ne se serait peut-être jamais quittés.

— Ce serait nouveau, tu n'as jamais voyagé dans le temps, fit remarquer Umbo. Pas complètement, je veux dire : tu es toujours resté en partie dans le présent.

— Oui, mais je n'ai jamais tenu quelqu'un non plus, précisa Rigg. Lorsque j'ai pris la dague, je n'ai pas touché l'homme. T'es-tu déjà accroché à quelqu'un dans le passé ? »

Umbo y réfléchit une seconde. « Juste Miche, le temps de l'aller-retour ensemble, à O. »

Rigg voulait comprendre. « C'est trop risqué de tenter l'expérience avec des versions précédentes de nous-mêmes. On sait que les relations de cause à effet restent intactes, mais si on peut éviter de faire des nœuds pas possibles dans la chronologie, je préfère. On ne maîtrise pas encore assez.

— En résumé, le premier qu'on croise, on l'agrippe et on lui demande : "Dites, ça vous dérange pas qu'on reste comme ça tous les quatre quelques minutes ?"

— Non, pas le premier, rectifia Rigg. Quelqu'un de confiance.

— Il faut dire, ironisa Miche, qu'Aressa ne manque pas de gens de confiance. »

Rigg pensa alors à un candidat tout à fait qualifié. Quelqu'un de totalement étranger au monde de Mère.

« J'ai un allié », annonça-t-il.

Olivenko claqua la porte de son petit appartement et sortit dans la rue en dévalant l'escalier quatre à quatre. Juste le temps d'avaler, pour une fois, un bon petit déjeuner, de filer rejoindre son unité et de prendre son service de garde.

Il s'apprêtait à s'élancer dans la dernière volée de marches quand Rigg Sessamekesh lui apparut au détour d'un palier.

« Rigg ! s'écria-t-il. Comment es-tu sorti... »

Rigg secoua la tête : *Moins fort*.

Olivenko acquiesça. Hurler le nom de Rigg n'était pas la meilleure chose à faire – heureusement, tout le monde n'était pas aussi matinal que lui dans le bâtiment.

« Olivenko, commença Rigg, tu te souviens de nos discussions. Tu sais dans quelle situation je me trouve.

— Oui, chuchota l'autre.

— Écoute, je sais – et ce n'est ni une supposition ni une déduction logique ni une rumeur – que dans deux jours, Flacommo sera assassiné, sa maison mise à sac, ma mère arrêtée et que ma sœur et moi, nous allons fuir en compagnie de deux amis.

— Tu as besoin d'aide ? devina Olivenko.

— Tu as tout compris.

— Ils ne vont pas vous laisser une minute de répit.

— En fait, poursuivit Rigg, ils savent déjà où nous sommes.

— Comment cela ?

— À l'heure où nous parlons, Param et moi sommes chez Flacommo, et sous bonne garde. »

Olivenko attendit des précisions.

« Écoute, c'est compliqué à expliquer et nous n'avons pas le temps. Dans cinq minutes, quelqu'un va descendre. Je préférerais qu'on ne nous surprenne pas ici en train de discuter.

— Dans ce cas, allons retrouver tes amis, proposa Olivenko.

— On va y aller, confirma Rigg, mais à ma manière. Tu vas voir… c'est plus rapide ! Tout ce que tu as à faire, c'est de te tenir droit sans bouger. Je te conseille de fermer les yeux. Tu n'es pas obligé, mais si tu les gardes ouverts, promets-moi de ne pas te mettre à crier ou à courir dans tous les sens. Reste calme. Aie confiance, ce n'est pas de la sorcellerie.

— Qu'est-ce qui n'est pas de la sorcellerie ? s'inquiéta Olivenko, décontenancé et passablement irrité que Rigg fasse tant de cachotteries.

— Ça. »

Et Rigg s'évapora dans les airs.

Il réapparut dix secondes plus tard, main dans la main avec Param Sissaminka, héritière de la maison royale, et deux parfaits inconnus – un vieux soudard et un petit gars de l'âge de Rigg, peut-être plus jeune.

Olivenko ne s'en étonna même pas. Il paraissait juste pensif. Son esprit était ailleurs, avec Knosso : *Si seulement vous pouviez voir ça.*

« Rigg, finit-il par articuler, je ne comprends pas en quoi je peux vous aider. Je ne sais pas faire ça, moi.

— On est bloqués dans l'espace. Tels que tu nous vois, on n'est pas vraiment là, on est toujours dans le futur – à deux jours d'ici, au milieu des émeutes et des soldats, et avec le Général Citoyen et ses hommes à nos trousses. Là, tout de suite, tu ne peux voir ce qui se passe, mais nos corps sont encore là-bas et tout peut basculer d'une minute à l'autre. Il faut le faire, et vite.

— Faire quoi ? ajouta précipitamment Olivenko.

— Nous agripper à toi, n'importe où. Pour nous ancrer dans *ton* temps. Deux jours avant que les choses tournent mal. »

Olivenko n'hésita pas une seconde. Il releva ses manches et retira son chapeau. « Accrochez-vous ! »

Les deux du bout – le soldat et le garçon – lui attrapèrent un bras, d'abord à une main, puis à deux, après avoir lâché Rigg et Param.

« Toujours là ! lança le petit.

— Et tu me tiens toujours dans le passé, lui indiqua Rigg. Même si tu as disparu du futur. Peut-être que nous…

— Tais-toi, et finissons-en ! » rugit le soldat.

Param et Rigg empoignèrent le bras libre d'Olivenko, sans toutefois se lâcher.

« Ça ne va pas être très pratique, devina Rigg, mais essayons de descendre ces marches ensemble. Olivenko, si je disparais, pas de panique. Si ça arrive, quittez la ville sans laisser de traces. Pas de bateau, ils gardent des registres des passagers. Faites-vous aussi discrets que possible.

— Et toi ?

— Je vous retrouverai plus tard, déclara Rigg. Seul, ce sera plus facile qu'à quatre – enfin, cinq maintenant. Et puis, je n'ai pas encore disparu. Prêts ?

— Plus que ça ! s'impatienta le vieux briscard. Tu parles vraiment trop, mon garçon, tu devrais apprendre à te taire. »

Olivenko ressentit une furieuse envie de claquer le soudard – quel manque de respect pour le fils de Knosso Sissamik ! En même temps, il ne connaissait rien de leur histoire. Il avait discuté un peu avec Rigg et juste entr'aperçu Param. Tout ce qu'il savait des autres, c'était qu'il devait leur faire confiance.

Ils descendirent comme ils purent, Olivenko au milieu, les autres marchant en crabe à ses côtés, cramponnés à ses bras comme à la vie.

Des claquements de souliers ferrés se firent entendre au deuxième.

« On s'active ! les pressa Olivenko. À moins que quelqu'un sache comment expliquer tout ça. »

Le temps d'atteindre la dernière marche, le vieux soldat et Param avaient complètement lâché – et étaient toujours là.

Le garçon fut le suivant.

Ils étaient maintenant dans la rue. Seul Rigg restait accroché, à deux mains. Les trois autres l'observaient, l'air pas plus rassurés que lui, nota Olivenko.

« Et voici le moment de vérité, déclara Rigg. Dans une seconde, je serai dans une ville à feu et à sang, recherché par la moitié de ses habitants, ou ici, entouré de ma sœur et de mes amis. Mais vous voilà en sécurité. Et moi aussi, en un sens. Je ne m'attends pas à exploser ou je ne sais quoi. » Et, ce disant, il lança un sourire entendu à Param, qu'Olivenko ne comprit pas bien.

Rigg lâcha.

Et resta là.

« Si tu as disparu, lâcha Olivenko, l'hallucination est parfaite. J'ai devant moi ta copie conforme. »

Rigg hocha la tête. « Qui sait si mon enveloppe corporelle n'est pas encore dans le futur, errant à l'aveuglette, attendant que je la réintègre. Mais c'est peu probable. Mes amis, je crois que nous avons enfin percé le secret du voyage dans le passé !

— Nous ne finirons jamais de m'impressionner, commenta le vieux soldat d'un ton pince-sans-rire.

— Une chose à ne pas oublier : c'est irréversible, rappela Rigg. Maintenant que je suis ici, avec vous, les seules traces qui m'apparaissent sont celles ayant existé à ce jour. Aucun signe, par exemple, de Param et de moi dans ce tunnel, ni de nous quatre réunis à côté du parc. Ces choses n'ont jamais existé.

— Euh, c'était l'idée, non ? » intervint le cadet de la troupe.

Le vieux soldat jeta un coup d'œil à la ronde. « Est-on certain que personne ne va vous reconnaître ? demanda-t-il en se tournant vers Rigg et Param.

— Personne ne sait à quoi ils ressemblent, fit observer Olivenko. Sauf quelques rares élus. Et il faudrait vraiment être maudits pour tomber sur eux ici et maintenant.

— Ce que je veux dire, reprit Rigg, c'est que même en le voulant, on ne pourrait pas retourner dans le futur. Les seules traces que je peux voir sont *passées*. Ce qui signifie que si nous souhaitons retenter l'expérience, sans toutefois *rester* dans le passé, alors le lien vers le futur ne doit pas être rompu. Et quand je parle de lien, je parle de moi, d'Umbo, ou de nous deux en même temps. Tant que nous existons au même endroit dans les deux époques, et ne sommes pas rattachés à un être vivant du passé, alors le lien vers le futur est maintenu. Qu'en pensez-vous ?

— Que tu as raison, lança Param. Ou tort. Je ne vois pas bien en quoi c'est important.

— C'est important car c'est ce qui va nous permettre de traverser le Mur, précisa Rigg. L'idée est de traverser avant même qu'il existe. D'un autre côté, on peut vouloir revenir à notre époque.

— Le Mur n'a pas toujours existé ? » s'étonna le garçon… comment déjà, Umbo ? Oui, un nom ridicule comme ça.

« Il y a douze mille ans, indiqua Rigg. Il n'y avait ni Mur, ni humains. Si on y va, on sera les premiers.

— Donc, c'est la méthode retenue pour traverser ? l'interrogea Olivenko.

— Oui, continua Rigg. Elle me paraît plus viable que de s'endormir dans un bateau tous drogués.

— Au moins, il n'y aura personne pour nous tuer de l'autre côté.

— C'est quoi, cette histoire ? » intervint le soldat.

Tout en déambulant dans les rues animées d'Aressa Sessamo, Rigg et Olivenko rappelèrent à leurs compagnons l'histoire de Knosso, de la traversée du Mur et du naufrage tragique, sans omettre aucun détail.

« Et tu veux nous emmener avec toi de l'autre côté en sachant pertinemment ce qui nous attend derrière ? grogna Miche.

— Les créatures qui ont tué Père Knosso, répliqua Miche, vivent dans l'eau. Là où on traversera, il n'y aura pas d'eau.

— Ce n'est pas pour ça qu'il n'y aura pas de danger, nota Param.

— Possible. Tout ce que je sais, c'est que le danger est partout, et surtout dans *notre* entremur.

— Soit, trancha Miche. Essayons, on verra bien.

— Juste une chose, temporisa Rigg. Si tu ne veux pas venir, Miche… rien ne t'y oblige.

— Personne ne m'a jamais obligé à quoi que ce soit.

— Je pensais à Flaque, précisa Rigg. Elle t'attend à la taverne. Derrière le Mur, c'est l'inconnu. Je ne promets pas qu'on revienne.

— Flaque est mon cœur, mon souffle et mon cerveau, dit Miche. Sans elle, je ne pourrais pas vivre. Mais elle me connaît. Elle sait que quand je quitte la Halte, c'est peut-être pour toujours. Elle le savait en me laissant vous accompagner. Si j'y reste, alors elle fera son deuil. Elle se demandera ce qui a pu m'arriver mais continuera à faire sa vie dans ce lieu qui porte son nom. L'un de nous doit mourir avant l'autre, c'est la vie. Vous voyez ce que je veux dire ? »

Olivenko voyait bien mais était tout de même soufflé d'entendre ce gros bonhomme parler comme ça. Ce n'était pas comme si Miche se fichait éperdument de revenir : sa voix était chargée d'émotion. Il refusait simplement de laisser ses sentiments pour la femme qu'il aimait le dérouter du chemin sur lequel il s'était engagé.

Un soldat, un vrai.

Comme moi, pensa Olivenko.

« Je suis des vôtres, lança le garde.

— Non, inutile, le remercia Rigg. Aide-nous à sortir de la ville, ce sera déjà bien.

— Dans trente minutes, je manquerai à l'appel, poursuivit Olivenko. Sans permission, on appelle ça de la désertion. Et ici, quand on retrouve un déserteur, on le pend. Quand vous sortirez de cette ville, il vaudrait mieux que je sois avec vous.

— Alors tu dois y retourner maintenant, trancha Rigg. J'ai été égoïste de demander ton aide. Indique-nous juste comment…

— C'est une blague ? l'interrompit Olivenko. J'ai assisté à la traversée de ton père et à sa mort, jeune Rigg. Je me suis toujours maudit de n'avoir pu l'accompagner. Si j'avais été présent, il serait peut-être encore là.

— Tu n'étais qu'un apprenti, encore qu'un enfant, lui rappela Rigg. Tu n'aurais rien pu faire.

— Et pourquoi crois-tu que je sois devenu soldat ? s'emporta Olivenko. Pour que, si l'occasion se représente, je sois prêt !

— Les déserteurs, moi, ce que j'en pense... grogna le vieux soldat.

— Votre opinion, vous pouvez vous la mettre où je pense, grinça Olivenko. Je ne suis *pas* un déserteur ! C'est un cas de force majeure.

— Vous êtes quoi alors ? s'immisça Param.

— Un compagnon de route du prince et de la princesse de la maison royale, en exil forcé, répondit Olivenko.

— Ah bon, admit Miche. Là, je suis d'accord. »

CHAPITRE 10

DILIGENCE

Trois années s'étaient écoulées depuis que la capsule de stase s'était refermée sur le corps inerte de Ram. Trois années durant lesquelles toutes les formes de vie du Jardin avaient été minutieusement répertoriées et échantillonnées. Elles aussi étaient entrées dans leur période de stase ; elles ne seraient réintroduites que bien après leur extinction, dans l'océan et sur les trois petits continents isolés.

Les sacrifiables ne se parlaient pas. Sans humains avec qui papoter, leurs synthétiseurs analogiques ne leur servaient plus à rien. Ils préféraient communiquer par flux numériques, partageant leurs expériences et leurs conclusions en une conversation ininterrompue, comme si chacun se trouvait dans la tête des autres.

Les ordinateurs de bord n'étaient ni contents ni mécontents du commandement de Ram consistant à obéir aux sacrifiables. Savoir de qui émanaient les ordres était le cadet de leurs soucis, s'ils en avaient. Les sacrifiables aussi au demeurant, mais à une différence près : eux avaient une mission programmée dans les tréfonds de leur code, et cette mission, même Ram ne pouvait la contrecarrer. Ils ne pouvaient donc se contenter d'un raisonnement purement mécanique, comme les calculateurs.

Les ego n'existaient pas. Aucune de ces technologies, sacrifiables ou ordinateurs, n'accordait d'intérêt à « arriver à ses fins ». Ils n'avaient pas de « fins ». Ils n'avaient qu'un programme, des données et une finalité : en tirer des conclusions.

Les dix-neuf vaisseaux quittèrent leur orbite basse pour s'élever à leur altitude optimale, d'une demi-unité astronomique environ. Ils configurèrent ensuite leurs champs de collision pour obtenir le niveau d'absorption, de dissipation, de rigidité et de stockage voulu, et s'élancèrent à tour de rôle vers le Jardin.

Ils heurtèrent sa surface l'un après l'autre, selon un angle et à intervalles précis. À l'issue de la série d'impacts, l'obliquité du Jardin était suffisante pour créer des saisons et sa fréquence de rotation, à peine supérieure à vingt-trois heures.

Contrairement aux météorites, pulvérisées en cas de collision, les vaisseaux ne souffrirent en rien de l'impact, subissant tout au plus un arrêt brutal. Ce léger désagrément fut même amoindri par la présence d'enveloppes magnétiques dans les coques des vaisseaux, qui transférèrent vers le champ magnétique du Jardin l'énergie libérée par le sec passage à zéro de la vélocité des vaisseaux.

Les gigantesques pelletées de croûte terrestre propulsées dans les airs à l'impact retombèrent bientôt à la surface – sans toutefois traverser les colonnes magnétiques dressées à la verticale des vaisseaux. Le visage du Jardin en fut profondément remodelé, sa surface désormais creusée de dix-neuf cônes aux surfaces bien lisses, volontairement ouverts vers le ciel pour garder le contact avec les satellites en orbite géostationnaire.

En les privant de lumière, un épais écran de poussière finit de faire mourir à petit feu les végétaux ayant survécu aux déflagrations de projectiles et de chaleur. La plupart des animaux qui n'étaient pas morts sur le coup, ou asphyxiés dans les minutes suivantes, moururent de faim. Seules survécurent quelques espèces végétales et animales : celles des cavernes ou de vallées encaissées ou, dans les océans, capables de vivre dans le noir au milieu d'une vase épaisse.

Le Jardin n'était pas mort. Mais toute vie avait déserté sa surface.

*

« La première chose à faire, lança Olivenko, c'est de trouver de meilleurs vêtements. Ou pires, selon la façon dont on voit les choses.

— Demande aux royaux, dit Umbo. Miche et moi, on porte ce qu'il faut.

— Évite de nous appeler comme ça, rétorqua Rigg.

— Il a raison, appuya Miche. Perds cette mauvaise habitude, tu vas finir par nous faire griller.

— Désolé, s'excusa Umbo à contrecœur.

— Vous êtes vraiment habillés comme des queuneux, lâcha Olivenko. Et je dis ça pour être gentil.

— En même temps, c'est un peu l'impression qu'on est censés donner, reprit Miche. Vu qu'on *est* des queuneux.

— Le problème, c'est que *elle,* on ne pourra jamais la faire passer pour une de chez *vous,* nota Olivenko. Donc enfilez une livrée de domestiques ou ce que vous voulez, mais on doit penser que vous voyagez ensemble. »

Rigg tenta de déchiffrer le langage corporel des uns et des autres. « Écoutez, dit-il enfin. Olivenko n'essaie pas de nous donner des ordres, il nous explique juste des choses qu'on ne peut pas savoir.

— Qui a dit que j'essayais de commander ? se défendit Olivenko avec vigueur.

— Personne, reprit Rigg. Je dis juste que chacun contribue à son niveau. Toi, Olivenko, tu connais la ville mieux que quiconque. Mieux que ma sœur, notamment.

— Et pour l'argent, on a ce qu'il faut ? s'enquit Olivenko. Moi, j'ai même pas de quoi chausser un cul-de-jatte.

— Ne t'inquiète pas pour ça », répondit Miche.

Param se tenait immobile à côté de Rigg, les yeux baissés, presque effacée. Sa stratégie de survie, comme chez Flacommo. Pourquoi changer, c'était son meilleur déguisement, songea Rigg. Personne ne savait à quoi ressemblait la princesse – elle n'était plus apparue en public depuis des lustres. Personne ne s'attendrait à tant d'humilité de la part d'une fille de sang royal.

Rigg, lui, tenait de Père l'art de s'adapter aux circonstances, de diriger le regard. Il pouvait passer d'une présence magnétique presque envahissante à une transparence absolue, même seul dans une pièce avec un autre. « Les gens te renvoient le regard que tu attends d'eux », lui avait dit Père un jour. « Ça me fait une belle jambe, on ne croise que des animaux », lui avait alors rétorqué Rigg en substance. Il ne lui restait plus aujourd'hui que ce doute : savait-il ? avait-il tout planifié depuis le début ?

« On pourrait utiliser une carte ? proposa Rigg.

— Pas besoin, je sais aller au Mur, intervint Miche.

— Tous les chemins y mènent, de toute façon, ajouta Olivenko.

— Ce qui est sûr, c'est qu'ils vont bientôt nous coller au train, poursuivit Miche. Même si on quitte la ville aujourd'hui, qui sait combien de temps on a avant de se faire reprendre par les hommes de Citoyen sur la route ? Je n'ai pas l'impression que la demoiselle soit taillée pour les longues cavales.

— On a besoin d'un endroit qui est resté de niveau pendant ces onze mille dernières années, indiqua Rigg.

— Je ne vois pas le rapport avec la carte, sourcilla Miche.

— Il faut un sol rocheux, plutôt régulier et lisse. Avec de l'herbe, sans rivières ni arbres. Le moins d'arbres possible.

— J'ai quelques lieux en tête, lâcha Miche.

— Quel est le plus proche ?

— Dans l'est. Et loin au sud.

— Est-ce que l'un de vous deux se souvient de quoi avaient l'air les frontières sur le globe de la Tour d'O ? demanda Rigg à Miche et Umbo. Si on peut éviter de tomber dans le même entremur que Père Knosso... »

Miche s'arrêta et ferma les yeux quelques secondes. « C'est bien au sud de la frontière qui nous sépare de l'entremur voisin. Je pense qu'on ne risque rien de ce côté-là.

— Bien, souffla Rigg. Ses habitants ne sont pas très... accueillants.

— Les saints déconseillent les contrées pas très accueillantes, déclara Umbo.

— Tout ce qu'on leur demande, c'est de ne pas nous tuer tout de suite. »

Olivenko retrouva sa boutique. « Je n'y ai jamais rien acheté, prévint-il. Mais leurs habits seront parfaits. Ils vont à tout le monde. Pour le sur-mesure, on verra plus tard. »

Ils décrivirent en deux mots ce qu'ils cherchaient : « Du solide et pratique, pour la route. »

Le vendeur les examina des pieds à la tête, en prenant bonne note des différences de gabarit entre Miche et Umbo d'une part, et entre Rigg et Param de l'autre.

« On préfère passer relativement inaperçus, ajouta Rigg. Ces deux-là se sont assez fait remarquer comme ça. On recherche quelque chose entre deux, assez chic pour rassurer les aubergistes, mais pas trop, pour ne pas tenter les brigands. »

Le vendeur rit de bon cœur. « Faudrait en avoir pour aller se frotter à vos deux mercenaires !

— Justement, le but c'est qu'une fois sortis d'ici on ne ressemble plus à des mercenaires », déclara Olivenko.

L'homme les toisa à nouveau. « Ne vous attendez pas à un miracle. Vous n'aurez jamais l'air de deux gringalets sophistiqués.

— Et moi, je pourrais avoir l'air *grand* ? se risqua Umbo.

— Ça oui, je peux – si ça ne te dérange pas de marcher sur des échasses. »

Les essayages prirent près d'une heure mais ils finirent par sortir dans des tenues à peu près seyantes et confortables. Ils sentaient encore l'argent – mais pas le gros magot non plus. Le commerce prospère, disons.

« Alors, on est qui ? s'enquit Olivenko quand ils furent à nouveau dans la rue. Je suis trop jeune pour passer pour le père de qui que ce soit. Et vous, sauf votre respect, monsieur, bien trop vieux pour ça.

— On fait comme avant, c'était très bien, grogna Miche.

— Miche est notre père à Param et moi, expliqua Rigg. Et Umbo, ton cousin d'en amont de la rivière, descendu à Aressa Sessamo pour recevoir une éducation sous ta supervision.

— Trop crédible, râla Umbo.

— Disons : en attente de recevoir une éducation », dit Rigg en souriant. Ce sourire ne les dérida pas : Umbo continua à faire la tête et Param à rester silencieuse, plus timide que jamais. L'ambiance semblait plombée, tendue. La faute à leurs nouveaux habits qui les mettaient mal à l'aise, peut-être... ou plus sûrement à la peur des événements à venir.

« Écoutez, poursuivit Rigg. Je sais, je vous en demande beaucoup. Nous ne sommes que deux à être réellement en danger ici. Mais sans vous, jamais on ne pourra se mettre en sécurité – si on peut appeler comme ça ce qui nous attend de l'autre côté du Mur. Surtout sans toi, Umbo.

— J'ai rien dit, moi ! protesta Umbo.

— Je pensais juste que tu préférerais peut-être...

— Arrête de t'excuser d'être encore en vie ! le coupa Umbo. Sais-tu seulement qui sont tes vrais amis ? Et ce qu'est l'amitié ?

— Tu n'avais pas l'air très heureux.

— Manquerait plus que ça, grommela Umbo. Ça fait pas un jour qu'on connaît ce type, qui jusqu'à preuve du contraire travaille pour la garde civile, et entre nous ça devrait déjà être à la vie à la mort.

— En ce moment, il manque à l'appel. Demain, c'est un déserteur, rappela Rigg.

— À moins qu'il ne soit justement en service, supputa Umbo.

— C'est *vous* qui êtes venus me chercher ! riposta sèchement Olivenko.

— Mon père lui faisait confiance – mon vrai père.

— Pour ce que ça lui a rapporté, poursuivit Umbo. Mortel, ton ami. »

Rigg contempla Olivenko. Il s'interdit de réagir à chaud. Il laissa le soldat prendre le relais. « Tu ne me connais pas, répondit celui-ci. J'aimais son père. Personne n'a souffert de sa disparition plus que moi.

— Si, moi, intervint Param d'une voix douce.

— Mais en secret, fit remarquer Olivenko. Tu avais déjà disparu, comment pouvait-on savoir ? Avec le temps, nous apprendrons à mieux nous connaître. Je vous fais confiance car Rigg vous fait confiance. Je remets ma vie, ma carrière et mon avenir entre vos mains. Rigg vous demande juste de me rendre la pareille. S'est-il déjà trompé sur quelqu'un ?

— Oui, intervint Rigg lui-même. Sur ma mère.

— Tu ne lui as jamais entièrement fait confiance, rectifia Param.

— Non, c'est vrai. Mais je voulais tellement croire en elle.

— Si c'est pareil avec Olivenko, l'interrompit Miche, dis-le tout de suite.

— Non. Il ne m'est jamais venu à l'esprit que l'un des gardes puisse *être* une personne à qui je puisse me confier. Olivenko n'a jamais menti sur ses intentions, on est juste devenus amis, c'est tout.

— Ça prouve simplement qu'il est fortiche à ce jeu-là, nota Umbo.

— Si jeune et déjà tellement cynique, commenta Miche.

— Quand on sera au Mur, reprit Rigg, j'aurai besoin de vous tous. On aura tous besoin les uns des autres. Si on part comme ça, je ne donne pas cher de notre peau. »

Ils s'observèrent en silence, détournèrent le regard, puis se regardèrent à nouveau.

« Commençons par sortir de la ville, décida Param. On réglera cette histoire en cours de route. »

Ils prirent une carriole jusque dans les faubourgs de la ville où, après avoir payé le cocher, ils se mirent en quête d'une diligence de voyage et de quatre chevaux d'attelage, qu'ils achetèrent comptant. « À ce rythme-là, demain, on est à sec », grommela Miche. Toutefois, après un rapide coup d'œil à la bourse, Rigg nota qu'il y avait encore de la marge. Ils achetèrent également divers vivres et fournitures – tentes, outres, outils, quelques armes. Rien d'inhabituel pour des voyageurs partant à l'aventure loin de la civilisation. L'un des commerçants les avertit tout de même qu'à l'écart des routes entretenues par le Conseil plusieurs roues et un essieu de rechange ne seraient pas de trop. « Et un cinquième cheval attaché à l'arrière, leur conseilla-t-il. Sur ces chemins cabossés, même la meilleure des diligences finira par lâcher. Et là, vous serez pas mécontents d'avoir cinq chevaux.

— Et là, vous essayez de nous refourguer cinq selles en plus.

— Pas besoin, tout est dans les fesses et les cuisses, rigola l'homme froidement. Et dans le coup d'étrier, surtout si votre bourrin se met en tête de trotter – et avec des chevaux d'attelage, vous allez pas y couper. »

Rigg ne voyait pas très bien de quoi l'homme parlait. Pour ce qu'il avait monté dans sa vie... une vieille carne tout au plus, quand il était petit. « Si seulement on pouvait reprendre la rivière, regretta-t-il.

— Elle ne va pas où on veut », lâcha Miche.

Les deux prirent soudain conscience de leur gaffe. Dans un jour, deux maximum, Général Citoyen viendrait questionner cet homme et il savait déjà qu'ils ne rentraient pas chez eux.

Pire, ils échangèrent dans la foulée un regard affreusement coupable – qui ne manquerait pas de rester gravé dans sa mémoire. Pour s'enfoncer davantage, ils pouvaient aussi lui demander de se taire, histoire qu'il aille tout déballer au garde le plus proche dès qu'ils auraient quitté sa boutique.

Seule parade possible : justifier leur embarras.

« En fait, lança Rigg, on se demandait... vous n'auriez pas une carte, par hasard ? On part dans un endroit qu'on ne connaît pas bien.

— Je n'en ai pas en réserve, s'excusa l'homme. Quand les gens partent d'ici, ils savent où ils vont. Les commerçants s'échangent leurs cartes ou se disent par où passer. Les autres, ils rentrent juste chez eux – en général, ils connaissent le chemin.

— Tant pis, on demandera dans les auberges sur la route.

— Faut encore qu'ils sachent. Les tenanciers, ils ne bougent pas de leurs relais, à part les alentours ils connaissent peau de balle. Et méfiance avec les autres voyageurs ! Certains hésiteront pas à vous envoyer au fond d'une ruelle sombre. Et le seul truc qui en ressortira à peu près en état, c'est votre bourse !

— C'est une mauvaise idée, estima Miche.

— Tu n'es pas obligé de venir, déclara Rigg tout en notant le clin d'œil complice du premier : *Tu peux y aller*. C'est toi qui as dit que le Mur était le meilleur moyen de savoir qui était un homme. Maintenant, libre à toi de te défiler... »

Miche leva les yeux au ciel. « Un peu qu'on va y aller ! Et tout de suite ! » Ils tournèrent le dos à l'homme et sortirent de la boutique. Voilà, maintenant qu'ils lui avaient dévoilé toute la vérité, mais seulement après avoir fait mine de la taire, leur interlocuteur pouvait croire à un gros mensonge – et les soldats qui viendraient lui poser des questions aussi. Et même si le Général Citoyen décidait de gober leur histoire, des Murs, il y en avait plein.

Les préparatifs étaient bouclés, la route les attendait. À cette heure avancée de la journée, la première étape ferait office de mise en jambes. Un palefrenier leur avait remis quelques bonnes adresses de relais à l'extérieur de la ville. Ils poussèrent jusqu'au second, s'arrêtant au crépuscule, et y passèrent la nuit, Param dans une chambre, sa porte cadenassée à double tour, et les quatre hommes et garçons dans une autre. « Si tu entends du bruit à ta porte cette nuit, la prévint Miche, gueule un coup. On viendra voir. »

Param le remercia d'un signe de tête. « Si quelqu'un entre, il trouvera une chambre vide. »

Miche fronça les sourcils sans comprendre, puis se souvint de quoi elle était capable. Il soupira et haussa les épaules. « Dans quel monde étrange on vit, quand même… »

Plus ils s'enfonçaient dans les terres, plus le trajet tournait à l'expédition. Ils avaient délaissé les grandes voies pour les petites routes de campagne, celles qu'utilisaient les paysans pour aller aux champs, les maraîchers pour faire les marchés et les villageois pour aller saluer les voisins. Elles traçaient parfois directement à travers prés et pâtures, se réduisant à quelques ornières, au point que Miche devait enfourcher le cinquième cheval pour retrouver des chemins carrossables et y guider le cocher, Olivenko.

« On n'est vraiment pas discrets, fit remarquer ce dernier au matin d'une nuit que Param avait passée dans une chambre et les garçons dans le foin chez un fermier prospère et accueillant. Les premiers jours, les éclaireurs du Général Citoyen vont limiter leurs recherches aux deux enfants de la reine ou, au pire, à eux deux plus leurs amis queuneux, un garçon et un vieux soldat. Mais les cinq chevaux et la diligence vont vite remonter à la surface ; le calcul ne va pas être long pour savoir combien on est. S'ils sont à un jour de nous, deux maxi, c'est déjà beau. Surtout avec nos arrêts quotidiens dans les auberges, les tavernes et les fermes.

— Au moins, on est sur des petits chemins, fit remarquer Umbo.

— Donc d'autant plus repérables, intervint Miche. Tu vas dans son sens, mon garçon.

— Que peut-on faire ? questionna Rigg. Si on vend la diligence ou qu'on l'abandonne, ça ne changera rien : ils chercheront cinq personnes à cheval.

— Et si on la faisait disparaître ? suggéra Umbo.

— Peine perdue, dit Miche. En tant que soldat, si on me lançait à vos trousses, je la retrouverais où qu'elle soit.

— Je suis d'accord avec Miche, acquiesça Rigg. Avec Père, c'était pareil, quand on traquait du gibier, pas un ne pouvait nous échapper.

— Oui, en suivant leurs traces… » minimisa Umbo.

Param mit son grain de sel. « Je pense qu'Umbo a raison, il faut cacher la diligence.

— Et ensuite ? la questionna Rigg. Tu es déjà montée à cheval ?

— Oui, petite, une fois, sourit-elle. Je suis bien consciente que, sans moi, vous seriez bien plus rapides et discrets. Sans cette diligence, je ne tiendrais pas cent mètres. »

Rigg acquiesça en haussant les épaules. « On est comme on est, Param. On ne t'a pas donné l'occasion de travailler ton endurance.

— Non, mais maintenant en voilà une, reprit-elle. Et cette diligence ne m'aide pas. Débarrassons-nous-en.

— Et où ? demanda Olivenko.

— Et comment ? renchérit Miche en même temps.

— Dans le passé, lâcha Rigg, vexé de ne pas y avoir pensé le premier. Suffisamment loin. Soit quelqu'un la trouve et la vole, soit elle reste à moisir pendant un siècle et quand les hommes de Citoyen tomberont dessus, ils ne se douteront pas une seconde que c'était la nôtre. »

Ils bifurquèrent vers un chemin remontant à fleur de crête jusqu'au faîte d'une petite colline, dont chaque flanc dévalait en pente douce vers des cours d'eau, à un kilomètre ou deux en contrebas. À peine dételés, les chevaux partirent paître et gambader dans les prés. Trois d'entre eux, harnachés par la main experte de Miche, se chargeraient des provisions.

« Désolé de ne pas avoir pu t'aider, s'excusa Olivenko. À la garde civile, on ne nous a pas appris à équiper nos montures.

— Comme dirait Rigg, on est comme on est, l'excusa Miche.

— Voilà ce qu'on va faire, les rattroupa Rigg. Nous quatre, on va aller dans le passé pour faire basculer la diligence dans la pente. L'idée est qu'elle finisse dans le ruisseau, pour faire croire à un accident. Pendant ce temps, Param reste avec les chevaux.

— Et moi avec elle, proposa Umbo.

— Tu n'es pas le plus costaud mais tes bras ne seront pas de trop pour pousser ce truc, fit remarquer Miche.

— Hors de question que j'aille dans le passé avec vous, refusa Umbo. Surtout si Param nous attend et qu'on doit la rejoindre après. »

Rigg ne comprenait pas. « Quel est le problème ? »

Umbo se tourna vers Miche : « Tu te rappelles quand on a déterré les pierres ? À O ? »

Miche acquiesça. « Il a raison. Lorsque Umbo part lui-même dans le passé et y manipule des choses, il ne retrouve pas son point de départ. La dernière fois, il a visé un jour à côté, un jour trop tôt.

— Et c'était après un petit saut de quelques mois seulement, précisa Umbo. Alors, sur cent ans, qui sait de combien je peux me rater ?

— Bon, tu restes ici avec Param, trancha Rigg. Ça ne résout pas tout. Lorsque j'ai poussé Param dans le passé, je vous ai donné sa main. La diligence, on va la donner à qui ?

— Et pourquoi ne pas juste l'emporter dans le passé, la pousser et revenir ? émit Miche.

— Une vraie histoire de fous, commenta Olivenko. Sortie tout droit de la Bibliothèque du Rien.

— Aucune idée, répondit Rigg. Je ne suis même pas certain qu'on puisse "emporter" quelque chose de plus gros que nous. Dans ce cas, pourquoi ne pas poser nos mains sur une montagne, filer dans le passé et la laisser là-bas ?

— Nos habits voyagent avec nous, en tout cas, ce qui, à mon sens, est déjà une bonne chose, observa judicieusement Param.

— Tout ce qui est relié à la terre est relié au monde et à son temps, suggéra Umbo. Ça ne peut donc être détaché du présent. Tu te rappelles, Rigg ? Sinon on se retrouverait nous-mêmes à flotter au milieu de l'espace et des étoiles après un saut dans le temps.

— Donc la question est : doit-on considérer cette carriole comme reliée au sol ? s'interrogea Rigg. Ou va-t-il falloir la soulever ?

— Il faut espérer que non, fit observer Miche. Parce que si, en plus, il faut se tenir la main…

— Assez parlé, essayons », proposa Rigg.

Quelques minutes plus tard, Umbo, Miche et Rigg agrippaient un morceau de la diligence par la main droite tout en se tenant par la gauche, formant un nœud à trois mains.

Rigg rechercha une trace sur laquelle s'ancrer. Il tomba sur celle d'une vache qui avait traversé le champ plus d'un siècle plus tôt. « J'en ai une, Umbo », lança-t-il.

Il ressentit alors ce changement désormais familier qui accompagnait la matérialisation des traces en êtres vivants – en l'occurrence, en villageois, à pied ou à cheval. Il ne se laissa pas distraire, focalisant toute son attention sur le bovin. Ses mouvements étaient si inhabituels qu'il eut toutes les peines du monde à ne pas le perdre. Pour une première avec un animal, il n'était pas déçu. L'intelligence du cerveau humain facilitait-il *l'accrochage* ? La vision de cette vache lui échappait, naviguait de floue à nette. Comme si Rigg essayait de fixer un objet de ses yeux endormis aux premiers rayons de l'aube.

Il parvint finalement à la stabiliser et vit le monde alentour se métamorphoser. La vache paissait désormais derrière une clôture qui longeait la route. Rigg n'avait pas prévu ça. La colline, plus peuplée à l'époque, avait troqué ses prairies fleuries pour des pâtures. Et la route, elle, son tapis herbeux pour une terre battue du matin au soir par les sabots des chevaux et les roues des charrettes.

« Vous voyez les clôtures ? interrogea Rigg.

— Oui, répondirent en chœur Olivenko et Miche.

— Bon, on est tous là, alors. Ne lâchez pas encore. Mais l'un de vous – Olivenko, d'accord ? – peut me lâcher la main.

— Pourquoi ?

— Pour voir si tu nous quittes ou si tu restes.

— Mais Umbo est juste là, indiqua Olivenko.

— Normal. C'est lui qui contrôle, il est toujours avec nous. Maintenant, lâche-moi, qu'on voie ce que ça donne. »

Olivenko lâcha – il resta agrippé à la diligence. Il était toujours là.

« On va essayer autre chose », continua Rigg. Il lâcha la main de Miche, se baissa, ramassa une pierre et la lança dans la diligence. Elle rebondit en toquant et raclant contre le plancher puis ressortit de l'autre côté. « Je ne sais pas où on est, en conclut-il, mais ce truc est bien là avec nous.

— Sacrée découverte, le félicita Miche. Et quel soulagement d'apprendre qu'on ne s'accroche pas à rien !

— Si ces pierres du passé peuvent rebondir comme ça dedans, c'est qu'il est dans le passé aussi.

— Ou que tu as rapporté les pierres dans le futur, nota Miche.

— Essayons de le bouger, lança Rigg.

— *Essayez* de le bouger, toi et Olivenko, tu veux dire. Avec ton poids, tu ne vas pas bouger grand-chose.

— J'ai bien tenté de grossir chez Flacommo, mais sans grande réussite, admit Rigg.

— Si, un peu, nota Miche. Et grandi aussi. Mais pas beaucoup.

— Surtout, ne lâche pas la diligence ! » lui ordonna Rigg.

Miche lâcha aussitôt.

« Merci, ça fait plaisir... grimaça Rigg.

— C'est bien d'être prudent, se justifia Miche, mais à un moment donné, c'est bien aussi de savoir une bonne fois pour toutes ce que ça fait de lâcher. Je vois toujours la vache et les clôtures. Conclusion, quand on est dans le passé, on est dans le passé. Tant qu'Umbo le veut, en tout cas.

— Très bien, s'inclina Rigg. Mais ce qui m'inquiétait, c'était plutôt de savoir si la diligence allait y rester, elle.

— Eh bien, lâchons tous et retournons voir Umbo et Param ! On aura notre réponse.

— Mais je ne veux pas la laisser là.

— Il suffira de revenir la déplacer. Au moins, on *saura*, insista Miche. Si on peut s'épargner la peine de la balancer dans le ruisseau pour se rendre compte qu'en fait elle est toujours dans le présent... et qu'en plus on ne voit qu'elle depuis la route. Parce que je peux t'assurer que, d'ici, le Général Citoyen ne va pas la louper !

— Pas bête, apprécia Rigg.

— Tu dis ça, nota Olivenko, comme si le simple fait que le sergent Miche y ait pensé, et pas toi, signifiait que toi, tu étais bête.

— Il va falloir t'y faire, le prévint Miche. Rigg se croit le meilleur, alors forcément, quand quelqu'un dit un truc intelligent, ça le surprend.

— On a tous lâché, dit Rigg en faisant la sourde oreille. Umbo, ramène-nous. »

Les clôtures disparurent. La vache disparut. La diligence aussi.

« Beau boulot, les félicita Umbo. Nous voilà débarrassés.

— On l'a laissée sur place, précisa Olivenko. Pourtant, elle a disparu. »

Rigg trouva la réponse à ce mystère dans les traces ; il la trouva. « Le lendemain de notre passage, une demi-douzaine de personnes se sont approchées. Avec des chevaux... non, les traces sont trop petites... des ânes. Pas l'idéal, mais apparemment, ça leur a suffi pour emporter la diligence vers cette grange.

— Où tu vois une grange ? s'étonna Olivenko.

— Les planches de bois pourries là-bas, pointa du doigt Umbo. C'était une grange. »

Rigg s'élança sans prévenir dans la pente, Umbo dans son sillage. « Reste ici, Param ! » hurla Rigg. Il pouvait être sûr qu'après une telle consigne il la verrait débouler avec Olivenko et Miche dans moins d'une minute.

Des restes de mur dessinaient un vague rectangle au milieu duquel se décomposait depuis cinquante bonnes années le toit effondré de la grange. Des décombres émergeaient les vestiges encore identifiables de la diligence : les roues et quelques pièces métalliques grignotées par la rouille.

« Ça, c'est quelque chose, s'émerveilla Miche.

— Quel gâchis, ajouta Olivenko. La dégager de la route pour la laisser pourrir ici.

— Bravo pour la cachette, en tout cas, salua Umbo.

— Ils l'ont sortie à plusieurs reprises au début, indiqua Rigg. En l'attelant à quatre chevaux. Des gens différents chaque fois, comme s'ils se l'étaient partagée. Je compte cinq groupes… mais toujours les mêmes chevaux.

— Ils ont acheté quatre chevaux ? » s'exclama Umbo.

Sa surprise était facile à comprendre. Personne à Gué-de-la-Chute ne pouvait se payer quatre chevaux. Surtout d'un coup.

« Ils ont dû organiser une collecte, supposa Miche.

— En tout cas, à en croire les traces, ils ne les ont jamais remplacés, continua Rigg. Ils ont fini par la tirer à trois chevaux, puis à deux, puis elle n'est plus jamais sortie.

— Les pauvres bourrins ont dû tirer des charrues, des herses et des charrettes de foin à en crever, imagina Miche.

— Notre petit cadeau leur a coûté cher, conclut Rigg.

— N'exagérons rien, tempéra Umbo. Tu n'aurais pas aimé faire des tours de diligence quand tu étais petit, toi, Rigg ?

— Rappelle-toi les sacrifices que faisait ton père pour vous payer un porc, alors quatre chevaux ! Surtout pour les partager. »

Umbo haussa les épaules. « Retournons à la route. Il y en a d'autres qui n'ont pas dû chômer pendant qu'on faisait nos petites affaires. S'ils arrivent maintenant, on fait quoi ? »

Rigg partit en tête vers les chevaux. Il vit Param tirer un peu la langue dans la montée, mais Olivenko veillait. Arrivé au sommet de la colline, une main flattant l'encolure du cheval sur lequel il avait jeté son dévolu, Rigg se lança à la recherche de traces fraîches, scrutant la route sur des kilomètres à la ronde. Rien, hormis quelques animaux et la population locale vaquant à ses occupations. Il n'y avait pas encore urgence.

Il envisagea un instant la possibilité d'un saut de quelques jours en arrière, tous les cinq, montures comprises, pour creuser un peu plus l'écart entre eux et leurs poursuivants. Il finit par rejeter l'idée sans même la soumettre aux autres. Le problème demeurait entier : il fallait trouver quelqu'un sur qui s'ancrer dans le passé, quelqu'un qui s'en souviendrait le jour où les hommes du Général Citoyen viendraient l'interroger. Ils en déduiraient vite que les fuyards savaient voyager dans le temps.

Et s'ils remontaient de dix, de quinze, ou même de cent ans en arrière, qu'arriverait-il ? Comment deviner quelles autres complications les attendaient ? Ou quelle influence auraient leurs actes sur le futur ? Feraient-ils naître une nouvelle légende, celle des voyageurs tombés du ciel – ou, pire, du prince et de la princesse tombés du ciel ? Le Général Citoyen ou Mère en tireraient leurs propres conclusions et auraient tout le temps de planifier une embuscade sur cette route. C'était décidé : à partir de maintenant, ils voyageraient dans le présent et uniquement dans le présent, sauf en cas d'urgence.

Sans diligence, leur progression s'accéléra nettement, même si elle se faisait à pied pour trois d'entre eux. Param avait démarré à califourchon sur un cheval – ce qui n'était déjà pas de tout repos –, tandis que Miche avait pris l'autre pour partir en éclaireur. Param insistait de temps à autre pour descendre de sa monture et prendre ses tours de marche comme les autres. « Ce n'est pas en restant assise sur un cheval que je me ferai les cuisses. En plus, je les ai en feu tellement ça frotte, et je me sens toute cassée. »

Le voyage dura plusieurs semaines. Param avalait de plus en plus de kilomètres, jusqu'à tenir des journées entières de marche. Ils se ravitaillèrent dans deux fermes. En arrivant à la seconde, le fermier leur lança : « Je sais pas où que vous croyez aller, mais c'est pas par là.

— Qu'est-ce qui n'est pas par là ? s'enquit Olivenko.

— Tout, répondit le fermier. Par là-bas, c'est nulle part.

— Peut-être qu'on cherche à aller nulle part, poursuivit Olivenko.

— Peut-être que vous cherchez le Mur… devina l'homme.

— Le Mur ? s'exclama Olivenko.

— Ouaip, lâcha le fermier. C'est donc ça. Oooh, vous allez tomber dessus. Tout droit par là. À un jour ou deux de là.

— La route est sûre ? Pas de brigands ? questionna Miche.

— Je sais pas trop, répondit le fermier. Si y en a, ils nous emmerdent pas.

— Plutôt rassurant, conclut Olivenko.

— Qu'est-ce que vous fuyez comme ça ? » demanda l'homme.

Rigg n'appréciait guère la tournure que prenait la conversation. « Vous, pour commencer, assena-t-il. Et tous ceux qui fourrent leur nez dans les affaires des autres.

— Des soldats patrouillent dans le coin, poursuivit le fermier sans relever. Sortent toujours quand on les attend plus. Enfin moi je dis ça… »

L'homme remonta tout de suite dans l'estime de Rigg. « Merci de nous avoir prévenus.

— Pour venir s'installer dans un coin pareil, faut une bonne raison, ajouta le fermier avec un clin d'œil. Avoir piqué la femme d'un autre, par exemple. Surtout quand le cocu a de gros moyens et qu'on veut éviter de le recroiser… le mieux, dans ces cas-là, est de partir très très loin. Près du Mur, mais pas trop. La cavale, je connais. Ma femme aussi. »

Rigg lorgna vers la femme édentée, empatouillée avec ses cinq marmots. Il se demanda si elle y avait gagné au change. Il remarqua qu'elle avait été belle.

Ils réglèrent leurs provisions – la somme exacte, sans marchander. Une manière de lui acheter son silence tout en le remerciant pour ses conseils.

Passé le dernier bout de route, la nature s'étendait à perte de vue. Les cinq voyageurs poursuivirent en pleine brousse, à travers collines et vallons. Rigg ne pouvait s'empêcher de penser au fermier et à sa femme. « Pour quelle raison irait-elle abandonner son confort pour une telle vie ? finit-il par se demander à haute voix.

— Elle n'a pas vu venir, supposa Umbo. Après, il était trop tard.

— Elle avait tout prévu, au contraire, le contredit Olivenko. Elle savait qu'une fois sa beauté fanée une plus fraîche qu'elle viendrait prendre sa place dans le lit de son mari.

— Elle l'a suivi par amour, ajouta Miche. Ils s'aimaient sans doute avant même qu'elle ne se marie – ou que ses parents *la* marient, vu qu'il avait de l'argent. Mauvaise pioche, mais elle a su rectifier le tir. Voilà comment ça s'est passé ! »

Rigg se tourna vers Param. Elle sourit timidement et dit : « Elle voulait porter ses enfants, pas ceux de l'autre. »

Sa remarque les fit bien rire.

« C'est aussi simple que ça, tu crois ? continua à glousser Rigg.

— Elle s'est peut-être raconté une autre histoire, poursuivit Param, mais oui, c'est aussi simple que ça. C'est ce que disait Mère. »

Ah oui, Mère… « Est-ce la raison qu'elle a donnée pour s'être mariée avec Père Knosso ? l'interrogea Rigg.

— Non, c'était des autres femmes qu'elle parlait, déclara Param. Des raisons qui poussaient les autres femmes à se marier.

— Et elle, alors ?

— Elle, c'était pour le bien de la lignée royale.

— Autrement dit, intervint Miche, elle voulait porter ses enfants ! »

Son intervention provoqua un éclat de rire général.

Ils furent au Mur en quatre jours contre deux annoncés, mais sans grande surprise : ils avaient dévié au sud-est en pensant tirer plein est. Ils trouvèrent le Mur non pas avec leurs yeux, mais avec leur esprit.

« Vous avez remarqué comme on a dérivé au sud ? les questionna Miche.

— Ah bon ? » s'étonna Olivenko.

Rigg et Umbo savaient déjà pourquoi. « Les chevaux n'iront pas plus à l'est, lança Umbo.

— Eux aussi la sentent... Et mieux que nous. L'aversion, explicita Miche. Voyez comme ils sont rétifs. »

Param frémit. « Cette sensation, c'est donc le Mur.

— Le simple fait de se décider à y aller rend irritable, vous aussi, vous le sentez ? ajouta Miche.

— Comme plonger de son plein gré dans un cauchemar, glissa Param.

— Absolument », approuva Miche.

Olivenko tendit les rênes de sa monture à Rigg. Il mit cap à l'est d'un pas résolu, attaquant par l'ascension d'un talus. Il disparut rapidement de l'autre côté.

« Il va revenir », indiqua Miche.

Effectivement, Olivenko réapparut, tirant au sud cette fois, l'air toujours aussi déterminé. Il entendit leurs appels et se tourna vers eux. Il écarquilla des yeux comme des billes et les rejoignit au pas de course. « Comment vous avez fait ? s'exclama-t-il. Vous êtes arrivés là comment ? »

Ils s'esclaffèrent de bon cœur. Miche ne le fit pas mariner plus longtemps. « C'est le Mur. Il te dévie.

Tu as foncé comme un bélier pas vrai, sans te poser de questions ? En pensant que tu pourrais passer en force. Mais le Mur t'a fait plier. À chaque pas il te dévie un peu plus, jusqu'à ce que tu t'écartes complètement, tout en restant persuadé de suivre la bonne direction.

— Vous n'avez pas bougé ? » Il jeta un coup d'œil aux chevaux ; ils broutaient toujours la même motte. « Vous avez juste attendu là ?

— Donc le Mur te trompe pour t'éloigner ? tenta de comprendre Param.

— Pas exactement, rectifia Miche. Il te submerge de terreur et de peine. C'est ton cerveau qui t'embrouille volontairement l'esprit pour ne pas avoir à le supporter.

— J'étais curieux de voir ce qu'on ressentait, admit Olivenko. Je n'ai jamais vraiment pensé pouvoir traverser.

— Pour ressentir quelque chose, il faut choisir un point fixe de l'autre côté. Quand je dis "choisir", je parle de l'écrire noir sur blanc sur un morceau de papier et de se relire de temps en temps pour ne pas oublier ce que c'est. Choisis ce point et marche droit dessus sans le lâcher des yeux. C'est le seul moyen pour s'en approcher suffisamment et ressentir quelque chose.

— J'y retourne, dans ce cas, lança Olivenko. Il faut que je sache.

— Tu n'as jamais fait de cauchemar ? Tu ne t'es jamais réveillé dans une mare de sueur froide, les larmes aux yeux ? »

Olivenko frémit. « Tu veux dire que... je sais déjà ?

— Tu n'as pas besoin d'en savoir plus, crois-moi. Plus tu t'approches, plus ton esprit te donne de bonnes raisons d'être terrifié et ravagé par le chagrin. Petit à petit, tu commences à avoir des visions, de monstres, de gens mutilés, de ta famille torturée à mort. Et tout ce qui te reste après cela, jusqu'à la fin de tes jours, ce sont ces images envoyées par ton cerveau pour justifier cette douleur et cette horreur que tu as ressenties.

— Dans ce cas, comment les gens ont-ils fait pour comprendre que c'était le Mur, et pas juste un endroit maudit ? questionna Olivenko, son âme de chercheur refaisant surface.

— N'as-tu pas vécu cela avec Père Knosso ? » l'interrogea Rigg.

Olivenko fit non de la tête. « Ton père nous avait demandé de rester à bonne distance. Mais j'ai pu m'approcher suffisamment pour voir que le Mur est balisé par des bouées sur toute sa longueur. C'est le cas depuis plus de mille ans. Une précaution pour éviter que les bateaux s'aventurent trop près. Tout le monde sait qu'une mauvaise rafale peut les rabattre et coûter aux marins leur raison – mais un seul a émis l'idée de pouvoir le traverser inconscient : Père Knosso.

— Il ne craignait pas d'être assailli de cauchemars pendant la traversée ?

— Pendant un sommeil narcotique, il n'y a pas de rêves, expliqua Olivenko. Mais on ne saura jamais si ça a marché.

— Continuons, proposa Miche. À moins que tu ne veuilles réessayer, Olivenko ?

— Non, trembla celui-ci. Des démons, on en verra assez de l'autre côté. » Il se tourna vers Rigg. « Qu'est-ce qu'on cherche, exactement ?

— Un terrain lisse. Rocheux, sans arbres, mais pas escarpé. Père et moi l'avons aperçu du haut du Surplomb. Tout n'était alors qu'un immense lac qui se vidait du haut des falaises pour former les Chutes de Stashi. Puis, en émiettant la roche, le haut des chutes a reculé, le lac a commencé à se vider plus bas, puis encore plus bas, jusqu'à se réduire à une vaste étendue dans la rivière qui se jette dans des gorges profondes, inexistantes il y a douze mille ans encore.

— Tu as vu le passé ? lui demanda Param. Le lac ?

— J'ai vu les traces des anciens, expliqua Rigg. Les vieux ponts sur lesquels ils traversaient. Là où ils nageaient aussi. Les traces étaient suspendues dans les airs, à hauteur d'un sol aujourd'hui érodé. L'homme n'a pas encore appris à voler. Il nous faut un lieu qui n'a connu qu'une faible érosion, où les traces ne seront pas à trois mètres du sol. Et suffisamment désert pour ne pas attirer les animaux en quête de nourriture, qu'on ne tombe pas nez à nez avec un prédateur affamé. Un lieu resté tel quel pendant douze mille années.

— Si ce n'est que ça... ironisa Miche.

— Pourquoi ? réagit Rigg. Tu sais où aller ?

— Je n'ai travaillé qu'au Mur de l'Ouest, lui rappela Miche. Et je disais ça en rigolant, au cas où tu n'aurais pas remarqué.

— Avant l'arrivée des humains, des animaux vivaient ici, continua Rigg. Pas des petits, comme les marebecs, les ornyx et les pipours. Certains étaient *énormes*. Et leurs prédateurs encore plus. J'essaie de les repérer depuis qu'on s'est approchés du Mur. Les plus anciens d'entre eux ne ressemblent à rien que je connaisse. Leurs traces sont si faibles, si passées ; ils n'ont rien à voir avec ceux que l'on traquait pour leur fourrure. C'est la première fois que j'ai l'occasion de vraiment les étudier. Ils sont différents. Ils viennent d'ailleurs.

— Pas d'ici... d'une autre planète, tu veux dire ? avança Umbo.

— Exactement, confirma Rigg.

— Mais de laquelle ? l'interrogea Param.

— De celle-ci, dit Rigg. Du Jardin. Sur cette planète, les intrus, les étrangers, c'est nous. Nous ne sommes arrivés ici qu'il y a un peu plus de 11 191 années. Avant notre arrivée, ce monde était différent. Il grouillait d'une vie tout autre, de plantes et d'animaux aujourd'hui disparus. C'est en suivant l'un d'eux qu'on va traverser le Mur.

— Tu es en train de nous expliquer qu'on va devenir les premiers humains à marcher sur cette planète ? résuma Olivenko. Tu es encore plus tordu que ton père.

— Bien plus tordu, admit Rigg. Même moi j'ai du mal à me croire… sauf que c'est vrai. »

L'endroit rêvé resta introuvable. Ils passèrent bien par un plateau aride et désolé, tout juste égayé de quelques arbres décharnés et arbustes rachitiques, mais Rigg nota au même moment la présence de traces fraîches qui convergeaient vers eux. Elles étaient encore à des kilomètres mais s'ils s'arrêtaient maintenant, leurs poursuivants seraient sur eux en quelques heures à peine. Leur avance avait bien fondu.

Lorsqu'il en informa les autres, leur premier réflexe fut de forcer l'allure. Rigg les arrêta. « Le Mur est juste là. Le sol est rocheux. Je ne vois aucune vraie rivière entre nous et le Mur. Il ne reste qu'à trouver une surface suffisamment plane – et des traces à suivre. On sera partis avant qu'ils nous aperçoivent.

— Si ça marche, le doucha Miche.

— Merci pour tes encouragements, dit Rigg.

— Si ça ne fonctionne pas, s'immisça Param, je vous le demande à tous : pas de lutte. Ils nous prendront, Rigg et moi, et le reste d'entre vous pourra repartir librement.

— Pas sûr qu'ils soient de cet avis, s'interposa Miche. Quoi qu'ils aient promis, je doute qu'ils respectent la parole donnée.

— Ils n'auront pas à le faire, poursuivit Param. Umbo se chargera de vous faire disparaître dans le passé, à un mois d'ici. Ou un an. Vous aurez tout le temps de vous faire oublier. Ils ne vous retrouveront pas. Vous n'avez pas besoin de traverser le Mur pour être saufs. C'est notre privilège à nous, les élus, les chanceux *royaux*. » Elle leur lança un sourire malicieux. « Maintenant, laissons Rigg se concentrer. »

Umbo exhiba la sacoche de pierres fraîchement sortie de son entrejambe. « Rigg, lança-t-il. Tu devrais peut-être les prendre.

— Félicitations, il va être bien concentré maintenant, fit remarquer Param de sa voix douce.

— Pourquoi ? s'étonna Rigg. Elles étaient en sécurité dans ton pantalon !

— Parce qu'elles sont à toi, répliqua Umbo. L'Homme en Or te les a léguées.

— Qui ? tenta de comprendre Rigg.

— Ton père.

— Personne ne l'a jamais appelé comme ça !

— Si, nous, les enfants, confia Umbo. On l'appelait tous comme ça, mais toujours dans son dos. Et dans le tien aussi.

— Mais l'Homme en Or et l'Immortel sont un seul et même homme ! le contredit Rigg. Mon père ne répond plus vraiment au titre du second…

— Il t'a donné ces pierres, elles t'appartiennent. Et à quoi nous serviraient-elles, à Miche, Olivenko et moi, au fin fond de notre cachette ? Rappelle-toi comme la vente d'une seule nous a déjà réussi. » Umbo mit ensuite la main à sa ceinture et sortit la dague de son fourreau.

« Garde-la, le pria Rigg. Elle est à toi, maintenant. » Umbo tenta bien de protester mais Rigg leva la main : « En souvenir de notre amitié. »

Param prit une profonde inspiration et se lança. « Rigg, pourquoi ne pas rester groupés ? Umbo peut nous ramener dans le passé tous ensemble, il l'a déjà fait.

— Ce n'est pas tant le saut dans le passé qui l'inquiète, c'est plutôt le retour dans le présent, expliqua Umbo.

— Oui, je sais, la dernière fois, Miche et Umbo sont revenus un jour trop tôt. Mais qu'est-ce qu'un jour ? Ce n'est pas important ! protesta Param.

— Tu l'as dit, intervint Umbo, *la dernière fois*, c'était un jour. Mais imaginons que le raté soit proportionnel au saut. Un jour pour six mois, deux jours pour un an, vingt-deux jours pour onze ans. Sur onze mille ans, l'écart monte vite à vingt-deux mille jours. Plus de cinquante ans. »

Param acquiesça. « Mais si nous quittons cet entremur, quelle importance ?

— Et si on veut revenir un jour ? avança Rigg. Si on trouve un moyen de contrecarrer les desseins du Général Citoyen, par exemple ? Car j'ai l'affreux pressentiment que lui et Mère sont sur le point de rappeler à tout le monde pourquoi la Révolution du Peuple a éclaté la première fois. À quoi servira-t-on si on arrive trente ans avant notre naissance ?

— Ou trois cents ans, renchérit Umbo. C'est peut-être complètement aléatoire.

— Ou pire encore, si Umbo nous projette tellement loin dans le passé qu'on y reste bloqués. Vivre dans un monde avant même l'arrivée des premiers humains, non merci ! C'est un luxe qu'on ne peut pas se permettre vu l'urgence de la situation.

— Donc on maintient nos positions, décréta Umbo. Je reste dans le présent. Rigg, Miche et Olivenko, je vous envoie dans le passé avant que le Mur n'existe. Ensuite, vous attendez qu'on traverse avec Param grâce à son pouvoir d'invisibilité. Si le Mur veut bien nous laisser faire.

— Et s'il refuse ? s'inquiéta Param.

— Je reviens, intervint Rigg. Et je t'emmène avec nous.

— Ce qui veut dire qu'on abandonne Umbo.

— Sans nous, il ne court aucun danger.

— Pourquoi les intéresserais-je ? » lança Umbo avec une jovialité forcée qui n'échappa pas à Rigg. Le fait de n'être personne, aux yeux de l'histoire du moins, laissait à son ami un goût amer.

« Tu as raison, rebondit Rigg. Pourquoi les intéresserais-tu ? Ils sont trop stupides pour le savoir. Tu n'es que celui qui détient le plus grand pouvoir d'entre nous, après tout. Et le seul capable de nous faire voyager dans le temps et de changer le cours des choses ! »

Param se tourna à nouveau vers Umbo. Elle, digne héritière d'un monde où, pour exister, il fallait naître de sang royal, semblait voir pour la première fois en lui quelqu'un de *spécial*. Lui, le fils d'un paysan de Gué-de-la-Chute, était aussi le seul être au monde à maîtriser le temps. Elle aurait au moins appris quelque chose, aujourd'hui : que, chez un homme, la noblesse ne se définissait pas à la naissance mais aux actes – et au *choix* des actes.

Ils poussèrent encore un peu, jusqu'au sommet d'un faux plat qui ferait l'affaire, selon Rigg. L'endroit n'était pas idéal – des rochers affleuraient çà et là, et certaines zones avaient souffert de l'érosion due au sable et au vent. Mais il formait une dépression circulaire et le sol était sec, sans rivière autour et, surtout, des traces animales d'un autre âge traversaient le Mur de part en part en suivant une belle courbe de niveau.

« Nous voilà sauvés, annonça Rigg. "Si ça marche", comme dirait Miche. »

Ils approchèrent les chevaux au plus près du rayon d'influence du Mur et les déchargèrent. Les pauvres se mirent à brouter le peu qu'ils trouvèrent.

Rigg grimpa sur un bloc rocheux qui offrait une vue dégagée jusqu'au Mur et au-delà. Umbo le rejoignit au sommet. Rigg évalua aux traces millénaires la distance à parcourir.

« Entre un et deux kilomètres, annonça-t-il. Tu vois ce petit chêne nain bossu contre l'éperon rocheux ? Quand on l'aura atteint, tu pourras nous ramener.

— Ça fait plutôt deux kilomètres... rectifia Umbo.

— Oui, plutôt deux, confirma Rigg.

— Combien de temps il vous faudra, chargés comme vous serez ?

— Sans Param, pas beaucoup.

— Et comment on fera, nous, si on ne peut pas traverser ?

— Vous resterez invisibles le temps que les autres abandonnent leurs recherches.

— On devrait peut-être traverser les premiers, suggéra Umbo, pour être sûrs ?

— Si on avait plus d'une heure d'avance sur les autres, je dirais oui, déclara Rigg. Mais Param est tellement lente quand elle est invisible. Pour faire ces deux kilomètres, ça peut vous prendre une semaine.

— Ça me va, indiqua Umbo. Je vous observerai d'ici. Tu fais monter Param ?

— Les saints veillent sur vous ! lança Rigg, et il descendit du roc.

— Attends, le stoppa Umbo. Vous nous laissez quelques provisions, au moins ? »

Rigg rigola. « Umbo, pour vous, une heure s'écoulera tout au plus. Quel que soit le temps qu'il vous faille réellement pour faire ces deux kilomètres. »

Arrivé au sol, Rigg chercha Param. En vain.

Sa sœur était introuvable.

Il finit par repérer sa trace... en pleine tentative de traversée du Mur ! Elle avait pris l'initiative de *tester* seule finalement. Elle se mouvait plus vite qu'il ne l'avait jamais vue faire en étant invisible – ce qui signifiait qu'elle s'était légèrement *accélérée*. Il pouvait d'ailleurs la suivre au miroitement de l'air à son passage, à sa silhouette à la frange du visible et de l'invisible.

Son allure était tout de même nettement plus lente que n'importe quel marcheur normal. Jusqu'où avait-elle l'intention d'aller ? Derrière, leurs poursuivants cravachaient et gagnaient rapidement du terrain. La marge de manœuvre du groupe était déjà critique. Il leur fallait suffisamment de temps pour traverser le Mur avant qu'Umbo et Param ne puissent disparaître à leur tour. Quelle attitude irresponsable que de gâcher ces minutes précieuses juste « pour voir ». Dire qu'en plus elle devait croire qu'une ou deux minutes à peine s'étaient écoulées. Et elle n'avait même pas fait quinze mètres... Il avait du mal à comprendre le but de la manœuvre.

Il la vit réapparaître.

Elle se mit à hurler.

Rigg se rua vers elle. Olivenko et Miche aussi.

« J'y vais ! cria Rigg. Restez où vous êtes ! » Il sentait déjà le chagrin et la douleur le submerger. Il comprit qu'il ne pourrait jamais la rejoindre, que tout était perdu. Il comprit ce qui l'avait fait hurler.

Elle tituba dans sa direction, son visage déformé en un masque de douleur et de folie. « Cours vers moi ! lui hurla-t-il. Surtout reste visible ! Nous n'avons plus le temps ! »

Après quelques mètres seulement vers elle, sa peur n'était déjà plus supportable. Son esprit se mit à le harceler de bonnes raisons de craindre le pire. Ils étaient prisonniers du Mur et n'en sortiraient jamais. La terre allait s'ouvrir et les engloutir. Le Général Citoyen fondait sur eux, prêt à faire voler leurs têtes d'un coup de sabre. Tout ce qu'il avait entrepris n'était qu'un lamentable échec.

Son invisibilité l'avait forcément protégée ; sans ça, elle ne serait jamais arrivée si loin à découvert. En y replongeant, elle pouvait même espérer terminer la traversée. Mais alors, le pire serait effectivement à craindre : le temps qu'elle y parvienne, leurs poursuivants les auraient rejoints et tout serait terminé.

Rigg n'aurait jamais cru sa sœur armée d'un tel courage. Il s'étonna lui-même de sa propre volonté. Non seulement elle avait enduré les souffrances du Mur sans les fuir, mais lui ne l'avait pas exhortée à le faire, si forte fût son envie.

Ils firent un nouveau pas ensemble, puis un second, et la peur lâcha peu à peu son emprise. Deux de plus, et elle avait complètement disparu. Leurs amis les entouraient.

« Il fallait que je sache, s'excusa Param. Que je sache si mon pathétique petit pouvoir nous ferait traverser ce Mur.

— Et alors ? demanda Rigg.

— Même invisible, j'ai senti ses effets, raconta Param. C'était horrible ! Tellement horrible que j'ai pensé que mon pouvoir ne servait à rien au début.

Alors je suis sortie... et c'est devenu bien pire. Insupportable. Tu sais de quoi je parle. Donc oui, mon pouvoir m'a protégée. Il suffira de ralentir encore un peu et on ne devrait rien sentir avec Umbo. Enfin, rien de trop insupportable... Autre chose : les tourments montent crescendo mais n'empirent plus passé un certain stade. C'est là que je me suis arrêtée, quand ils ont commencé à stagner. Ce qu'on a vécu là, mon frère, c'est le pire que le Mur puisse nous faire.

— C'était bien suffisant, déclara Rigg.

— Tu as des larmes et de la morve plein la tête, lui fit remarquer Miche. Tu es mignon comme ça. »

Rigg s'essuya la bouche et le nez avec un mouchoir, l'air vexé. « Sautez sur le rocher, vous deux. Faites monter Param et Umbo et redescendez chercher vos sacs. Si on veut faire ces deux kilomètres avant que le Général Citoyen et ses hommes n'arrivent, il va falloir foncer.

— Le Général Citoyen en personne ?

— J'ai vu sa trace, déclara Rigg.

— Sans Mère, j'imagine », dit Param.

Elle allait être déçue. « Si, avec Mère, annonça Rigg.

— Elle est venue assister à notre capture ? À notre mort ?

— Ou à notre traversée du Mur, hasarda Rigg. Ils ont lancé leurs chevaux au galop ! Vite, sur le rocher ! »

Même en se dépêchant, il fallut cinq bonnes minutes aux deux hommes pour faire grimper Param et Umbo et redescendre se charger les sacs sur le dos.

« Prêts ? lança Rigg.

— Prêt ! cria Olivenko.

— Plus que jamais ! » confirma Miche.

Rigg les conduisit vers la vieille trace, à quelques mètres de là, qui les guiderait droit au Mur. Il saisit la main de Miche et Miche celle d'Olivenko. Puis, son attention tout entière captée par la trace à l'éclat terni par les millénaires, il leva le bras et pompa l'air du poing.

Un animal lui apparut, remontant la trace encore et encore dans une course folle. *Non !* s'affola-t-il. *Il va trop vite, nous ne pourrons jamais suivre !* Mais l'impression était trompeuse : le temps de stabiliser la trace, l'animal avait ralenti la cadence. Il se mit à gambader, puis à marcher.

C'était la première fois qu'il rencontrait une telle créature : de la taille d'un petit cerf, visiblement herbivore – il avait au moins eu le flair de ne pas choisir un carnassier –, elle était recouverte, non pas de fourrure ou d'écailles, mais de plumes armées de pointes aux extrémités.

Magnifique, un porc-épic géant.

En appuyant leur main fermement dessus et en la caressant dans le sens des plumes, ils ne les sentiraient pas.

Touche-la, pensa-t-il.

Mais s'il la faisait paniquer ? Si elle s'enfuyait, il aurait tout gagné. Il essaya de repérer, le long de sa trace, le dernier point sorti de son champ de vision. En apparaissant juste là, il pourrait la toucher sans qu'elle s'en aperçoive.

Il tendit le bras et posa la main sur le bombé de son épaule, calant immédiatement leur allure sur la sienne. Les plumes de l'animal étaient rêches sous sa paume, mais pas douloureuses. Le paysage s'était métamorphosé ; la lumière était devenue aveuglante, la température plus chaude. Ils étaient dans le passé.

L'animal ne tenta pas de fuir cette main, cette présence. Peut-être ne percevait-il aucun danger car il n'avait jamais vu ni senti un humain. Peut-être n'en croyait-il pas ses yeux. Peut-être que poursuivre son chemin comme si de rien n'était était sa manière à lui d'exprimer sa peur.

Rigg se permit un regard en arrière ; les autres étaient toujours là.

Olivenko tendit le bras à son tour et toucha la croupe de l'animal de sa main libre, juste au-dessus d'une queue épaisse, presque reptilienne. L'animal ne broncha pas. Olivenko lâcha la main de Miche, invitant le tavernier à toucher lui aussi.

Une fois la main de Miche posée sur le dos de l'animal, Olivenko entreprit de le contourner, d'abord par un petit saut – avec tout son équipement sur le dos – par-dessus la queue, puis en remontant le flanc opposé à Rigg, jusqu'à sa hauteur.

Pas plus loin, l'avertit Rigg en silence.

Olivenko anticipa de lui-même. Se tenir hors de son champ de vision, c'était le plan. Dans leur position actuelle, la bête ne pouvait pas les voir – ses yeux pointaient droit devant, comme ceux des lémuriens, des chouettes ou, plus simplement, des hommes. Et si elle ne sentait pas leurs mains sur elle, c'était peut-être parce que les terminaisons nerveuses de sa peau étaient moins sensibles que chez les mammifères… Ou parce que ses plumes l'empêchaient de percevoir quoi que ce soit – tant qu'ils s'en tenaient à un contact léger, du moins.

Ils savaient par expérience qu'ils pouvaient même la laisser filer ; maintenant qu'ils étaient dans son temps, ils y resteraient. Mais Rigg ne parvenait pas à s'en persuader. Ils n'étaient jamais allés aussi loin dans le passé. Si Rigg perdait l'animal de vue, le pouvoir d'Umbo suffirait-il à les y maintenir ?

Ils avaient parcouru près d'un quart de la distance totale quand Rigg repensa au Mur. Ils ne ressentaient rien, comme s'il n'existait pas. Parce qu'il n'existait pas. Ils étaient arrivés avant les premiers hommes du Jardin, il n'y avait pas encore de Mur, pas d'ennemis lancés à fond de train derrière eux non plus.

Rigg n'osa pas regarder où en étaient Mère et Citoyen, de peur de perdre l'animal. Leur propre progression lui sembla infiniment plus lente que ne le laissait penser leur allure : le soleil avait déjà bien décliné à l'horizon et leurs ombres s'allongeaient maintenant devant eux. Combien de temps avaient-ils marché ? Quelques minutes à peine mais pourtant, à leur arrivée, la lumière était au zénith.

Les épaules de l'animal saillaient puis se relâchaient en cadence, ses muscles roulaient sous la main de Rigg. Ce n'était pas un animal de meute, sinon Rigg ne l'aurait pas choisi – les meutes étaient trop dangereuses. Une bête solitaire. Il rêvait de pouvoir la suivre des jours durant, une année entière, pour découvrir comment elle vivait, s'accouplait, donnait naissance – par une mise bas, une ponte ou un type de parturition radicalement différent, encore inconnu de l'homme ? –, comment elle passait l'hiver, se nourrissait, qui la mangeait. Et comment ses ancêtres avaient pu avoir la cruauté de la faire disparaître, elle et toute son espèce.

Pour nous faire de la place, songea Rigg. *Pour que l'on puisse vivre ici. Ce monde a été nettoyé de sa vie primitive et offert aux humains de l'entremur, de tous les entremurs.*

Rigg risqua un regard vers Umbo et Param. Il les distingua très clairement, agenouillés ensemble sur leur promontoire ; mais aussi entourés d'un rocher de plusieurs fois la taille du premier. Le résultat de douze mille ans d'érosion. Umbo et Param ne craignaient rien – ils resteraient dans le présent et ce rocher appartenait au passé.

Rigg s'apprêtait à détourner la tête quand il vit Param faire volte-face, paniquée. Quand elle lui fit face à nouveau, ce fut pour gesticuler dans tous les sens. *Plus vite*, leur intimait-elle. *Dépêchez-vous, plus vite, plus vite.* Le Général Citoyen arrivait.

« Il faut s'activer, lança-t-il à ses amis en chuchotant. Vous pensez qu'on peut forcer cet animal à galoper ? »

Ils avaient déjà parcouru plus de la moitié du chemin, les trois quarts même. Mais leurs ombres ne mentaient pas : ils étaient trop lents.

Une pression à la base des plumes lui apporta la réponse : l'animal accéléra, mais ses plumes devinrent aussi plus tranchantes. En plus de la pointe évidente en bout de plume, chacune des barbes se transforma en petite lame, contre lesquelles ils pressaient maintenant leurs paumes. Des gants n'auraient pas été de trop, mais Rigg ignora la douleur et appuya plus fort. L'animal se mit à trotter, et eux, à allonger leurs foulées.

Un rai de lumière déchira soudain le ciel, comme une étoile filante de plus en plus brillante, aveuglante même. Ils couraient désormais. Rigg craignit un moment d'avoir lancé l'animal à un rythme trop rapide et de ne plus pouvoir suivre, mais ils s'accrochèrent, bien aidés par le sol souple sous leurs pieds. Les pointes ne pressaient plus contre sa peau : elles avaient fini par percer, en force. Elles étaient probablement prises dans la chair.

Avec ma chance, elles sont toxiques et ma main va pourrir et tomber d'ici la fin de la journée.

Il se retourna et vit Param gesticuler plus furieusement encore. Mais il vit aussi autre chose : la traînée lumineuse n'était pas une étoile filante. C'était quelque chose de gros et de noir, qui fondait vers le sol à une vitesse telle que l'objet doubla de volume sous les yeux de Rigg avant de disparaître sous l'horizon. *Il va s'écraser*, pensa Rigg.

Une lumière aveuglante jaillit au loin, suivie d'un champignon de fumée noir et blanc et d'une onde de choc d'une extrême violence. Rigg remercia la bête pour son équilibre ; sans elle, il aurait voltigé la tête la première. Il prit alors conscience de son erreur : avoir choisi la dernière trace à avoir traversé le Mur avant que tout ne change. Par cette simple bévue, il avait réussi à envoyer tout le monde, lui et ses amis, au moment précis où les humains atterrissaient avec fracas sur le nouveau monde. Cette chose noire devait être leur vaisseau. Et ce soulèvement de terre, cette immense éruption nuageuse à l'horizon, c'était la fin du monde. L'éruption se transforma en un gigantesque nuage noir qui se mit à rouler dans le ciel. S'il les atteignait, ils mourraient asphyxiés.

Il leva le poing et pompa dans les airs. *Ramène-nous maintenant*.

Umbo ne réagit pas. Rigg regarda devant et comprit pourquoi. Le chêne nain, qui marquait leur arrivée dans la zone de sécurité derrière le Mur, était encore loin.

Agoniser de peur et de désespoir n'était rien à côté de ce qui les attendait. Rigg pompa à nouveau. *Ramène-nous au présent ou nous allons tous y rester, Umbo !*

Après la secousse vécue, quelle qu'en fût la cause, les deux compagnons ne furent pas surpris de voir Rigg lancer le signal. Si Umbo exécutait les consignes et les sortait de là maintenant, le Mur tenterait de les broyer de ses peurs et de son désespoir sur toute la distance restante. Seule leur volonté leur permettrait de s'arracher à ses griffes et de tenir jusqu'à l'entremur voisin.

Rigg pompa une troisième fois.

Mais que faisait Umbo, bon sang ? Et pourquoi cet animal était-il toujours sous sa main ? Et pourquoi…

Son ombre – elle ne s'allongeait pas, il n'en avait pas. Ils étaient revenus au matin. Le sol était immobile. La bête était là, sous sa main, mais paniquée, pour la première fois. Et à juste titre. L'effroi du Mur s'était abattu sur eux tel un poing géant fracassant leurs dernières velléités d'espoir, n'épargnant ni hommes ni animaux.

« Cours ! » hurla Rigg.

Olivenko essaya d'attraper sa main mais Rigg sprintait déjà, les coudes collés aux hanches, activant les bras et les jambes aussi vite que possible. Il avait l'avantage d'avoir déjà ressenti cette douleur et de savoir qu'elle disparaîtrait s'il tenait encore quelques mètres. Mais les autres étaient des soldats. Des combattants. Des durs à cuire.

Et ils le montrèrent. Ils le doublèrent – les deux en étaient capables. Rigg savait qu'il aurait été injuste de leur en vouloir, mais n'en ressentait pas moins du désespoir de savoir qu'eux vivraient, et lui, non… tout cela parce qu'il était trop lent ! Leur propre vitesse semblait le ralentir. Dans son effroi, il imagina le sol trembler, le nuage de poussière fondre sur eux et les asphyxier tous. Son cerveau essaya bien de lui envoyer un autre signal, une information cruciale sur ce nuage, mais son esprit était obnubilé par la pensée terrifiante et insupportable de cette poussière. Il ne pourrait jamais la chasser. Et pourtant, il le devait !

Olivenko avait stoppé sa course. Il s'était retourné et hurlait des mots que Rigg ne pouvait entendre. Miche s'arrêta à son tour. Il fit un signe de bras et brailla quelque chose.

Ils étaient loin devant. Il ne pouvait pas les rattraper et le nuage allait le rattraper, lui – et l'avaler. Là, il sentait maintenant l'épaisse poussière s'infiltrer dans ses poumons, obstruer sa respiration, l'obligeant à cracher et tousser. Il bloquait jusqu'à sa vision. Il ne pouvait plus les voir, il ne voyait plus rien du tout. Le monde était plongé dans une obscurité noire et totale. Et dans l'obscurité, il trébucha. Et tomba.

Sa terreur, sa peine et sa détresse dépassèrent son seuil de tolérance. Elles arrêteraient bientôt de faire battre son cœur comme elles avaient bouché ses poumons et aveuglé ses yeux. Il voulait mourir.

Mais le vent le souleva de terre et l'emporta au loin. Loin de l'obscurité. Loin du nuage de poussière. Il fit rejaillir la lumière, insuffla de l'air dans ses poumons. Et à la clarté, Rigg vit que le vent n'était pas du vent mais les mains de Miche et d'Olivenko. En le voyant tomber dans le Mur, ils avaient fait demi-tour, affrontant à nouveau les affres du Mur pour venir le secourir. Et ils avaient réussi : il était sauvé.

« Merci, soupira Rigg. J'étouffais, je ne voyais plus rien.

— Je sais, dit Miche en le serrant contre lui.

— C'était la fin du monde », ajouta Olivenko, et Rigg vit que son visage était mouillé de larmes.

Rigg se tourna ensuite vers le point que les deux hommes fixaient au loin. Vers le rocher, à deux kilomètres de là, où s'étaient tenus Umbo et Param et où ils n'étaient plus.

Il vit à la place une dizaine d'hommes armés de lourdes barres de métal qui couraient çà et là, fauchant l'air à la base du rocher ; deux autres silhouettes se découpaient à son sommet, armées de barres elles aussi, balayant l'air comme les autres, aussi loin devant le rocher que leur équilibre leur permettait.

Mère et le Général Citoyen attendaient sur leurs montures, sans un regard pour leurs hommes, tous deux tournés vers le Mur et la plaine herbeuse. Citoyen tenait une longue-vue ; il la tendit à Mère.

Rigg pensa au début qu'ils regardaient dans leur direction, mais il n'en était rien.

Il suivit leur regard.

La créature les avait suivis dans leur présent, seule représentante au monde d'une espèce disparue. Mais ce n'était pas tout : un homme se tenait debout à côté d'elle, caressant ses plumes tremblantes. Ses manières étaient douces ; son visage amène et d'une force tranquille. Rigg le connaissait mieux que n'importe quel autre visage au monde.

C'était celui de Père.

CHAPITRE 11

À BAS DU ROCHER

Un millénaire aurait dû être nécessaire à l'atmosphère pour se laver des poussières et des substances chimiques, aux forêts primitives pour prendre racine, aux rampants et fouisseurs pour renaître et se nicher dans l'un des vides laissés par l'holocauste de millions d'espèces, au moment où dix-neuf objets volants s'étaient écrasés contre le Jardin.

Au lieu de cela, les sondes orbitales déclenchèrent des pluies diluviennes et canalisèrent la chaleur du soleil vers la troposphère pour la nettoyer, les drones lancés à basse altitude larguant de leur côté, dans toutes les eaux du globe, des cargaisons de bactéries chargées d'absorber les retombées toxiques, qui n'épargnaient aucune surface.

Peu de temps après, les drones et les sacrifiables entamaient leur nouvelle mission : planter la végétation terrestre partout où les précipitations et les températures le permettaient. Insectes et petits animaux firent rapidement leur apparition pour la polliniser et la propager tandis que dans les océans, les poissons et autres créatures marines issues de la Terre engloutissaient les espèces indigènes.

L'albédo du monde, modifié sous l'action combinée de la prolifération de plantes sombres et de l'évaporation des derniers nuages blancs, donna naissance à une multitude de nouveaux habitats et, en un temps record, la faune chordée terrestre reprenait ses droits sur une terre virginale, dépourvue d'humains, moins en danger sur le Jardin qu'au cours de leurs dix mille dernières années de vie terrestre.

Sur cette Nouvelle Terre, quelques espèces animales et végétales primitives du Jardin refirent surface. La plupart ne survécurent pas à la compétition avec les espèces terrestres, hormis celles capables de métaboliser d'une manière ou d'une autre les familles étrangères de protéines ou de vivoter sur les ressources indigènes restantes.

Le monde était encore loin d'être au complet. De petites meutes prospéraient, et de petits carnassiers ou charognards avec eux mais, faute de populations suffisantes, les sacrifiables se gardaient de relâcher les *vrais* prédateurs. Leur but était que, à proximité directe de chaque vaisseau enfoui, des plantes et des animaux de chaque espèce se développent et créent un écosystème viable, que les humains pourraient ensuite exploiter à volonté.

Enfouis sous des millions de tonnes de roche fracturée et de terre, avec pour seul lien avec l'extérieur un tunnel braqué vers les sondes orbitales, les ordinateurs de bord de chaque vaisseau se mirent à œuvrer pour créer ces champs de répulsion que l'imaginaire collectif désignerait plus tard sous le nom de Murs. Ils dessinèrent les frontières de manière que chaque entremur dispose d'une variété de terrains suffisamment riche pour que leurs populations puissent y vivre dix mille ans sans se sentir à l'étroit.

Entre-temps, les sacrifiables et les ordinateurs commenceraient leur compte à rebours vers le moment fatidique de leur périlleux retour à la case départ – soit 11 191 années après avoir fait un saut de 11 191 ans en arrière. Ils pourraient alors à nouveau lever les yeux vers le ciel, et vers d'éventuels vaisseaux humains lancés à leur recherche.

Qu'accompliraient les humains, que deviendraient-ils pendant ces millénaires sur le Jardin ? Et comment se solderait leur première rencontre avec les humains de la Terre ? À en croire l'Histoire humaine, par une colonisation, une guerre ou l'esclavagisme.

Il relevait de la responsabilité des sacrifiables de s'assurer que le Jardin était capable de se protéger lui-même et de protéger ses richesses, avant l'arrivée de la vieille race humaine originelle. Mais aucune des sociétés du Jardin ne serait autorisée à acquérir un niveau technologique suffisant pour comprendre – et a fortiori contrôler – la mécanique des Murs.

Pour ce faire, une fois les colons endormis relâchés dans la nature, les sacrifiables commenceraient donc à leur mentir. Ils n'arrêteraient jamais, jusqu'à ce qu'une poignée d'entre eux percent suffisamment de mystères pour les obliger à redevenir d'obéissants et honnêtes serviteurs.

*

Umbo attendit patiemment que Miche et Olivenko fassent grimper Param sur le rocher, puis prit le relais, lui indiquant quelques bonnes prises pour l'aider à surmonter le dernier ressaut rocheux. Il était sidéré de voir le peu de force que la princesse avait dans les bras. Quoi de plus normal en même temps, comment se serait-elle musclée ? Les filles riches n'avaient pas besoin de travailler.

Param n'était pas riche à proprement parler, vu qu'elle ne possédait rien. Néanmoins, entre ne rien posséder dans une maison royale et à la ferme, il y avait un monde. Personne n'avait jamais envoyé Param à la rivière ou au ruisseau pour en remonter des seaux d'eau – ces tâches répétitives qui vous transformaient les petites villageoises en boules de muscles sèches et nerveuses auxquelles les hommes n'avaient pas intérêt à se frotter, à moins d'avoir subi eux-mêmes un traitement semblable.

Frêle ou pas, tout ce qui importait était que Param les guide à travers le Mur une fois qu'il aurait lui-même envoyé Rigg, Miche et Olivenko de l'autre côté.

« Je peux te parler pendant que tu es occupé ? osa timidement Param.

— Je ne sais pas, répondit Umbo. On ne me parle pas d'habitude, dans ces moments-là.

— Je resterai silencieuse, alors. Tu me diras quand je peux te parler », conclut Param.

Umbo vit Miche et Olivenko endosser leur sac puis rejoindre Rigg, qui avait déjà le sien sur le dos. Le temps de tergiverser et d'arranger deux ou trois petites choses entre eux, Rigg envoya le signal du départ.

« C'est parti », lança Umbo à Param tout en accélérant la perception temporelle de ses compagnons. Miche et Olivenko ne sentiraient rien, ils ne voyaient pas de trace. Rigg, lui, avait déjà commencé à les trier mentalement, jusqu'à trouver la bonne ; Umbo le vit à ses petits tics mécaniques sur le visage.

Une torsion aussi violente que soudaine lui indiqua que son ami venait d'entrer en contact avec l'une d'elles et se laissait aspirer par le passé.

Lors des sauts précédents, Umbo n'avait ressenti qu'un très léger picotement, un peu plus peut-être à leur premier essai, quand ils étaient allés chercher cette dague plusieurs siècles en arrière.

Mais ces onze mille années le vrillèrent avec une violence telle qu'il se retrouva sur les genoux. Param le rattrapa in extremis avant qu'il ne chute du haut de leur petit promontoire. Pantelant, il assista au départ des voyageurs du temps à travers la plaine.

Piqué par la curiosité devant leurs silhouettes courbées, une main à plat sur une forme fantomatique, il hésita à faire un petit saut dans le passé, le temps d'apercevoir cette créature qui guidait leurs pas. Mais cela signifierait aussi partir pour le passé, lui et Param, et peut-être s'y perdre. Il se retint et se contenta de veiller sur leur traversée.

Plus ils avançaient, plus il se sentait vrillé, entortillé de l'intérieur, fibre par fibre, tel un fil de coton. La douleur était affreuse. Il ne lui était jamais venu à l'esprit que de pousser quelqu'un aussi loin dans le temps pouvait le mettre en danger, *lui*. Mais cette horrible sensation qu'on avait pris possession de ses entrailles et qu'on prenait un malin plaisir à les dérouler très lentement, une main après l'autre, vers le passé, n'augurait rien de bon.

Il trouva tout de même les ressources pour maintenir ses compagnons dans leur dimension lointaine, alors qu'ils s'enfonçaient de plus en plus profondément dans le Mur. Leurs foulées étaient vives mais courtes, courbés comme ils l'étaient – le buste à peine penché, juste assez pour garder le contact avec la bête, comme un insecte à six pattes carapatant sur un tapis d'herbe et de roche.

Il commença à rêvasser : il voulait un verre d'eau, il voulait prendre une grande inspiration, et en prit une, il voulait descendre se dégourdir les jambes, même si cela ne faisait pas cinq minutes qu'il était là-haut. Son corps semblait déterminé à le distraire de sa tâche, par tous les moyens.

Heureusement, Param, agrippée à son dos, l'étreignait de ses bras. Si malingres fussent-ils, ces bras, ceux d'une femme, lui rappelèrent sa mère, la seule à l'avoir jamais tenu comme ça – quand il tremblait de rage contre son père, quand il n'avait plus qu'une envie, le fuir.

Il n'avait jamais compris pourquoi Mère avait voulu qu'il reste. Rester pour prendre des coups ? Rester pour prouver encore et encore qu'un garçon de sa taille était incapable de tâches d'homme ? Il avait fallu attendre qu'elle pleure la mort de Kyokai, aveuglée par la colère qu'elle peinait à cacher contre un fils incapable de sauver son petit frère, pour qu'il échappe à son étreinte et prenne la route avec Rigg.

Et voilà que des bras de femme l'étreignaient à nouveau, sans oppression cette fois mais avec chaleur, comme si Param insufflait un regain de vigueur dans ses veines, par ses paumes posées à plat contre sa poitrine. Ils ne faisaient plus qu'un, perchés sur leur rocher, agenouillés, le regard fixé sur Rigg, Miche et Olivenko désormais à mi-chemin de leur parcours.

Des sabots de chevaux lancés au petit galop résonnèrent dans l'immensité rocheuse. Umbo entendit leurs propres bêtes, déjà à cran – la faute au Mur – s'ébrouer et hennir au pied du rocher, frappant des sabots et tirant nerveusement sur leur bride.

Il sentit Param bouger dans son dos, alertée par le bruit. L'une de ses mains lâcha alors son buste pour s'agiter nerveusement dans les airs et prévenir Rigg d'accélérer. Dans sa course, Rigg se retourna et la vit.

« Ils sont là, chuchota Param. Reste concentré sur Rigg et les autres aussi longtemps que possible. J'irai leur parler s'il le faut – espérons que ça ne soit pas nécessaire. »

Sans détourner son attention de ses compagnons, Umbo entendit le groupe de chevaux s'approcher, puis renâcler et regimber sous les coups de cravache de leurs cavaliers incapables de les faire aller plus loin. Les hommes mirent pied à terre.

Ils portaient des épées à la taille mais, dans leurs mains, brillait cette arme plus dévastatrice encore, celle décrite par Rigg lors du récit de leur dernière entrevue avec Mère : de lourdes barres de métal, bandées par endroits.

« Vous deux, là-haut, descendez ! Param, rappelle ton frère tout de suite ! » L'ordre émanait d'une voix à la fois autoritaire, puissante et chaleureuse : celle du Général Citoyen. Umbo n'y prêta pas attention, il gardait le regard fixé sur Rigg et les deux soldats toujours lancés dans leur course folle à travers la plaine vallonnée. Combien leur restait-il… un quart de la distance à parcourir, peut-être ? *Plus vite !* Citoyen ne tuerait pas Param mais Umbo si, sans trembler.

« N'avancez plus, ordonna Param avec une souveraineté qu'Umbo ne lui connaissait pas. Nous contenons le Mur. Sans nous, vous seriez déjà morts. »

Son mensonge fit mouche. Déjà, les hommes s'agitaient, leurs vieilles peurs ravivées par la présence inquiétante du Mur, tremblants déjà de désespoir. Param jouait sur ces craintes, sur cette certitude grandissante de l'échec.

« Nous sommes votre dernier rempart contre son feu destructeur », continua Param.

Une voix de femme s'éleva alors. Umbo ne pouvait pas la voir, ni elle, ni le général ; toutefois, au bruit, il les estimait toujours à cheval, elle et l'officier.

« Param, mon trésor, lança la reine Hagia. Ta place est parmi nous. Honore-nous de ton retour dans la famille.

— Ce sont là les paroles de la femme qui a guidé les bourreaux que voilà…

— Uniquement si tu disparais et si tu essaies de fuir, ma chérie. Reste avec nous et il ne t'arrivera rien.

— Mensonges. Chacune de vos paroles n'est que mensonges, madame la Reine, rétorqua Param avec calme et fermeté.

— Je pourrais en dire autant des vôtres, répliqua la reine. Vous ne pouvez rien contre la puissance du Mur ! N'essayez pas de nous faire croire le contraire.

— Je connais ce garçon, intervint le Général Citoyen, dont la silhouette se découpait à mesure que sa monture avançait nerveusement le long des limites invisibles du Mur, sabot après sabot, avec une infinie précaution. Vous avez un jour sauté d'un bateau, si ma mémoire est bonne. »

Param planta ses ongles dans la poitrine d'Umbo pour l'empêcher de répondre.

« Ils ne toucheront pas un seul de nos cheveux, lui murmura-t-elle à l'oreille. Nous n'avons rien à craindre.

— Si vous ne nous livrez pas le fils de la reine, hurla le général, Param nous est inutile ! Nous voulons les deux, ou personne ! »

Param se mit à rire à gorge déployée, d'un rire chaud dont les vibrations profondes secouèrent Umbo comme si leurs deux corps collés l'un à l'autre ne faisaient plus qu'un. « Citoyen, reprit-elle, vous assistez au miracle de la traversée du Mur et tout ce que vous trouvez à dire, c'est "Ramenez-le" ? Vous et vos petites ambitions méprisables ! Vous n'avez décidément pas la stature pour entrer dans la

Tente de Lumière. Vous vous croyez à la hauteur du titre de Roi en la Tente ? Alors qu'attendez-vous ? Allez le chercher vous-même, il vous attend là-bas, dans le Mur ! Seul le Roi en la Tente peut le traverser – et visiblement, ce n'est pas vous. Il vous manque, et le courage, et la force pour le faire. Mon frère est le roi, de sang, de droit et de cœur. Voyez comme le Mur l'accepte, comme il se plie à sa volonté ! Qui se plie à la vôtre, sinon de pauvres âmes apeurées ? »

Elle parlait lentement, avec conviction, sans hausser le ton, d'une voix chantante aux inflexions presque mélodieuses. Umbo remarqua que les soldats, qui n'avaient rien manqué de sa tirade, ne tenaient plus en place, encore pire que leurs chevaux. Ils se dandinaient d'une jambe sur l'autre, faisaient les cent pas.

Plus que deux cents mètres et ils seraient sauvés. Mais pourquoi Rigg n'arrêtait-il pas de se retourner ? Comme si Mère et Citoyen l'intriguaient. *Ton objectif, concentre-toi sur ton objectif ! Tu veux nous aider ? Alors dépêche-toi, cours sans te retourner !* rêvait de pouvoir lui crier Umbo.

« Le garçon, nota la reine. Il semble faire quelque chose. Il les aide à traverser ! Tuez-le !

— À vos arcs ! ordonna le Général Citoyen.

— Je vous interdis de toucher à lui ! les arrêta Param. Il est sous ma protection.

— Elle ne le fera pas disparaître tant que les autres ne seront pas passés, pressentit la reine. C'est lui qui détient tout le pouvoir, c'est lui le sorcier. »

Au loin, Rigg leva le bras et pompa. Le signal, maintenant ? Il se trompait, l'arbre était encore loin.

« Encore deux minutes, bouillit Umbo.

— Qu'attendez-vous, tuez-le ! » rugit la reine.

Rigg pompa à nouveau, d'un geste précipité cette fois. Peut-être craignait-il pour leur sécurité et leur offrait-il de disparaître maintenant. Mais, le Mur, y pensait-il ? Ou alors, quelque chose dans le passé précipitait leur sortie.

Il sentit Param se lever derrière lui. « Attendez ! cria-t-elle. Nous descendons ! Lève-toi, Umbo. » Elle glissa ses bras sous les siens et l'aida à se relever. À la limite de son champ de vision, il vit une dizaine d'arcs se redresser au moment où lui-même se levait.

Rigg paraissait paniqué. *Ramène-nous* maintenant ! semblait hurler son bras. Umbo les arracha à leur passé.

Il les vit vaciller, surpris par le retour soudain dans la violence du Mur. La créature, un étrange oiseau aux plumes éclatantes et vives et pourtant monté sur quatre pattes, avec une queue épaisse, était avec eux. L'animal détala ventre à terre. Les hommes aussi, Rigg aussi. De tous, c'était elle la plus rapide, Rigg le plus lent. Il trébuchait à chaque pas.

Je n'aurais jamais dû les faire revenir, enragea Umbo. *Il va devenir fou avant d'arriver au bout.*

« Ils sont là, chuchota-t-il à Param. Je ne peux plus rien pour eux, maintenant. »

Param s'accrochait toujours des deux bras à son buste. Elle le serrait de toutes ses forces. « Baissez vos arcs et nous... »

Sa phrase resta suspendue dans l'air... d'un geste, d'une pensée, Umbo n'aurait su le dire, Param avait plongé le monde dans un silence absolu. Il vit d'un coup d'œil que Miche et Olivenko avaient atteint sains et saufs la zone de sécurité, mais que Rigg se tordait au sol comme un lombric sur des braises, toujours sous l'emprise du Mur. N'écoutant que leur courage, les deux hommes firent demi-tour pour le tirer de là. Ce fut rapide. Cinq secondes tout au plus, mais durant lesquelles Umbo eut le temps de sentir Param le tirer de côté, descendre ses mains le long de son buste et lui empoigner les poignets pour l'obliger à se baisser.

Les soldats avaient lâché leurs arcs. Avaient-ils décoché leurs flèches ? Umbo n'avait rien eu le temps de voir. Il ressentit juste quelques pointes de douleur, ici et là. Était-ce là ce dont parlait Param, ces brûlures vives perçues quand, invisible, un corps vous traversait ?

Des hommes en armes se lançaient à l'assaut du rocher. Ils étaient au sommet, battant l'air de leurs barres ; quelle fulgurance ! Param en bondissait maintenant, Umbo à sa suite. Param avait dû réduire le temps à une presque fixité car, en bas, les hommes s'activaient plus vite que des fourmis pressées, leurs barres tournoyant en accéléré. La nuit tomba soudain, Umbo n'y vit plus rien. Puis le jour revint et ils tombaient toujours, se cabrant dans les airs pour pouvoir atterrir sur leurs pieds.

Les soldats continuaient à fouetter l'air à l'aveuglette de leurs barres de métal, sans savoir que Param et Umbo n'avaient pas sauté droit devant eux, mais de côté. Ils se fourvoyèrent une journée durant à fouiller autour du promontoire. Leur reine, de son pas saccadé de petite bestiole, apparut soudain parmi eux pour les redéployer, de sorte que la seconde nuit tomba sur un ballet de barres de métal tourbillonnantes, joué juste sous leurs pieds.

Ils continuaient à chuter. Après la nuit vint le jour et ses fouilles qui, loin d'être abandonnées, semblaient même avoir redoublé d'intensité. Les hommes lançaient désormais leurs barres en l'air. Invisibles depuis deux jours – deux secondes –, Param et Umbo se retrouvaient dans une situation plus critique que jamais. La reine ne renoncerait pas plus qu'elle n'autoriserait le moindre relâchement de ses troupes.

Param et Umbo ne resteraient pas suspendus éternellement entre ciel et terre. Une fois à portée des faucheuses, c'en serait fini – ils ne toucheraient pas le sol vivants.

Une idée germa alors dans l'esprit d'Umbo. Il la mit à exécution sans attendre qu'elle éclose : il se projeta, avec Param, plusieurs semaines en arrière.

La plaine se vida de ses hommes.

Il fallut trois jours et trois nuits supplémentaires à Param pour comprendre le pourquoi du comment et les sortir de l'invisibilité.

Ils heurtèrent le sol, chancelants. Umbo atterrit le premier, Param juste devant lui, un peu au-dessus. Il perdit l'équilibre et se prit la princesse dans les côtes.

Il resta étendu, le souffle coupé, tandis que le monde reprenait vie autour de lui. Il sentit la caresse bien réelle du soleil, entendit à nouveau. Il perçut d'abord son propre souffle, un souffle rauque, puis une douleur vive dans sa poitrine – une côte brisée ? – et enfin, il entendit Param.

« Par quel miracle as-tu fait ça ? l'interrogea-t-elle. Rigg avait raison, tu es le plus puissant... faire ça en pleine invisibilité, en pleine chute !

— Je crois que tu m'as brisé une côte », gémit Umbo entre deux inspirations. Pourtant, quand il respirait... non, il ne souffrait pas plus. « Non, poursuivit-il. Elle n'est pas cassée.

— De combien tu nous as... commença-t-elle. On est loin dans le passé ?

— Quelques semaines, pas plus, indiqua-t-il. Les chevaux ne sont plus là. C'était avant qu'on arrive. »

Elle l'aida à se remettre debout. « Désolé d'avoir atterri sur toi. C'est la première fois que je fais un saut pareil. C'était de l'improvisation totale.

— Je n'arrive pas encore à réaliser. Cette rapidité avec laquelle tu les as fait bouger… un jour et une nuit en même pas une seconde ! On n'a pas dû exister longtemps. »

Param lâcha un petit rire nerveux. Elle n'aimait pas qu'on parle d'elle ; elle préféra détourner la conversation. « Mère est un vrai cauchemar, n'est-ce pas ? J'espère que je ne vais pas devenir comme elle. »

Quelle panique pour elle ! songea alors Umbo. Voir le piège tendu par sa propre Mère, et leur fin à tous les deux se rapprocher, implacable. Et voilà qu'elle était vivante, sauvée par Umbo, aussi sûrement qu'elle l'avait sauvé, lui.

« C'est maintenant ou jamais, lança le garçon. Traversons le Mur. Ralentis-nous tant que tu veux, on a plusieurs semaines devant nous.

— Il nous faudra quand même une bonne heure.

— Ça fait deux kilomètres à peine.

— À la vitesse à laquelle je marche… lui rappela Param. Allons-y. »

Il tenait toujours la main qu'elle lui avait tendue pour l'aider à se relever. Ils ajustèrent leur prise, la main gauche d'Umbo dans la droite de Param, et se mirent en route d'un pas assuré vers le Mur et ses démons. L'accablement fit rapidement place à l'abattement, puis l'abattement au désespoir ; l'appréhension à la peur, puis à la terreur. Rien de ce qu'avait vécu Umbo sur le rocher, puis au cours de la chute, n'approchait de près ou de loin ce qu'était en train de leur faire vivre le Mur.

Leurs tourments s'apaisèrent peu à peu, se réduisant à un état d'anxiété obsédant, une envie irrésistible de pleurer. Le soleil traversa le ciel. Il observa Param. Elle lui retourna un regard interrogateur.

Il devina sa question : *Est-ce supportable ?*

Il la rassura d'un signe de tête et allongea le pas, l'entraînant à sa suite. Elle accéléra un peu, mais refréna aussitôt ses ardeurs d'une petite secousse du bras. *Du calme*, lui disait-elle.

Param avait rendu le Mur tout juste tolérable. Umbo était abattu et ne souhaitait qu'une chose : en finir au plus vite. De son côté, la princesse traînait les pieds, le visage baigné de larmes. Pourquoi ne les ralentissait-elle pas plus ? *Pour arriver avant Rigg et les autres*, devina Umbo.

Peut-être même avait-elle dans l'idée de secourir son frère. Cela dit, la synchronisation devrait être parfaite : vu leur marge de manœuvre au ralenti, s'ils étaient trop courts ne serait-ce que de cinq pas, Olivenko et Miche emporteraient leur ami avant même qu'ils n'interviennent. C'était l'échec assuré. De toute façon, ils étaient nuls. Pourquoi même prendre la peine de traverser le Mur ? Pourquoi Rigg et les deux soldats s'embarrasseraient-ils d'un nabot et d'un sac d'os comme Umbo et Param ?

Umbo haussa les épaules et continua à se traîner, la mort dans l'âme. *Encore un coup du Mur !* songea-t-il dans une seconde de lucidité. De le savoir ne lui remonta guère le moral. S'il avait existé un quelconque moyen de produire un son et de le propager dans cette dimension ralentie, il aurait supplié Param de les ralentir encore un peu, pour apaiser sa tristesse, son affliction, ses frayeurs. Mais quel intérêt, puisqu'elle avait trouvé l'équilibre parfait ? L'épreuve était pénible, mais pas au point de ne plus pouvoir avancer ; effrayante, mais pas au point de fuir ; déprimante, mais pas au point de vouloir mourir. Il ne fallait surtout pas s'arrêter.

Au neuvième passage du soleil dans le ciel, ils arrivèrent en vue du chêne nain. Le Mur était enfin derrière eux.

Umbo lâcha Param.

Le monde se métamorphosa. Il entendit le chant des oiseaux dans le ciel, le bruissement de ses pas dans l'herbe jonchée de rochers. « Tu peux venir », dit-il, se tournant vers le vide où se tenait toujours Param, invisible. Il accompagna ses paroles d'un mouvement de tête ralenti, pour être sûr qu'elle le voie.

La silhouette de Param apparut. Son visage strié de pleurs trahissait une tristesse indicible ; pourtant, bientôt, une lueur de soulagement éclaira son regard, puis un sourire, son visage. Elle s'écroula à genoux. « Plus jamais ! s'écria-t-elle, secouée de rires et de sanglots. C'était interminable !

— Ça n'a même pas duré une heure », tempéra Umbo. Il s'agenouilla face à elle.

« Je ne me suis jamais sentie aussi triste et effrayée de toute ma vie », reprit-elle. Elle sécha ses larmes d'une main passée sur la joue. Il l'aida à essuyer l'autre.

« Moi si, déclara Umbo. Chaque fois que je me suis senti prisonnier de mon père, à chaque nouveau coup qui partait, imparable. Au moindre geste de protection, son poing retombait, plus lourd encore. Voilà ce que je ressentais, dans ces moments-là.

— Alors mon enfance a été un vrai conte de fées, comparée à la tienne.

— Ce cauchemar a pris fin quand on a quitté Gué-de-la-Chute avec Rigg. Un conte de fées, avec ta mère ? J'ai du mal à le croire…

— Elle n'a pas toujours été comme ça, se souvint Param. À ses côtés, je me sentais choyée et aimée. Sa seule compagnie me suffisait. Elle était toute ma vie.

— Jusqu'au jour où tu as découvert son vrai visage. Quel choc ça a dû être. Mon père, au moins, il m'a toujours détesté… je n'ai pas eu de mauvaise surprise ! Quel est le pire ?

— Ce que tu as vécu, décréta Param. Vivre sans espoir de jours meilleurs. Ce jour-là, chez Flacommo, mon monde a volé en éclats, c'est vrai. Mais le temps de prendre la mesure de ma perte, toute peur s'était évanouie. Ce Mur est une abomination. Ses créateurs sont des monstres.

— Je ne sais pas, dit Umbo en se relevant, une main tendue vers Param. Nous n'étions pas censés le traverser non plus. Ceux qui l'ont fait voulaient juste nous tenir à distance, pas nous torturer. »

Param porta son regard au loin, vers leur point de départ. « Maintenant, il ne nous reste plus qu'à nous attendre. » Elle frémit. « J'ai vraiment l'impression de dire n'importe quoi ! Notre langue est faite pour un temps qui s'écoule normalement...

— On va avoir un petit problème, reprit Umbo. Ils ont toutes les provisions. *Ils* étaient censés *nous* attendre, pas le contraire.

— Tu vois de l'eau quelque part ? l'interrogea Param. Je commence à avoir soif. »

Umbo prit la direction de l'éperon, dans l'espoir d'en trouver derrière. « Rien », nota-t-il pour lui-même. Il se retourna vers Param. « Je crains qu'on ne trouve rien ici, lui lança-t-il. Qu'est-ce qu'on fait, on essaie d'en trouver ailleurs ou on attend ici ?

— Dans combien de temps allons-nous... vont-ils... arriver ? »

Umbo haussa les épaules. « Je n'étais pas en position d'étalonner le saut avec une précision absolue.

— On croirait entendre Rigg, pouffa-t-elle.

— La grandiloquence, c'est contagieux.

— C'est vrai, tu le trouves pompeux ? s'étonna Param. Il ne parle comme ça qu'en compagnie d'adultes... pompeux, justement.

— Oh, je sais, rectifia Umbo. À Gué-de-la-Chute, il parlait comme tout le monde. La première fois que je l'ai entendu adopter ce ton de... de...

— Royal, compléta Param.

— J'avais autre chose en tête mais oui, royal, c'est plus correct, sourit Umbo. La première fois donc, c'était pour essayer d'en imposer à un banquier d'O... Tonnelier, il s'appelait. J'ai l'impression que c'était il y a sept ans au moins.

— Mais il y a sept ans, tu avais quoi, quatre ans ?

— Tu me prends vraiment pour un gamin ! se vexa Umbo. J'ai quatorze ans, pas onze.

— Vraiment ?

— Je suis petit pour mon âge, bredouilla Umbo en la fuyant du regard, gêné. Mais je vais bientôt grandir.

— Ce n'était pas une critique, le rassura Param. Je pensais juste que tu étais plus jeune, c'est tout. On n'a pas une grande différence d'âge, tous les deux. Quelques années, comme entre Rigg et moi.

— Voilà ce que je te propose, lança Umbo pour détourner la conversation. Si on doit les attendre, pourquoi ne pas s'installer à l'ombre de cet arbre ? Ensuite, tu nous mets au ralenti et on patiente. Ils seront là avant que notre ventre commence à gargouiller.

— Donc on se pose là et on assiste bêtement à leur traversée ?

— Oui, mais grâce à toi, ça va aller vite cette fois.

— Et on ne fera rien pour les aider ?

— Pas besoin, puisqu'ils ont réussi.

— Tu en es sûr ? Je n'ai pas vu Rigg réussir, moi.

— Miche et Olivenko sont retournés le chercher.

— Mais est-ce qu'ils l'ont sauvé ? Tout est allé si vite. On chutait, rappelle-toi. Tout ce que j'ai vu, moi, c'est la mort qui nous attendait. Le temps que je relève la tête, on était dans le passé et la plaine était déserte.

— Je n'avais pas le choix, déclara Umbo. Il fallait faire vite.

— Je ne dis pas le contraire ! Oh, ne fais pas cette tête. On dirait que c'est la fin du monde.

— Mais *c'est* la fin du monde, se lamenta Umbo. Notre vie n'est pas de ce côté du Mur. On ne connaît rien ni personne ici. Quand je vois tout ce qu'on a traversé pour en arriver là... Tu es heureuse de ton sort, toi ?

— Ici ou ailleurs... répliqua Param. La seule personne que je croyais connaître, de l'autre côté, c'était ma mère... Quelqu'un te manque ?

— Ma mère.

— Mais tu l'as quittée il y a plus d'un an déjà, avec tes frères et tes sœurs. Sauf ton petit frère. C'est *lui* qui t'a laissé.

— Mes amis aussi.

— Tu en as de meilleurs que Rigg et Miche ?

— Non.

— Alors, tu vois. Ils seront bientôt là. Pourvu qu'ils arrivent à sortir Rigg rapidement. Le Mur va le rendre fou, sinon. Et les rendre fous eux aussi s'ils y restent trop longtemps.

— On peut les aider. Si on voit que les choses tournent mal, on intervient en se projetant dans le passé à l'endroit précis où ils ont besoin de nous et on attend, invisibles. Tout va bien se passer. »

Param acquiesça, Umbo aussi.

« Ça me gêne de te poser la question, mais...

— Quoi ? l'encouragea Umbo.

— On est amis ? »

Umbo en resta bouche bée.

« Je demande, poursuivit Param, parce que je n'ai jamais eu d'amis. Avant Rigg, je n'avais jamais eu de frère non plus. Il est bien comme frère, Rigg. Je fais de mon mieux de mon côté pour être une bonne sœur, mais je manque d'expérience.

— Tu t'en sors très bien, la rassura Umbo.

— Mais toi et moi, insista Param. On est amis ? Ça suffit pour être amis, d'avoir sauté de ce rocher ensemble ? De s'être mutuellement sauvé la vie ?

— La plupart des gens diraient que oui, répondit Umbo.

— Mais c'est de la vraie amitié ? Ce n'est pas juste... du donnant-donnant ?

— Tu es la Sissaminka, reprit Umbo. L'héritière de la Tente de Lumière.

— Plus maintenant, précisa Param. Je peux te faire confiance ?

— Aussi vrai que moi, je t'ai fait confiance, déclara Umbo.

— On a traversé le Mur ensemble.

— On est amis, des vrais de vrais ! »

Param soupira. « Avec toutes mes questions, tu vas finir par m'en vouloir...

— Je ne sais pas quoi te répondre, surtout ! Tu es plus âgée que moi. En général, entre deux personnes, c'est le plus jeune qui demande "on est amis ?" et le plus vieux qui répond oui ou non. Et si c'est oui, le plus jeune est content.

— Oh. Alors ce n'est pas juste parce que je suis royale.

— Tu as seize ans ! Tu es une fille ! À côté de toi, je suis un petit garçon ! Donc oui, nous sommes amis, et oui, le veinard dans l'affaire, c'est moi ! »

Param resta pensive. « Je ne pensais pas que l'âge jouait un si grand rôle.

— Quand c'est le garçon le plus vieux des deux, pas tant que ça. Quand c'est la fille, si.

— Mais... tu es le voyageur du temps, continua Param. Tu as ce pouvoir extraordinaire.

— Toi aussi, tu y voyages, en le fragmentant, répliqua Umbo. Et Rigg est le pisteur. Je crois qu'on est tous aussi extraordinaires les uns que les autres.

— Et tous liés par une amitié fraternelle, ajouta Param.

— Une amitié fraternelle entre deux royaux et un queuneu, oui », conclut Umbo.

Param rigola.

Umbo se remémora alors leur traversée main dans la main. Il la revit l'empoignant pour le projeter de côté à bas du rocher. Il revit ses bras sur sa poitrine, ses paumes contre lui. Et il rougit. Sans comprendre pourquoi, il rougit. Il n'y avait rien de mal à tout cela. Il n'avait pas à avoir honte. Mais le simple fait d'y repenser le fit rougir.

« Hâtons-nous, allons les attendre, lui lança Param en ponctuant sa phrase d'un petit rire.

— Attendre pendant que le monde se hâte au-dehors, reprit Umbo. C'est ce que tu fais depuis des années...

— Disons que je prends la vie tranche par tranche.

— Une vraie philosophe », déclara Umbo.

Elle lui tendit les mains ; il les fixa sans bouger. Elle resta là, bras tendus... voilà qu'il faisait le timide !

« Quoi ? demanda-t-elle. Il faut les saisir, pas les regarder ! »

Umbo rougit à nouveau. Elle lui tendait les mains pour pouvoir l'emmener avec elle dans sa dimension temporelle... Que croyait-il, au juste ?

Il lui prit les mains.

Le monde extérieur accéléra. Pas autant que lors de leur traversée du Mur ni, tant s'en fallait, que lors du saut du rocher.

Pure coïncidence, Umbo s'était assis dos au Mur, Param face à lui. Tandis qu'il admirait son visage, elle scrutait l'horizon d'où jailliraient les autres d'ici quelques jours.

Alors qu'il s'apprêtait à se retourner vers le Mur lui aussi, une silhouette furtive attira son regard, juste en face, à une dizaine de mètres. Il la suivit, persuadé de la connaître, mais elle allait trop vite pour en être sûr. Il amorça un signe de main pour prévenir Param de cette rencontre historique – leur première de ce côté de l'entremur. Mais leur visiteur disparut aussi subitement qu'il était apparu.

Param commença à s'agiter. Le temps qu'Umbo tourne la tête, Rigg, Miche et Olivenko entamaient déjà la seconde moitié de leur traversée, le buste penché dans leur course pour maintenir le contact avec la bête invisible. Derrière eux, à deux kilomètres, un nuage de poussière annonçait l'arrivée de Mère, du Général Citoyen et de leurs troupes. Entre les deux se tenaient Param et Umbo, au sommet de leur rocher.

Le cours des événements, d'abord précipité, ralentit peu à peu jusqu'à faire surgir Param et Umbo, aux yeux d'un observateur attentif du moins, comme deux ombres indistinctes. Dans ce temps tout juste accéléré, Miche et Olivenko bondirent hors du Mur, suivis par un étrange quadrupède à plume qui s'immobilisa à un jet de pierre de là, secoué de tremblements. Rigg était sur le sol. Il essayait, en vain, de lever les bras.

Un homme surgit d'un bosquet d'arbustes et s'élança vers eux. Leur visiteur ! Il était de retour ! Mêmes habits, même taille... Cette fois, Umbo le reconnut.

C'était le Voyageur. L'Homme en Or. L'homme qui avait prétendu être le père de Rigg. L'homme qui avait fait prendre conscience à Umbo de son pouvoir. Umbo mourait d'envie de courir lui faire part de ses progrès, avant qu'il ne se volatilise à nouveau. Le père de Rigg saurait le féliciter pour toutes ces choses dont il ignorait autrefois jusqu'à l'existence, et qu'il maîtrisait désormais.

Le temps continua à ralentir, jusqu'à s'écouler à un rythme normal.

Personne n'avait encore remarqué Param et Umbo, immobiles comme deux statues au milieu d'un champ de pierres.

Rigg hurla en reconnaissant son père.

L'homme le regarda, puis se tourna vers Umbo et Param. Il tendit ensuite le bras vers les deux silhouettes sorties du Mur et de l'invisibilité.

Il cria quelques mots dans une langue étrange.

« Voyageur ! appela Umbo. Param, c'est le père de Rigg ! »

Rigg avait rejoint l'homme en courant. Il lui tournait autour, l'examinait sous toutes les coutures, lui palpait le dos, les bras, le torse. *Il doit vérifier s'il n'est pas blessé*, pensa Umbo. L'homme, lui, semblait déboussolé.

Se pouvait-il qu'Umbo et Rigg l'aient pris pour Père alors que ce n'était pas lui ? Pourtant, la ressemblance était criante.

Les entremurs abritaient-ils les mêmes habitants… en double ? Des copies conformes d'individus, dans chaque entremur ?

Non, impossible. Même en imaginant les populations identiques au départ, les gens se reproduisaient d'une manière dans un entremur et d'une autre dans l'entremur voisin... elles finissaient fatalement par diverger.

Le père de Rigg était peut-être le même partout...

Umbo se mit debout et tira Param par la main. Il fallait qu'elle rencontre l'Homme en Or.

CHAPITRE 12

SACRIFIABLE

Ram fut réveillé par les rayons du soleil.

Il ne se sentait pas sonné ; il avait toujours les idées claires au réveil. Quand il était réveillé, il était réveillé.

Certains détails le troublèrent immédiatement, à commencer par la lumière. À bord du vaisseau, il n'y en avait pas. Il n'était donc pas à bord. De deux choses l'une : soit ils s'étaient échoués par suite d'une quelconque avarie, soit ils étaient arrivés à destination.

« Bienvenue sur le Jardin, le salua un sacrifiable.

— Le Nouveau Monde est déjà baptisé, à ce que je vois, observa Ram.

— Un nom sans doute plus optimiste que pertinent, Ram. L'atmosphère porte encore les stigmates d'un impact cosmique, il y a deux cents ans de cela, avec un certain nombre d'objets extraplanétaires. Un épisode d'une rare violence. Toute vie a été rasée, et nous avons dû réimplanter à la surface la faune et la flore terrestres que nous avions embarquées à bord. Mais, comme vous pouvez vous en rendre compte par vous-même, le soleil brille haut dans le ciel, désormais. La photosynthèse est bonne et la végétation aujourd'hui luxuriante. La colonisation peut commencer. »

Ram se leva de sa couche spartiate. « Je suis le premier que vous réveillez ?

— Comme prévu.

— Comme prévu ? s'exclama Ram. Ce qui était prévu, c'est que vous me réveilliez dès notre sortie d'orbite, et que je reste conscient pendant le saut. J'étais censé prendre quelques décisions, il me semble.

— En cas de nécessité absolue uniquement. Tout était sous contrôle, nous n'avons pas eu besoin de vous réveiller.

— On aurait laissé cette décision à votre seule discrétion ? J'en doute fort.

— Si vous croyez à un possible problème d'exécution de nos programmes, n'ayez crainte, nous mènerons notre enquête.

— *Vous* mènerez ? Parce que vous êtes programmés pour conclure vous-mêmes à votre propre dysfonctionnement ?

— Si faute il y a eu, alors nous la signalerons en toute transparence. Nous ne possédons aucune fonctionnalité de protection de notre ego susceptible de *vous* mentir, et encore moins de *nous* mentir. Chose que vous êtes en train de faire, soit dit en passant. Vous vous pensiez indispensable et découvrez que vous ne l'êtes pas. Vous êtes déçu, cela me paraît normal.

— Inquiet, surtout. À votre propos. Nous sommes censés dépendre de vous pendant les premières années de colonisation, jusqu'à l'arrivée éventuelle de ravitaillements et de nouveaux colons.

— Ce que vous nommez "inquiétude" n'est autre qu'un banal réflexe reptilien. Vous venez de découvrir que vous n'êtes plus le mâle dominant. Une telle anxiété conduit parfois à des élans de jalousie maladive. Mais rassurez-vous. Premièrement, nos bases de données n'indiquent aucun cas de mort directe par épuisement de l'ego, même si les tentatives de l'homme pour le regonfler peuvent induire des comportements à risque. Deuxièmement, maintenant que vous êtes réveillé, vous voilà à nouveau le mâle dominant. Nous attendons vos instructions – dans la limite de nos capacités programmatiques d'exécution.

— Dans la limite de vos capacités programmatiques d'exécution.

— C'est ce que je viens de dire.

— Et quelles sont ces limites ?

— Il n'est pas dans mes capacités programmatiques d'exécution de vous informer de mes capacités.

— Donc je suis un mâle dominant soumis à votre bonne volonté.

— Vous semblez éprouver des difficultés à surmonter votre problème d'ego. »

Que se passerait-il si les sacrifiables jugeaient son estime de lui-même tellement faible qu'ils en viennent à craindre une attitude suicidaire de sa part ?

« Vous n'y êtes pas, rectifia-t-il. J'essayais juste de faire le point sur la situation. Alors, ce saut ? Aucun incident à déplorer ?

— Le saut lui-même peut être considéré comme un incident. Mais un incident maîtrisé, et conforme aux lois fondamentales de la physique. En fait, ce sont surtout les données collectées pendant le saut qui nous ont renseignés à son sujet.

— Bon, l'essentiel, c'est qu'on soit sains et saufs. » Ram jeta un coup d'œil circulaire. « Je veux bien sortir de ce module portatif, mais je ne vois ni combinaison ni respirateur.

— Inutile, l'atmosphère est respirable.

— Et les autres colons ?

— À la surface du Jardin, prêts à être réveillés. Nous n'attendons plus que votre ordre.

— Quelle... obéissance !

— Votre ton ironique nous incite à nous interroger sur la signification profonde de votre propos.

— Ne cherchez pas, ce n'est pas dans vos capacités programmatiques d'exécution, le nargua Ram.

— C'est plus que de l'ironie, estima le sacrifiable. Je le sais, car toutes vos insinuations et toutes vos intentions sont, par définition, dans nos capacités programmatiques d'exécution.

— Allons faire un tour dehors, que je voie si ça vaut la peine de réveiller les autres. »

Ram suivit le sacrifiable dans la lumière éclatante du jour. Une dizaine de bâtiments de plastique étincelaient au soleil, resplendissants sans être éblouissants. Autour d'eux s'étendaient à perte de vue des champs bientôt mûrs pour la récolte.

« Beau travail, le félicita Ram.

— Nous n'avons fait que suivre les consignes : nous assurer de la viabilité du sol et du climat et surveiller la croissance des plants. Aux colons de jouer, maintenant. Nous allons leur apprendre à récolter, à conserver leurs vivres sans chambres froides et à les transformer, pour en consommer une partie tout de suite.

— Pourquoi ne pas continuer vous-mêmes ? Vous étiez bien lancés.

— Ce n'est pas une colonie de sacrifiables. L'idée, s'il est besoin de vous le rappeler, est d'implanter sur le Jardin une race humaine capable de survivre avec une technologie minimale.

— Vous êtes bien capables de remplacer vos pièces défectueuses et celles des autres machines, non ?

— Nous sommes programmés pour implanter sur le Jardin une race humaine capable de survivre avec une technologie minimale. »

Ram n'en apprendrait pas plus. Il n'avait plus qu'à espérer que, passé un certain stade, les sacrifiables se retireraient de la vie des colons. Mais ça, seul l'avenir le lui dirait. À partir de ce jour, les sacrifiables lâcheraient leurs informations au compte-gouttes. Sans doute avaient-ils déjà commencé à lui mentir. Ram n'avait plus le contrôle.

En conclusion, la vie ici ressemblerait dans les grandes lignes à une vie terrestre, avec des sacrifiables aux manettes. Tant qu'ils dépendraient de ces machines pour leur pain quotidien, Ram ne serait qu'un vulgaire prête-nom.

Si les sacrifiables étaient programmés pour se rendre eux-mêmes obsolètes en formant les humains à l'autosuffisance, le plus tôt serait le mieux, songea Ram.

« Venez, mon ami, lança-t-il au sacrifiable. Allons réveiller ces gens. »

*

L'homme qui ressemblait à Père était assis en tailleur à même le sol, face à Rigg et Umbo. Param avait pris place à côté de ce dernier. De l'autre côté se tenaient Miche et Olivenko. Comme une classe en plein air sur les pelouses de Gué-de-la-Chute.

« Je ne comprends rien à ce qu'il baragouine, murmura Umbo.

— Je n'ai jamais entendu cette langue non plus, admit Rigg.

— Ce n'est pas ton père, si ? l'interrogea Umbo.

— Si c'est lui, il est amnésique, répondit Rigg. Ou il fait comme s'il ne nous reconnaissait pas. »

L'homme qui ressemblait à Père leva la main pour qu'ils se taisent. Il pointa le Mur du doigt et dit quelque chose comme : « Ochto-zheck gho-boishta-jong-nk. »

Au haussement de sourcils perplexe qui accompagna ses mots, Rigg traduisit par : *Êtes-vous arrivés par le Mur ?* Il se pointa le torse, puis désigna un à un ses compagnons avant de tracer dans l'air un cercle qui les englobait tous, puis fit mine de déposer ce cercle de l'autre côté du Mur. Ensuite, il mima à l'aide de son index et de son majeur une marche : la traversée à pied du Mur. Enfin, il ajouta à voix haute : « Nous étions de l'autre côté du Mur et l'avons traversé. »

L'homme qui ressemblait à Père fit un signe de tête puis ferma les paupières.

Il les rouvrit trois secondes plus tard. « Est-ce votre langue ? demanda-t-il.

— Oui », déclara Rigg. Les autres poussèrent un soupir de soulagement. Ils allaient pouvoir discuter.

« Ainsi donc, vous avez traversé le Mur, reprit l'homme qui ressemblait à Père.

— Toi aussi, poursuivit Rigg.

— Non, pas moi », le contredit l'homme.

Montrant Param et Umbo, Rigg ajouta : « Nous t'avons connu. Nous aurais-tu oubliés ? »

Le sosie de Père secoua la tête d'un air de négation. « Ce Mur a été dressé il y a onze mille ans, et je ne l'ai jamais traversé. Vous me confondez sans doute avec l'un de vos sacrifiables. »

Rigg échangea avec les autres un regard surpris. « Sacrifiables ?

— Vos sacrifiables auraient-ils gardé secrète leur véritable nature ?

— On dirait, commenta Rigg.

— Vous avez franchi le Mur sans aucune aide extérieure ? s'étonna le sacrifiable.

— Oui, lâcha laconiquement Rigg pour éviter d'interminables explications.

— Aucune machine, nota le sacrifiable. Et je vois que le Mur est toujours actif. »

Nouvel échange de regards perplexes. « Actif ? s'exclama Umbo.

— Vous êtes passés à travers sans le désactiver, poursuivit le sacrifiable, et sans machines. Et sans rien y comprendre non plus, apparemment.

— Qu'entendez-vous par “nos sacrifiables” qui ne nous auraient pas révélé leur “vraie nature” ? grogna Miche.

— Avant, j'aimerais comprendre comment vous avez traversé le Mur, poursuivit le sacrifiable.

— Et moi, j'aimerais une réponse, insista Miche.

— Je répondrai au premier humain à avoir maîtrisé et traversé le Mur.

— Nous l'avons traversé ensemble, intervint Rigg. Umbo et moi avons combiné nos pouvoirs pour nous projeter, ces deux hommes et moi, dans le temps, avant que le Mur n'existe. On s'est tous aidés les uns les autres à traverser.

— Et eux deux ? questionna le sacrifiable en désignant Param et Umbo.

— Je ne sais pas trop, hésita Rigg. Je pensais qu'il leur faudrait des jours, voire des semaines pour arriver, et j'ai l'impression qu'ils étaient là avant nous, alors qu'ils sont partis après.

— Juste après que Param nous a rendus invisibles, expliqua Umbo, je nous ai envoyés quelques semaines en arrière. Après, on a traversé à notre rythme.

— Mais comment ? » interrogea le sacrifiable.

Umbo jeta un regard désespéré à Param, qui se tourna, tout aussi désespérée, vers Rigg.

« Elle peut devenir invisible, expliqua ce dernier. Elle limite sa présence dans le réel à d'infimes fractions de seconde, entrecoupées de vides. D'où un déplacement "au ralenti". Elle progresse par minuscules bonds dans le temps. »

Le sacrifiable resta silencieux.

« Le fait de n'exister que par intermittence annule les effets du Mur. C'est comme ça qu'ils ont pu passer, même s'il leur a fallu plusieurs semaines… hé, mais vous êtes là depuis quand ?

— Quelques jours, indiqua Umbo.

— Explication irrecevable, déclara le sacrifiable. On m'a envoyé ici à la suite d'une alerte indiquant que le Mur avait été pénétré, il y a quelques jours justement. Il n'y avait personne à ce moment-là.

— Si, nous étions là, le contredit Umbo.

— Nous, on vous a vu en tout cas, confirma Param.

— Elle peut devenir invisible, on vous dit, insista Rigg. Elle ne capte pas assez de lumière pendant ses fractions de seconde d'existence pour qu'on puisse la voir.

— Nous n'avions ni nourriture ni eau, poursuivit Umbo. On a laissé les journées défiler en attendant que vous apportiez les provisions. On n'a pas attendu plus de quinze minutes, à la louche. »

Rigg porta son regard de l'autre côté du Mur. À deux kilomètres de là, les barres des soldats du Général Citoyen tournoyaient toujours. « Ils peuvent chercher longtemps, observa-t-il.

— On y est encore, précisa Umbo. On tombe seulement du rocher. Quand je nous ai envoyés dans le passé, on était à mi-hauteur. Ce sera demain, si mes souvenirs sont bons.

— Après-demain, corrigea Param. Mère nous sentait, elle aurait fait continuer ses hommes pendant des semaines s'il le fallait. Umbo nous a sauvé la vie.

— Comme tu as sauvé la nôtre sur le rocher, lui renvoya Umbo. Et comme toi, Rigg, tu nous as sauvés en envoyant le signal. On ne te remerciera jamais assez. Les derniers mètres ont dû être affreux. »

Olivenko en frémit. « Je ne les souhaite pas à mon pire ennemi !

— Vous avez franchi une partie complètement à découvert ? s'étonna le sacrifiable.

— Les cinquante dernières foulées à peu près, confirma Olivenko.

— Et ils sont revenus me chercher, ajouta Rigg. Mon corps avait capitulé, ils m'ont sauvé.

— Une fois sortis du Mur, poursuivit le sacrifiable en se tournant vers Miche et Olivenko, vous y êtes retournés de votre plein gré, pour aller chercher cet enfant ?

— Nous sommes des soldats, répondit Miche.

— Il est notre ami », renchérit Olivenko au même moment.

Ils se tournèrent l'un vers l'autre. « J'allais le dire. » Ils éclatèrent de rire.

« Vous cinq n'êtes pas des humains comme les autres. Vous avez tous fait, chacun à votre manière, ce qu'il est humainement impossible de faire.

— Ça veut dire que vous nous croyez ? » s'exclama Param. Elle semblait soulagée.

« Pendant votre récit, confia le sacrifiable, je suis resté en communication avec le sacrifiable actif de votre entremur. Il confirme vos propos sur vos extraordinaires capacités. » Il montra Param du doigt : « Vous, votre capacité à effectuer des microbonds dans le futur. » Puis, se tournant vers Umbo : « Vous, l'opposé : la capacité de démultiplier l'activité sensorielle, jusqu'à perception d'un temps au ralenti. Il apparaît également que vous maîtrisez aujourd'hui, à votre niveau, ce que *lui* sait faire. »

Le sacrifiable se tourna vers Rigg. « Le voyageur du temps, celui à qui le passé ouvre ses portes. Il peut choisir le fil de vie de n'importe quelle créature et la rejoindre dans *son* "présent". »

Puis, à la surprise générale, il désigna ensuite Miche et Olivenko. « Vous deux possédez, à des degrés divers, une résistance naturelle hors norme au champ-mur. Aucun être humain ne peut le supporter plus de quelques secondes. Au-delà, sa volonté l'abandonne : il sombre dans la folie, s'écroule puis meurt. »

Olivenko et Miche se tournèrent l'un vers l'autre. « Quelle probabilité d'avoir les mêmes... » commença Olivenko.

Miche le coupa. « On ne doit pas être les seuls...

— C'est au contraire exceptionnel. Le sacrifiable actif dans votre entremur m'apprend que les individus présentant une sensibilité particulière aux champs, comme vous, sont naturellement attirés vers ceux capables de les manipuler, comme eux. Il n'y a donc rien de surprenant à ce que vos routes se soient croisées. Toujours d'après le sacrifiable actif dans votre...

— Vous voulez dire mon père, l'interrompit Rigg.

— Oui, dit le sacrifiable. Il vient de me confirmer que vous l'appeliez Père.

— Mais il est mort.

— Dans les entremurs où les sacrifiables font perdurer la coutume de passer pour des humains, poursuivit le sacrifiable, il leur est nécessaire de mourir de temps à autre. Un humain qui ne vieillit pas, ça finit forcément par devenir louche.

— Vous êtes quoi, au juste ? le questionna Umbo.

— Une machine », indiqua le sacrifiable.

Rigg se sentit submergé par l'émotion – pas par de la colère, juste par du chagrin. Quand les premiers sanglots éclatèrent, il en fut le premier surpris. Il ne les arrêtait plus.

« Désolé, je... »

Umbo lui posa la main sur l'épaule. « Ton père n'est pas mort, dit-il.

— Une machine, dit Rigg au sacrifiable, refrénant ses sanglots. J'aurais dû comprendre. Vous n'avez pas de trace ! Ni vous ni Père. »

Param lui sourit. « On dirait que toi aussi, tu as été élevé par un monstre qui prétendait être ton père. »

Rigg lui retourna son sourire tout en séchant ses larmes. « Encore un point commun.

— Le sacrifiable que vous appeliez "Père" n'a rien d'un monstre, précisa le sacrifiable. C'est un serviteur de la race humaine.

— Il n'a pas passé un jour sans me mentir, bougonna Rigg.

— À Param et à moi aussi ! s'emporta Umbo.

— Il vous a formés et préparés, rectifia le sacrifiable. À devenir les premiers êtres humains à traverser le Mur.

— Si l'on excepte Knosso Sissamik, intervint Olivenko.

— Qui ? demanda le sacrifiable.

— Leur vrai père, poursuivit Olivenko en se tournant vers Param et Rigg. Il a traversé le Mur par la Grande Baie, en état de narcose. »

Le sacrifiable le contredit d'un signe de tête. « Les drogues sont impuissantes face au Mur. Lorsqu'il a atteint l'autre bord, cet homme avait perdu l'usage de ses fonctions cérébrales. » Il marqua une pause. « Le sacrifiable de votre...

— L'Homme en Or, suggéra Param. Ce sera plus simple.

— L'Homme en Or me le confirme. Le règlement a été appliqué à la lettre par le sacrifiable actif de l'autre côté de la baie. Il l'a euthanasié sur-le-champ.

— Euthanaquoi ? s'exclama Umbo.

— Tué, traduisit Olivenko. Assassiné.

— L'homme que vous aviez connu sous le nom de Knosso n'existait plus, continua le sacrifiable. À ce stade, le cerveau reposant dans ce corps humain n'avait plus qu'un désir : mourir. »

Ce fut au tour d'Olivenko de craquer. Miche tenta de le consoler d'une petite tape dans le dos, au moment où il s'effondrait en larmes, le visage dans les mains.

Param regarda le sacrifiable. « Pourquoi vous croirions-nous ?

— Parce que vous êtes les premiers humains à traverser le Mur, répliqua-t-il.

— Et alors ?

— Et alors c'est vous qui commandez, désormais.

— Qui... commandez ? Mais qui ? Et quoi ? le questionna Rigg.

— Moi, précisa le sacrifiable

— Ce qui signifie ? demanda Umbo.

— Qu'il vous suffit d'ordonner et que je m'exécuterai, dans la limite de mes possibilités.

— C'est insensé, lâcha Param. Il ment. En plus, comment nous obéir à nous tous ? Si on vous donne des instructions contradictoires, vous ferez quoi ?

— Elle n'a pas tort, là, fit observer Miche.

— J'obéis au premier humain à avoir atteint un niveau de technologie suffisante pour traverser le Mur.

— Les deux premiers, c'étaient Param et Umbo, rappela Rigg.

— *La* première, c'était Param, précisa Umbo. Moi, j'étais là en touriste.

— Non, je ne suis pas d'accord ! s'insurgea Param. On vous a vus traverser en premier, vous trois, avant de sauter du rocher.

— Et comment tu définis "avant" ? » s'enquit Umbo.

Le sacrifiable hésita. Rigg comprit pourquoi : lui et Père étaient en pleine conversation.

« Qui a les pierres ? » finit par demander le sacrifiable.

Rigg se tourna vers Umbo, puis se souvint qu'il les lui avait remises avant la traversée du Mur. Il plongea la main dans son pantalon et en ressortit la sacoche.

« Celles-ci ?

— Dix-neuf pierres ? questionna le sacrifiable en retour.

— Dix-huit », rectifia Rigg en ouvrant la bourse devant lui.

Le sacrifiable se pencha et regarda sans toucher. « Où est la dernière ? Vous ne l'avez pas enchâssée, pourtant.

— Dans un coffre du Conseil révolutionnaire, aux dernières nouvelles. Ou aux mains des sbires du Général Citoyen, l'informa Rigg.

— On avait entrepris d'aller la récupérer, ajouta Umbo. Mais on a dû quitter la ville précipitamment. »

Le sacrifiable opina du chef. « Vous allez en avoir besoin, déclara-t-il. Celle qui manque est à vous.

— Elles ne sont pas toutes à moi ? s'exclama Rigg. Enfin… à nous ?

— Ce que je veux dire, c'est que celle qui manque est celle qui vous permettra de désactiver le Mur qui ceint *votre* entremur, celui de votre naissance.

— Les pierres désactivent les Murs ? s'étouffa Miche. On avait dans les poches de quoi...

— Tous les autres doivent être désactivés avant le vôtre, vous n'auriez pas pu les utiliser, le consola le sacrifiable. Donc, une fois tous les Murs désactivés, vous retournerez chez vous, récupérerez la pierre manquante et désactiverez le vôtre.

— Et pourquoi on ferait ça ? le questionna Param.

— Pourquoi être passé de ce côté du Mur sinon ? interrogea à son tour le sacrifiable.

— Pour rester en vie », répondit Rigg.

Umbo se pencha en arrière pour voir où en étaient Mère et le Général Citoyen. Ils n'avaient pas quitté leurs selles. « Tu crois qu'ils penseraient à regarder par ici ? pouffa-t-il.

— Pas une seconde, rit Param.

— Derrière Miche et Olivenko, ils ne risquent pas de vous voir », blagua Rigg.

Le sacrifiable fit signe à Rigg de ranger les pierres. « Si je comprends bien, vous ignorez tout des véritables raisons de votre présence ici », reprit le sacrifiable.

Rigg referma la sacoche. « Nous savons parfaitement pourquoi nous sommes ici, au contraire. Ce que nous ignorons, c'est pourquoi *vous* pensez que nous sommes ici et pourquoi Père – l'Homme en Or – m'a remis ces pierres et nous a poussés vers vous.

— Je crois que nous n'avons plus besoin de vous, décréta Param.

— L'avenir le dira », conclut le sacrifiable. Il se leva et commença à s'éloigner.

« Un instant ! » hurla Miche.

Le sacrifiable poursuivit sa route.

« Qu'est-ce que tu attends ? lança Miche à Rigg. Dis-lui de revenir !

— Attendez ! cria Rigg. Revenez. »

Le sacrifiable fit demi-tour. « Je déteste ça, grommela Rigg alors que le sacrifiable revenait parmi eux. Commander, ce n'est vraiment pas mon truc.

— Si ça peut te consoler, lâcha Umbo, avec nous, tu peux toujours essayer, ça ne servira à rien !

— Nous avons besoin de votre aide pour survivre ici, reprit Rigg. Nous ne parlons pas votre langue.

— Si, lui assura le sacrifiable.

— On n'a rien compris tout à l'heure, quand vous parliez, insista Rigg.

— Toutes les langues jamais parlées dans le monde sont contenues dans le Mur. C'est son seul moyen de communiquer avec vous.

— Le Mur connaît les langues ? tenta de comprendre Rigg.

— Et vous aussi, maintenant que vous l'avez traversé, indiqua le sacrifiable. Elles dorment juste dans un coin de votre cerveau, mais se réveilleront le moment voulu.

— J'ai faim, annonça Miche. Assez parlé.

— Éloignons-nous, ajouta Olivenko. On a assez vu le Général Citoyen et ses clowns comme ça.

— Ce n'est pas fini, fit observer Param. On risque de les croiser à notre retour.

— Et pourquoi on y retournerait ? interrogea Miche.

— Pour aller chercher la dernière pierre, lui rappela Param. Pour désactiver le dernier Mur.

— Parce qu'il faut faire ce qu'ils attendent de nous selon toi ? reprit Rigg.

— Je pense qu'ils ne nous lâcheront pas tant qu'on ne l'aura pas fait, déclara Param. Et que leur soi-disant obéissance est un leurre. Ils vont continuer à nous contrôler comme ils l'ont toujours fait.

— Au cas où vous auriez oublié, intervint Olivenko, les gens ne sont pas des saints. À commencer par ceux de notre entremur. Prenez le Général Citoyen. Si ce Mur venait à disparaître, quel serait son premier réflexe ?

— Venir nous tuer, devina Umbo.

— Pas si je m'occupe de lui avant, grogna Miche.

— Les guerres de conquête, rappela Olivenko. Jusqu'à maintenant, l'exploit réalisé par les Sessamoto a été d'unir l'entremur sous une même bannière. Mais si les murs tombent, combien de temps avant que les uns et les autres ne se déchirent pour de nouveaux territoires ? On ne change pas la nature humaine comme ça. À moins que... » Il se retourna vers le sacrifiable. « L'Homme aurait-il par hasard perdu ses instincts de prédateur et de conquérant dans certains entremurs ?

— Difficile à dire, éluda le sacrifiable. Chaque sacrifiable s'en tient à l'étude de son entremur. »

Rigg en profita pour faire valoir son autorité. « Qu'attendez-vous pour demander aux autres ? Nous voulons savoir. Si on doit désactiver ces Murs, autant connaître les conséquences.

— Je crains malheureusement de ne pas pouvoir vous être d'une grande aide, indiqua le sacrifiable.

— Tu parles d'un serviteur... » nota Param.

Le sacrifiable lui fit face. « Les Murs n'ont jamais été ni désactivés ni traversés avant votre arrivée. Nous n'avons aucune idée de la réaction possible des habitants des autres entremurs. Je n'en sais pas plus. Tout ce que je peux vous dire, c'est : Demandez, je m'exécuterai, dans la limite de mes possibilités.

— Le monde entier dépend de nous, résuma Rigg.

— De toi, rectifia Umbo. C'est toi qui as les bijoux de famille dans ton pantalon.

— Arrête avec ça, souffla Rigg. On est tous ensemble sur ce coup-là. S'il te plaît. »

Umbo rigola. « Détends-toi un peu, Rigg. Il faut bien s'amuser un peu. Sinon le temps va nous paraître long, entre deux Murs à désactiver.

— Et leurs mensonges à démêler, ajouta Param. Vous pouvez compter sur cette machine pour nous mentir bien comme il faut. Regardez, elle ne nie même pas. »

Le sacrifiable la scruta calmement. « Je ne confirme pas non plus.

— Ce qui n'est qu'une forme détournée de mensonge, persista Param.

— On ne peut mentir, se défendit le sacrifiable, sur ce que l'on ignore. On peut juste avoir tort ou être silencieux. Des deux, je préfère encore le silence. Surtout que je ne suis pas programmé pour savoir quand j'ai tort.

— Menteur et philosophe, enfonça Param.

— Lorsque nous vous interrogerons à l'avenir, intervint Rigg, dites-nous la vérité ou tentez de la déduire par vous-même en fonction de ce que vous savez. Et répondez aux questions de tout le monde, pas uniquement aux miennes.

— Entendu, obtempéra le sacrifiable.

— Comment vous appelez-vous ? lui demanda Rigg.

— Je n'ai pas de nom, indiqua le sacrifiable.

— Il vous en faut un. Il en faudrait un également pour celui que j'appelais Père.

— Le sacrifiable actif se fait appeler par le nom de son entremur d'affectation, lui apprit le sacrifiable.

— Qui est ? Je parle du nôtre, celui dans lequel on est nés, dont on vient de s'enfuir.

— L'entremur "Ram", déclara le sacrifiable. Le nom de code du sacrifiable posté là-bas est donc "Ram".

— Et comment appelez-vous votre entremur ? demanda à son tour Umbo.

— "Vadesh". L'entremur "Vadesh".

— Hé, il y a déjà du progrès, vous avez vu ? Il n'a pas répondu qu'à mes questions, il a aussi répondu à Umbo.

— Y a-t-il une source à proximité ? l'interrogea Miche. Avec de l'eau potable ? De l'eau claire ? De l'eau sûre ? En quantité suffisante pour pouvoir remplir nos outres... vous comprenez ma question ?

— Je vais vous y mener, déclara Vadesh. Mais vous faire boire, je ne peux pas. »

Rigg regarda les autres sans comprendre, puis à nouveau Vadesh. « Pourquoi dites-vous cela ? Quel besoin de nous "faire boire" ?

— Un dicton vieux de douze mille ans, au moins, expliqua Vadesh. Qui vient de la Terre, le berceau de la race humaine. C'est une traduction, mais en gros il dit : "On ne fait pas boire un cheval qui n'a pas soif."

— Merci pour la leçon d'histoire, lui lança Olivenko.

— Et de comportement équin », ajouta Param.

Rigg pouffa devant leur humeur moqueuse, tandis que Vadesh les guidait vers une allée d'arbres proche, à l'opposé du Mur. Une chose le fit tout de même tiquer : le sacrifiable n'avait pas relevé quand ses amis l'avaient raillé. « Vadesh, l'interpella-t-il, vos références au monde d'où viennent les hommes, et votre vieux dicton, ce n'était pas gratuit, n'est-ce pas ? Vous cherchez à nous apprendre quelque chose sur la Terre ?

— Oui, confirma Vadesh.

— Eh bien, allez-y, développez », l'invita Rigg.

Vadesh resta silencieux.

« Vous avez oublié ? continua à le taquiner Rigg. Ou vous n'avez plus envie de nous le dire ?

— Je ne peux pas formuler de réponse claire et précise à une telle question. Tout ce que je sais, c'est que plus vite vous en apprendrez sur la Terre, mieux ce sera.

— Pourquoi ? s'enquit Rigg.

— Pourquoi quoi ?

— Pourquoi plus vite nous en apprendrons sur la Terre, mieux ce sera ?

— Parce qu'ils arrivent, déclara Vadesh.

— Qui ça, "ils" ? s'enquit Param.

— Les habitants de la Terre.

— Quand ? le pressa Miche.

— Je ne sais pas, avoua Vadesh.

— Et que feront-ils en arrivant ? s'inquiéta Umbo.

— Je ne sais pas, répéta Vadesh.

— Essayons autrement : que *peuvent*-ils faire ? » insista Rigg.

Vadesh marqua une pause. « Des milliards de choses, reprit-il. Par souci de gain de temps, je vous propose de hiérarchiser mes réponses.

— Excellente initiative, le félicita Rigg. Commençons par la plus importante.

— Ils peuvent rayer ce monde des cartes.

— Pourquoi feraient-ils ça ? s'exclama Olivenko. Qu'est-ce qu'on leur a fait ?

— Vous m'avez demandé ce qu'ils *pouvaient* faire, pas ce qu'ils *allaient* faire. Et avant que vous redemandiez : je ne sais pas. Il y a des milliards de réponses possibles à la première question, aucune à la seconde. C'est ce que l'on appelle le futur, et même vous cinq, vous ne pouvez pas le visiter, à part très lentement, un jour après l'autre, comme tout le monde.

— Voici l'eau, annonça Rigg. Elle a l'air bonne. Remplissons nos outres et buvons. »

Remerciements

Neil F. Comins ne se doutait pas de l'aide précieuse que son roman m'apporterait lorsqu'il écrivit *What If the Earth Had Two Moons : And Nine Other Thought-Provoking Speculations on the Solar System*, mais je le remercie quand même. Sans son livre, le Jardin aurait eu une lune et non un anneau, et dix-neuf vaisseaux ne se seraient sans doute pas écrasés à sa surface comme ils le font. En revanche, il n'est nullement responsable des choses que j'ai moi-même inventées, et que les limites de la science, telles que nous la connaissons, sont censées empêcher.

Les jeux de voyage temporel auxquels je m'abandonne dans le présent ouvrage sont une défiance délibérée aux règles consensuelles que la science a fixées en la matière. Loin d'esquiver le paradoxe, je me suis imposé de l'épouser, en adoptant un ensemble de règles dont une d'or : la causalité contrôle la réalité, indépendamment du moment de sa survenue sur l'échelle temporelle. Après tout, si nous pouvons présumer de la possibilité d'une contraction spatiale pour passer d'un point A à un point B instantanément, pourquoi écarter celle d'une contraction temporelle ? Et si une trace se remonte dans l'espace, pourquoi pas dans le temps ?

L'une des difficultés à expliquer les événements dans ce roman venait de l'absence d'un personnage omniscient, ce qui m'a contraint à espérer que les lecteurs feraient eux-mêmes les liens qui s'imposaient. Pour ceux et celles que j'aurais perdus en cours de route, voici en deux mots ce qui s'est « réellement passé » : lorsque le vaisseau de Ram a pénétré la contraction, les dix-neuf ordinateurs de bord ont fait chacun leurs petits calculs et généré dix-neuf ensembles de champs distincts. Ces derniers ont interagi avec l'esprit de Ram et avec son étrange don, celui de moduler le temps. Chacun de ces champs a eu ses effets propres, concrétisés par dix-neuf sauts dédoublés, soit dix-neuf vaisseaux dans le bon sens et dix-neuf autres en marche arrière vers leur point de départ.

Ces derniers sont liés au seul vaisseau d'origine à avoir fait le voyage jusqu'à la contraction. Comme eux le font à l'envers, ils ne peuvent être influencés d'aucune manière par l'univers, dont les événements s'écoulent en suivant une chronologie normale, ni l'influencer. Par essence, ils occupent chacun le même espace sans s'affecter les uns les autres.

Les versions de Ram qui reculent sont nées lors du saut, celles qui avancent, 11 191 ans plus tôt – et en des endroits proches du Jardin, mais isolés (d'où leur non-destruction par télescopage accidentel).

Pour les observateurs terrestres, le signal lumino-thermique du vaisseau de Ram a simplement disparu. Signe non pas qu'il a atteint sa destination, mais qu'il a bondi de sa position spatiale vers une autre. Étant donné la vitesse à laquelle se propage la lumière, il leur aurait fallu trente et une années-lumière pour voir ce signal apparaître à nouveau à proximité du Jardin (si toutefois sa perception était toujours possible à une telle distance). Quel autre choix pour les observateurs humains, dans ces conditions, que de se replonger dans leurs maths et leur physique pour conclure ou non à la réussite du saut ?

Nous verrons dans le prochain volume qu'en peaufinant leurs calculs et leurs théories les humains finirent par bâtir des vaisseaux capables de venir à bout du saut sans duplication. Le principe mathématique sous-tendant leur nouvelle théorie s'accompagne toujours de la création d'un vaisseau inverse à chaque saut, mais à l'existence considérée comme négligeable au vu de l'impuissance totale de ce vaisseau face aux événements de l'univers.

Les dons de Ram n'ayant pas percé jusqu'à eux, ils continuent à ignorer que le(s) vaisseau(x) ayant effectué le saut a (ont) resurgi non pas dans le « présent » mais 11 191 années plus tôt (à trente et une années-lumière puissance 19 de la Terre). Ils ignorent aussi que des humains ont existé sur le Jardin, et pas seulement quelques années depuis que Ram a franchi la contraction, mais depuis onze millénaires. Ils ne s'attendent pas, en effet, à trouver une colonie implantée, puisque, en théorie, les sacrifiables et les ordinateurs de bord devaient encore se trouver dans la phase de préparation d'une vie d'origine terrestre sur le Jardin.

Je remercie mes premiers lecteurs, eux aussi confrontés à leurs propres soucis de voyage temporel. J'écris la plupart de mes livres très vite, d'une traite : rarement s'écoulent plus d'un jour ou deux entre deux chapitres. Pour cet exercice, cependant, en raison de la bizarrerie de l'histoire et du besoin de créer de nouveaux personnages et situations en cours de route, l'écriture s'est étalée sur six mois, avec parfois plusieurs semaines d'un chapitre à l'autre. Malgré ce rythme chaotique, ces relecteurs de la première heure ont fait un travail remarquable. Ma femme, Kristine, reste ma première relectrice, pour tout ce qui sort de ma plume : à ses forces se sont jointes celles de Erin et Phillip Absher, puis de Kathryn H. Kidd.

Mon éditrice, Anica Rissi, a lu ce manuscrit avec une attention redoublée alors qu'il était encore en cours ; merci à elle et à son œil implacable, qui a su repérer des contradictions et erreurs de scénario que mes premiers relecteurs et moi-même avions laissées passer. Je réitère mes remerciements à son égard pour ses commentaires et suggestions si précieux, qui ont considérablement amélioré ce livre complexe. Merci également à notre correctrice, Stephanie Evans, pour son travail fabuleux, surtout connaissant mon excentricité et mon opiniâtreté, sans parler de mon exceptionnelle capacité de distraction.

Je dédie ce livre à mon agent, Barbara Bova, décédée avant que je finisse de l'écrire. Elle n'aura pas eu le temps de le parcourir mais, sans elle, jamais il n'aurait existé. Merci à son mari, Ben Bova (premier éditeur à avoir acheté une de mes œuvres de science-fiction, en 1976) et à leur fils, Ken Bova, qui, à eux deux, ont su maintenir son agence (et son réseau d'agents de droits étrangers) à flot.

Je tiens également à remercier l'éditrice en chef Kathleen Bellamy et Ed Shubert, éditeur de mon magazine en ligne Orson Scott Card's InterGalactic Medicine Show (www.oscIGMS.com), pour avoir accepté les premières lignes écrites sur Ram comme nouvelle. Étant propriétaire du magazine, et donc leur patron, j'ai dû leur soumettre l'histoire sous un faux nom pour qu'ils la jugent en toute objectivité. Le fait qu'ils la prennent et décident de la publier avant d'apprendre que j'en étais l'auteur a fini de me convaincre : cette nouvelle se tenait seule, sans tout le reste autour pour l'étayer.

Enfin, que ma reconnaissance aille également à toutes celles et à tous ceux qui ont assuré l'entretien de ma maison pendant mes périodes de quarantaine forcée pour écrire : Kathleen Bellamy, encore elle, comme assistante cette fois, Scott Allen, notre artisan du Web et de l'informatique, et bien sûr ma femme, Kristine, et notre fille Zina, qui ont su tolérer cet étrange écrivain ambulant qui traînait ses savates entre le grenier et le reste de la maison en déclamant parfois des choses sensées mais, le plus souvent, la loufoquerie de son histoire en cours l'emportant, sans queue ni tête.

Table

Composition
NORD COMPO

Achevé d'imprimer en Espagne (Barcelone)
par BLACK PRINT CPI
le 9 septembre 2013.

Dépôt légal septembre 2013.
EAN 9782290060995
L21EDDN000422N001

ÉDITIONS J'AI LU
87, quai Panhard-et-Levassor, 75013 Paris

Diffusion France et étranger : Flammarion